俄苏文学经典译著·长篇小说

瓦西列夫斯卡娅（1905—1964）

苏联女作家，原籍波兰。1934 年，瓦西列夫斯卡娅的小说《日子》出版，该作主要反映波兰社会下层人民的困苦生活，引起社会广泛关注。后来又接连出版了《祖国》《大地的苦难》。苏联反法西斯卫国战争爆发后，她以记者身份和红军战士并肩战斗，写下《党证》《一个德国士兵的日记》《为了胜利》等一篇篇纪实性的报道，为其小说创作积累了大量素材。代表作有《虹》《祖国》《大地的苦难》。

曹靖华（1897—1987）

著名作家、翻译家。原名联亚，河南卢氏人。20 世纪 20 年代初曾在苏联莫斯科东方大学学习，回国后参加北伐。大革命失败后再次赴苏，执教于莫斯科中山大学、列宁格勒东方语言学院等校。1933 年回国，先后在北平大学女子文理学院、东北大学任教。从 1923 年起开始翻译俄国和苏联文学作品，主要有《铁流》《保卫察里津》《城与年》等。1949 年后任北京大学俄语系主任、中国作协书记处书记。

俄苏文学经典译著·

长 篇 小 说

Russian

Literature

Classic.

NOVEL

Радуга.

Vasilevskaya

虹

［苏］瓦西列夫斯卡娅 著

曹靖华 译

三联书店

图书在版编目（CIP）数据

虹/（苏）瓦西列夫斯卡娅著；曹靖华译. —北京：生活·读书·
新知三联书店，2018.11
（俄苏文学经典译著·长篇小说）
ISBN 978-7-108-06413-4

Ⅰ. ①虹… Ⅱ. ①瓦…②曹… Ⅲ. ①长篇小说-苏联
Ⅳ. ①I512.45

中国版本图书馆 CIP 数据核字（2018）第 227436 号

责任编辑　陈丽军
封面设计　樱　桃
责任印制　黄雪明
出版发行　生活·讀書·新知　三联书店
　　　　　（北京市东城区美术馆东街 22 号）
邮　　编　100010
印　　刷　常熟市人民印刷有限公司
排　　版　南京前锦排版服务有限公司
版　　次　2018 年 11 月第 1 版
　　　　　2018 年 11 月第 1 次印刷
开　　本　650 毫米×900 毫米　1/16　印张　15.5
字　　数　207 千字
定　　价　49.00 元

出版说明

本丛书是对中国左翼作家所译俄苏文学经典一次系统的整理和展现，所辑各书均为名家名译，这不仅是文献和版本意义上的出版，更是对当时红色文化移植的重新激活。

早在1948年生活书店、读书出版社、新知书店合并为生活·读书·新知三联书店前，三家出版社就以引介俄苏经典文学和社会理论图书等为己任。比如1937年生活书店出版托尔斯泰的《安娜·卡列尼娜》，1946年新知书店出版《钢铁是怎样炼成的》。1949年以后，虽然也有出版社对俄苏文学经典进行重译、重编，但难免失去了初始的本色，并且遗失了些许当时出版的有价值的译著；此外，左翼作家的译介因其"著译合一"的特点，在众多译本中，自有其价值；更重要的是，这些文学经典蕴含的对生活的热情、对信仰的坚守、对事业的激情在今天亦鼓动人心，能给每一位真诚活着的人以前行的动力。因此，系统地整理出版左翼作家翻译的俄苏文学经典是必要的。

我们在对书稿进行加工时，主要遵循了以下原则：

一、本丛书为重排本，由繁体字竖排版改为简体字横排版。

二、忠实原作，保持原译语言风格及表现方式；对书中人物及相关译名除必要的规范基本保留。

三、原书注释如旧，编者所出的注释，均以"编者注"标明，以示与原书注释的区别。

　　四、对原书中各种错讹脱衍之处，直接订正。

　　五、数字只要统一、规范，基本沿用；对标点符号的用法，尽可能做到规范。

　　六、在不影响原译意的情况下，对个别表述可能有歧义的字句进行必要斟酌处理。

总　序

生活·读书·新知三联书店推出"俄苏文学经典译著·长篇小说"丛书，意义重大，令人欣喜。

这套丛书撷取了 1919 至 1949 年介绍到中国的近 50 种著名的俄苏文学作品。1919 年是中国历史和文化上的一个重要的分水岭，它对于中国俄苏文学译介同样如此，俄苏文学译介自此进入盛期并日益深刻地影响中国。从某种意义上来说，这套丛书的出版既是对"五四"百年的一种独特纪念，也是对中国俄苏文学译介的一个极佳的世纪回眸。

丛书收入了普希金、果戈理、屠格涅夫、陀思妥耶夫斯基、托尔斯泰、高尔基、肖洛霍夫、法捷耶夫、奥斯特洛夫斯基、格罗斯曼等著名作家的代表作，深刻反映了俄国社会不同历史时期的面貌，内容精彩纷呈，艺术精湛独到。

这些名著的译者名家云集，他们的翻译活动与时代相呼应。20 世纪 20 年代以后，特别是"左联"成立后，中国的革命文学家和进步知识分子成了新文学运动中翻译的主将和领导者，如鲁迅、瞿秋白、耿济之、茅盾、郑振铎等。本丛书的主要译者多为"文学研究会"和"中国左翼作家联盟"的成员，如"左联"成员就有鲁迅、茅盾、沈端先（夏衍）、赵璜（柔石）、丽尼、周立波、周扬、蒋光慈、洪灵菲、姚蓬子、王季愚、杨骚、梅益等；其他译者也均为左翼作家或进步人士，如巴金、曹靖华、罗稷南、高植、陆蠡、李霁野、金人等。这些进步的翻译家不仅是优秀的译者、杰出的作家或学者，同时他们纠正以往译界的不良风气，将翻译事业与中国反帝反封建的斗争结合起来，成为中国新文学运动中的一支重要力量。

这些译者将目光更多地转向了俄苏文学。俄国文学的为社会为人生的主旨得到了同样具有强烈的危机意识和救亡意识，同样将文学看作疗救社会病痛和改造民族灵魂的药方的中国新文学先驱者的认同。茅盾对此这样描述道："我也是和我这一代人同样地被'五四'运动所惊醒了的。我，恐怕也有不少的人像我一样，从魏晋小品、齐梁词赋的梦游世界中，睁圆了眼睛大吃一惊的，是读到了苦苦追求人生意义的 19 世纪的俄罗斯古典文学。"[1] 鲁迅写于 1932 年的《祝中俄文字之交》一文则高度评价了俄国古典文学和现代苏联文学所取得的成就："15 年前，被西欧的所谓文明国人看作未开化的俄国，那文学，在世界文坛上，是胜利的；15 年以来，被帝国主义看作恶魔的苏联，那文学，在世界文坛上，是胜利的。这里的所谓'胜利'，是说，以它的内容和技术的杰出，而得到广大的读者，并且给予了读者许多有益的东西。它在中国，也没有出于这例子之外。""那时就知道了俄国文学是我们的导师和朋友。因为从那里面，看见了被压迫者的善良的灵魂，的酸辛，的挣扎，还和 40 年代的作品一同烧起希望，和 60 年代的作品一同感到悲哀。""俄国的作品，渐渐地绍介进中国来了，同时也得到了一部分读者的共鸣，只是传布开去。"鲁迅先生的这些见解可以在中国翻译俄苏文学的历程中得到印证。

中国最初的俄国文学作品译介始于 1872 年，在《中西闻见录》的

---

[1] 茅盾：《契诃夫的时代意义》，载《世界文学》1960 年 1 月号。

创刊号上刊载有丁韪良（美国传教士）译的《俄人寓言》一则。[1]但是从1872年至1919年将近半个世纪，俄国文学译介的数量甚少，在当时的外国文学译介总量中所占的比重很小。晚清至民国初年，中国的外国文学译介者的目光大都集中在英法等国文学上，直到"五四"时期才更多地移向了"自出新理"（茅盾语）的俄国文学上来。这一点从译介的数量和质量上可以见到。

首先译作数量大增。"五四"时期，俄国文学作品译介在中国"极一时之盛"的局面开始出现。据《中国新文学大系》（史料·索引卷）不完全统计，1919年后的八年（1920年至1927年），中国翻译外国文学作品，印成单行本的（不计综合性的集子和理论译著）有190种，其中俄国为69种（在此期间初版的俄国文学作品实为83种，另有许多重版书），大大超过任何一个国家，占总数近五分之二，译介之集中可见一斑。再纵向比较，1900至1916年，俄国文学单行本初版数年均不到0.9部，1917至1919年为年均1.7部，而此后八年则为年均约十部，虽还不能与其后的年代相比，但已显出大幅度跃升的态势。出版的小说单行本译著有：普希金的《甲必丹之女》（即《上尉的女儿》），陀思妥耶夫斯基的《穷人》《主妇》（即《女房东》），屠格涅夫的《前夜》《父与子》《新时代》（即《处女地》），托尔斯泰的《婀娜小史》（即《安娜·卡列尼娜》）、《现身说法》（即《童年·少年·青年》）、《复活》，柯罗连科的《玛加尔的梦》和《盲乐师》、路卜洵的《灰色马》、阿尔志跋绥夫的《工人绥惠略夫》等。[2]在许多综合性的集子中，俄国文学的译作也占重要位置，还有更多的作品散布在各种期刊上。

其次翻译质量提高。辛亥革命前后至"五四"高潮前，中国的俄国

---

[1] 可参见笔者在《二十世纪中俄文学关系》（学林出版社，1998；高等教育出版社，2002）中的相关考证。

[2] 这套丛书中收入了这一时期鲁迅译的阿尔志跋绥夫的《工人绥惠略夫》（商务印书馆，1922）和张亚权、耿济之译的柯罗连科的《盲乐师》（商务印书馆，1926）。

文学译介均为转译本，且多为文言。即使一些"名家名译"，如戢翼翚译的普希馨《俄国情史》（即普希金《上尉的女儿》，1903）、马君武译的托尔斯泰的《心狱》（即《复活》，1914）、林纾和陈家麟合译的托尔斯泰的《罗刹因果录》（收八篇短篇，1915）等，也因受当时译风的影响，对原作进行改动或发挥之处颇多，有的译作几近于演述。1919 年以后，译者队伍与译风发生了根本上的变化。一批才气横溢的通俄语的年轻人加入了俄国文学作品翻译的队伍，其中有瞿秋白、耿济之、沈颖、韦素园、曹靖华等。以本套丛书入选译本最多的译者耿济之为例。耿济之早年在俄文专修馆学习，1919 年在《新中国》杂志上发表最初的译作，即托尔斯泰的《真幸福》（即《伊略斯》）和《旅客夜谭》（即《克莱采奏鸣曲》）等作品。20 年代初期，耿济之又有果戈理的《马车》和《疯人日记》、赫尔岑的《鹊贼》、屠格涅夫的《村之月》、奥斯特洛夫斯基的《雷雨》、托尔斯泰的《家庭幸福》和《黑暗之势力》、契诃夫的《侯爵夫人》等重要译作。此后他一发不可收，数十年间译出了大量的俄国文学名著，是中国早期产量最多和态度最严肃的俄国文学译介者。当然，这时期仍有相当一部分翻译家依然利用其他语种的文字在转译俄国文学作品，如鲁迅、周作人、李霁野、郑振铎、赵景深、郭沫若等。这些译者大多学养深厚，译风严谨。鲁迅在 20 年代前期和中期译出了阿尔志跋绥夫的《工人绥惠略夫》《幸福》《医生》和《巴什唐之死》、安德列耶夫的《黯淡的烟霭里》和《书籍》、契诃夫的《连翘》、迦尔洵的《一篇很短的传奇》等不少俄国文学作品。尽管是转译，但翻译的水准受到学界好评。

20 世纪二三十年代，中国文坛开始引进苏俄文学。1931 年 12 月，瞿秋白在给鲁迅的信中谈到：有系统地译介苏联文学名著，"这是中国普罗文学者的重要任务之一"[1]。不少出版社在 20 年代末相继推出

---

[1] 瞿秋白：《论翻译》，见《瞿秋白文集》第 2 卷，人民文学出版社 1954 年版。

"新俄文学"作品专集。最早出现的是由曹靖华辑译、北平未名社1927年出版的《白茶（苏俄独幕剧集）》一书。而后，鲁迅、叶灵凤、曹靖华、蒋光慈、傅东华、冯雪峰和郭沫若等辑译的各种苏联文学作品集相继问世。这一时期，译出了不少活跃于十月革命前后的苏俄著名作家的作品。比较重要的有：拉夫列尼约夫的《第四十一》、革拉特珂夫的《士敏土》、绥拉菲莫维奇的《铁流》、法捷耶夫的《毁灭》、聂维罗夫的《不走正路的安得伦》、雅科夫列夫的《十月》、伊凡诺夫的《铁甲列车Nr. 14-6》、富曼诺夫的《夏伯阳》、肖洛霍夫的《静静的顿河》（前两部）和《被开垦的处女地》、奥斯特洛夫斯基的长篇小说《钢铁是怎样炼成的》、诺维科夫-普里波伊的《对马》、马雅可夫斯基的诗集《呐喊》、爱伦堡等人的报告文学集《在特鲁厄尔前线》和阿·托尔斯泰的剧本《丹东之死》等。

这一时期，作品被译得最多的作家是高尔基。最早出现的是宋桂煌从英文转译的《高尔基小说集》（上海民智书局，1928）。这部小说集中载有《二十六个男和一女》和《拆尔卡士》（即《切尔卡什》）等五篇作品。最早出现的单行本是沈端先（即夏衍）从日文转译的高尔基的《母亲》。[1] 30年代中国出版的有关高尔基的文集、选集和各种单行本更多，总数达57种，如鲁迅编的《戈里基文录》、瞿秋白译的《高尔基创作选集》、黄源编译的《高尔基代表作》、周天民等编选的《高尔基选集》（六卷）等。此外问世的还有：鲁迅等译的短篇集《恶魔》和《俄罗斯的童话》、史铁儿（即瞿秋白）译的《不平常的故事》、巴金译的短篇集《草原故事》、丽尼译的《天蓝的生活》、钱谦吾（即阿英）译的《劳动的音乐》、蓬子译的《我的童年》、王季愚译的《在人间》、杜畏之等译的《我的大学》、何素文译的《夏天》、何妨译的《忏悔》、罗稷南译的《四十年间》、赵璜（即柔石）译的《颓废》（即《阿尔达莫诺夫家

---

[1] 该书1929年由上海大江书铺出版第一部，次年出版第二部。

的事业》）、钟石韦译的《三人》、李谊译的《夜店》（即《底层》）和贺知远译的《太阳的孩子们》等。

进入 20 世纪 40 年代，由于苏德战争和太平洋战争的爆发，中国文坛把自己的目光转向了苏联卫国战争文学。1942 年在上海创刊（1949年终刊）的《苏联文艺》发表的各类作品的总字数达六百多万字，其中大部分是反映苏联卫国战争的文学作品。此外，仅就单行本而言，各出版社出版或重版的此类书籍的数量有百余种之多。这些作品极大地鼓舞了中国人民反抗外族入侵和黑暗统治的斗志。也许今天的人们已经淡忘了它们，有些作品从艺术上看似乎也有些逊色。但是，其中经受住了历史检验的优秀之作，仍值得我们珍视。这一时期，苏联其他一些文学作品也有译介。值得一提的有：肖洛霍夫的《静静的顿河》（全译本）、叶赛宁、勃洛克和马雅可夫斯基合集的《苏联三大诗人代表作》、阿·托尔斯泰的《苦难的历程》和《彼得大帝》、费定的《城与年》、奥斯特洛夫斯基的《暴风雨所诞生的》、潘诺娃的《旅伴》、克雷莫夫的《油船德宾特号》、波列伏依的《真正的人》、卡达耶夫的《时间呀！前进》、列昂诺夫的《索溪》、冈察尔的《旗手》（第一部）、包戈廷的剧本《带枪的人》《苏联名作家专集》（共五辑）等。其中不少名著在这一时期初次被译成中文。可以说，至 20 世纪 40 年代末，苏联重要的主流文学作品译介得已相当全面。

1919 年以后的 30 年间，译介到中国的俄苏文学作品产生了巨大的影响。钱谷融教授曾经生动地描述过抗战时期他随学校迁至四川偏远小城，在那里迷上俄国文学的一些情景。他还表示自己"是喝着俄国文学的乳汁而成长的"，"俄国文学对我的影响不仅仅是在文学方面，它深入到我的血液和骨髓里，我观照万事万物的眼光识力，乃至我的整个心灵，都与俄国文学对我的陶冶薰育之功不可分。我已不记得最先接触到的俄国文学名著是哪一本了，总之是一接到它就立即把我深深地吸引住了，使我如醉如痴，使我废寝忘食。尽管只要是真正的名著，不管它是英、美的，法国的，德国的，还是其他国家的，都能吸引我，都能使我迷醉。但是论其作品数量之多，吸引我的程度之深，则无论哪一国的文学，都比不上俄国文学"。这样的感受和评价在那一时代的知识分子中并不罕见。

由于社会的、历史的和文学的因素使然，中国知识分子（特别是左翼知识分子）强烈地认同俄苏文化中蕴含着的鲜明的民主意识、人道精神和历史使命感。红色中国对俄苏文化表现出空前的热情，俄罗斯优秀的音乐、绘画、舞蹈和文学作品曾风靡整个中国，深刻地影响了几代中国人精神上的成长。除了俄罗斯本土以外，中国读者和观众对俄苏文化的熟悉程度举世无双。在高举斗争旗帜的年代，这种外来文化不仅培育了人们的理想主义的情怀，而且也给予了我们当时的文化所缺乏的那种生活气息和人情味。因此，尽管中俄（苏）两国之间的国家关系几经曲折，但是俄苏文化的影响力却历久而不衰。

在中国译介俄苏文学的漫漫长途中，除了翻译家们所做出的杰出贡献外，还有无数的出版人为此付出了艰辛的努力，甚至冒了巨大的风险。在俄苏文学经典的译著中，我们常常可以看到商务印书馆、中华书局、开明书店、文化生活出版社等出版社的名字，也常常可以看到三联书店的前身生活书店、读书出版社、新知书店的名字。这套丛书中就有：生活书店1936年出版的、由周立波翻译的肖洛霍夫的小说《被开垦的处女地》，生活书店1936年出版的、由王季愚翻译的高尔基的小说《在人间》，生活书店1937年出版的、由周扬和罗稷南翻译的列夫·托尔斯泰的小说《安娜·卡列尼娜》，新知书店1937年出版的、由梅益翻译的普里波伊的小说《对马》，读书出版社1943年出版的、由王语今翻译的奥斯特洛夫斯基的小说《从暴风雨里所诞生的》，新知书店1946年出版的、由梅益翻译的奥斯特洛夫斯基的小说《钢铁是怎样炼成的》，生活书店1948年出版的、由罗稷南翻译的高尔基小说《克里·萨木金的一生：四十年间》。熠熠生辉的名家名译，这是现代出版界在中国文化发展史上写就的不可磨灭的一笔。这套丛书的出版也是三联书店文脉传承的写照。

尽管由于时代的发展，文字的变迁，丛书中某些译本的表述方式或者人物译名会与当下有所差异，但是这些出自名家之手的早期译本有着独特的价值。名译与名著的辉映，使经典具有了恒久的魅力。相信如今的读者也能从那些原汁原味的译著中品味名著与译家的风采，汲取有益的养料。

陈建华

2018 年 7 月于沪上西郊夏州花园

作者像

本书作者致译者电

亲爱的曹靖华先生：

　　我怀着敬慕的心情，注视着你正在完成的伟大的文化工作。我非常高兴：连我的著作，在进一步巩固国际的文学联系上，也能有所贡献。并向中国的朋友们和文艺界的同仁们，致以真诚的敬意！

忠于你的万·瓦西列夫斯卡娅

1943 年 9 月 15 日，莫斯科

目　录

译序

一

瓦西列夫斯卡娅原籍波兰，1905年生于波兰克拉科夫市城郊。父亲是富于国家思想的波兰革命者，平时埋头于社会工作，对孩子的教养很少注意。作者幼年时，可以说没有人照料，自己长大的。她家在工人区，她的住宅是工人区里唯一的一所大房子。那时同她一起玩耍的，尽是些衣服褴褛的穷孩子。这些小朋友的悲惨生活，在她幼稚的心灵上留下了不灭的印记。

1914年，世界大战爆发，她同祖母和姊妹们都住到乡下去了。

波兰富于国家思想的小资产阶级的革命分子，这时都大为活跃起来。他们不明白帝国主义大战的本质，希望战争能帮助波兰解放。作者的父母，就是属于这派的革命活动者。他们也被卷入这次大战的旋涡，都全身心投入社会活动去了，好几年都没有顾及自己的孩子们。孩子们挨着饿，忍受着战时农村的一切艰苦，同农民一起过着穷困的生活。

作者这时同农民的孩子们一起参加田里的劳动，同他们一起忍饥受饿，一起去采野果子，在篝火上烘蘑菇。

在农村，她第一次接近了农民，理解了农民的生活，这些使她后来成为一个坚强的革命者。这些印象，根深蒂固地深入到她的意识里，使她后来的创作走上现实主义的道路，使她的作品成为真正人民的作品。

1917 年底，作者的父母把这个在农村"长野了"的小姑娘，带到城里受教育去了。她进了克拉科夫的中学，过起正常的生活来。

1918 年，产生了所谓"独立波兰国"，作者的父母为它曾经奋斗了多年。他们希望这个波兰国能解决一切民族问题，他们以为正义、自由和民主将同这个新国家一起出现。可是独立的波兰一开始，这个十三四岁的小姑娘，就看出社会上种种不是他们所预期的现象。她看到这里实质上同从前一点改变也没有。为了真理，为了正义，为了自由与幸福而奋斗，这是她所决定的道路。

作者一进大学，就卷入风起云涌的学生运动的狂涛。1923 年，她参加了克拉科夫的工人运动。这时她一面在大学读书，一面出席工人大会做报告、演说，即刻成为极有说服力的动人的演说家，成了人民的喉舌。

1927 年她从大学语言科毕业后，就当起教员来。几年光景，她转了不少学校；因为她的自由思想和参加工人运动的经历，她到处遭到学校当局的解聘。后来，在学校教书和在机关服务已完全不可能，她就到烟草工厂去做工，可是在工厂也同样碰钉子，厂家向她一瞟，就冷冷地说我们需要的是工人，而不是煽动家。

她的第二个丈夫（第一个丈夫是一个革命的大学生席曼斯基，已故）——马里安·包加特柯，是一个进步的石匠，是克拉科夫工人运动领导者之一，他在这儿也无法立足了。他们夫妇俩就带着女儿，被迫离开克拉科夫到华沙去了。

在华沙，作者在波兰教师联合会找到一点工作。最初，她在该会出版的儿童杂志做校对，后来做编辑。在整个黑暗的局面下，工作意义的重要与条件的艰苦是不待说的了。

后来她担任编辑工作，同她过去教书时一样，并不曾放下革命活动。如果说她像一团火，那她的火焰只有比过去更炽烈了。当时她所领导的波兰教师的罢教，就是一个例子。这是波兰教师破天荒的创举，罢教持续了三个月。

这以后，她的生活更陷入了绝境，一切生存的道路都断绝了。孟子说，"富贵不能淫，贫贱不能移，威武不能屈"，穷困的煎迫，艰苦的考验，对她都不过是一种砥砺，她只有更昂奋地向自己理想的道路上迈进。

她的紧张的革命工作，一直持续到1939年秋第二次世界大战爆发。

大战爆发了。平时只善于镇压人民的、像纸扎的波兰政府，一遇到战争的烈焰，就即刻火化了。

作者在遍地烽火里，踏着变成焦土的城市和乡村，步行六百公里，到达苏联边境，到达一个社会主义的国家。她觉得这是到了老家，到了真正的故乡。她在这里受到苏联人民的盛大欢迎，受到苏联人民骨肉之亲的关怀，他们欢迎这位为自由而战的坚强的女战士，关怀这位杰出的战斗的女作家！

她被苏联人民选为苏联最高苏维埃代表，参加建设新生活的工作。

从卫国战争爆发的第一天起，她就执笔从戎，投身于大战的血火中，加入反法西斯侵略的武装行列里，担任随军记者和部队文化工作，出生入死，以至今日。

二

瓦西列夫斯卡娅是一位革命者，一位为自由，为光明而斗争的勇猛坚强的战士，同时也是一位战斗的、天才的政论家和文学家。写作和她的革命活动是分不开的，也可以说，写作对她而言是战斗的一种方式，一种手段。她认为自己的作品，只是为达到更高尚目的的一种手段，是反抗恶势力的一种工具。她在自己的回忆录里说："在劳动者为自己的解放而进行的斗争里，书籍也是一种武器。"艺术对于她，最重要的是在活的形象里，表现人民真实生活的有力工具。这是她对于文学的基本态度，也就是上边所说的，创作是她的战斗生活的一部分。

在艺术上，她首先要追求的是真实。在《大地在苦难中》一书的后记里，她说："我没有写过一件不真实的事件，我的人物没有一个不是从活生生的现实里取来的。"她的手法是真实，勇敢，锋利，明快。她没有怪诞的譬喻、华丽的形容语、矫揉造作的对比与浮光掠影的空谈。她所写的一切，都是严肃，庄重，质朴，大方。

她最注意的是尖锐而迫切的现实问题，她厌恶那些把文艺当作防空洞的逃避现实的作家。换一句话，她是不主张"文艺无用论"的。

鲁迅先生说："真的勇士，敢于直面惨淡的人生。"瓦西列夫斯卡娅是不怕这悲惨的人生的。在她的作品里，处处写到生活的悲惨，可是这儿却没有悲观的阴影，没有消沉、绝望的色调，相反，她的作品里，处处充满着豪迈、勇壮、刚毅、乐观的精神。她爱人民，相信人民的力量，她的著作就是指引人们向光明挺进的火炬，是鼓舞人们为自由而战的号召。她的现实主义，是革命的、乐观的现实主义。

她很早就开始写作，在中学读书的时候，已经开始写抒情诗。

后来同她的第二个丈夫从事工人运动的时候，有一次五一节来到了，她丈夫为五一节晚会的游艺节目找材料，在书里找来找去没找到适当的材料。瓦西列夫斯卡娅就自己动手写起来。几天之内，她为游艺会写了小调、集体的和个人的朗诵诗、剧本等，整整写了一整套节目，当时得到观众的极大欢迎。这使她又想起自己的文学才能来。过了些时日以后，她有一次探监回来，就把自己所见的写了一个短篇小说，登到《华沙日报》上，接着又写了一些。过去她在旧货市场，在大街小巷所得到的下层生活的悲惨印象，现在都来到她的笔下了。

等作者了解到自己的这些作品起了一些作用的时候，她就永不搁笔了。于是她今天写一篇公司雇用仆役的速写，明天写一篇砖瓦厂工人生活的素描，日积月累，从这些报告、速写里，后来就产生了她的第一部作品——《时代的面貌》，反映了波兰社会下层在饥寒线上呻吟、挣扎、苦斗的一面，是波兰城市工人悲惨生活的记录。费了几许周折，这部著作才在1934年出版（1935年出版俄文本）。

这部书出版以后引起了很大的反响。作者回忆道：

"我收到一位革命工作者的信。信上说，他最艰难的时候，我的书给他一种斗争的勇气和新的力量。有好多人对我说，他们读了《时代的面貌》，对过去好多不明白、不知道的事情，现在都明白，都知道了。于是我懂得在劳动者为自己的解放而进行的斗争里，书籍也是一种武器。于是当生活在我面前提出新的问题，出现新的现象的时候，当我看见强暴和不公平的时候，我就写书来抗议，来把实际情形告诉人们，帮助他们来奋斗。"

这些话同时也说明了作者创作的动机。

她在这儿写社会生活的黑暗面，写大多数人民的痛苦，可是她除了写这些痛苦、穷困以及由穷困而来的生理上的退化和道德的沉沦以外，她能揭示，能表现出被现实社会所绝灭的这些人物的高尚、勇敢、自我牺牲、渴望自由的精神。因此作者从她的第一部著作问世起，就被尊为与高尔基并列的大家了。如果说高尔基是俄国革命的海燕，那么瓦西列夫斯卡娅可以说是新波兰的先驱者。

她的第二部著作是1935年出版的《祖国》（1936年出版俄文本）。小说写雇农生活的暗淡。

作者还在克拉科夫附近学校教书的时候，就认识了一个饥寒交迫、沉默寡言的老雇农。她看了他住的比主人的牛栏还不如的小棚。看了他的生活，她才知道这个可怜的老头，从前曾积极反对过帝制，坐过牢……后来他为"独立波兰"奋斗过，以为"自由的波兰将没有外来的侵略者"，"那儿将有真正公道的人民幸福的生活"。"独立波兰"来到了，而人民却只有幻灭，幻灭。"真正的祖国，在那里人民是可以得到真正自由幸福的。"这是她在这部书里所得的结论。

她的第三部著作是1938年出版的《大地在苦难中》（1939年俄文本出版）。这是她到华沙以后，在紧张忙碌的社会工作中写成的。

在长篇小说《祖国》里，读者还可以看到饥寒交迫的雇农，在羡慕尚能温饱的"自由的小掌柜"，而二十年间的"独立波兰政府"的存在，使这些尚能温饱的"自由的小掌柜"，也丧失了所有的一切，陷于一贫如洗的惨境。"森林——是地主的，水——是地主的，耕地、草原——是地主的，总之除了空气以外，一切都是地主的"……波兰的农民，由于破产而几乎陷入绝种的境地。于是人们求生的野火，到处燃起了。这是作者在《大地在苦难中》所展示给读者的。

她的第四部长篇小说是1940年在苏联出版的《沼泽地上的火焰》（第一卷）。这是在"独立波兰"崩溃的前夜完成的。这部手稿在苏联用波兰文、白俄罗斯文、乌克兰文、俄文以及苏联其他好多文字出版。

作者到苏联以后，在沸腾的工作里依然继续写作。她除了在《真理报》《消息报》《红星报》及其他苏联报纸杂志上写论文、小品、短篇小说外，还写了两本儿童小说：《柳树和人行道》及《阁楼》，写了剧本《巴尔杜什·戈洛瓦茨基》和《沼泽地上的火焰》（第二卷）。

卫国战争的飓风，把她卷到前线上，投到炮火里了。她身着戎装，同红军战士们并肩驰骋于疆场上，将自己所目睹、所体验的活生生的可歌可泣的事实，除了写成许多报告和短篇小说之外，在戎马倥偬里，又完成了一部碑石似的巨著，这就是苏联评论界誉为"苏联文坛上的重大收获"而荣膺1942年度斯大林一等文艺奖的《虹》。同时她还根据这本小说，写了一个电影剧本。想不久之将来，这部作品就会在银幕上与观众见面了。

三

　　苏联文坛上的盟主，两次获斯大林一等文艺奖的阿·托尔斯泰，于1942 年 11 月 18 日，在苏联科学院做了一个报告，题目是《二十五年来之苏联文学》，他在报告里说：

　　"苏联文学，在这次战争里，开始了新的时期：它走进战壕，来到工厂，成了指战员们活的和直接的呼声，差不多成了人民的创作了。"

　　在同一报告里，托氏又说：

　　"今天的苏联文学，达到了道德和战斗的俄国人民的英勇事业的最高峰。今天的苏联文学，是真正的人民的文学，是全体人民所需要的高超的人道主义的艺术。这样的作品，如万·瓦西列夫斯卡娅的《虹》等。"

　　《虹》的出版，是苏联文学上的一件大事，是卫国战争中苏联文坛上一部辉煌的巨著，被誉为"社会主义现实主义的典范作品"。小说里所表现的一切，都是作者深刻观察到、体验到、思索到的。她同红军一起辗转于乌克兰战场上，同红军一起走了许许多多乌克兰乡村。《虹》是她在这次战争的血火里，亲身观察、体验、思索的结晶，是用心血凝成的碑石。这不是空想，不是虚构，而是苏联卫国战争中一段悲壮的史实。

　　在苏联妇女反法西斯委员会的电讯稿《瓦西列夫斯卡娅访问记》里，作者谈到《虹》的来历说：

　　"当我和红军部队在一起时，我有机会访问了乌克兰和俄罗斯的村庄。在敌人占领过的一个村庄里，我看见一个年轻女子，在同她两个将要疏散到后方去的孩子话别，而她自己却留在村里，参加了游击队。

　　"在路上，我们又看见一个老农妇，提着一只篮子走着。我们叫她搭我们的车走，可是她拒绝了：'我要留在这儿帮助游击队。不管怎样，我一定要活得值得。'这两位苏联妇女，也正像其他千千万万的妇女一样，正准备用一切代价来保卫她们的祖国。

"在乌瓦洛夫城郊的一个村子里，有人告诉我一个平常农妇的故事，这农妇的名字叫亚历山德娜·戴丽曼。当德国人占领了她的村子的时候，她就逃到游击队里，同游击队一起去打德国人。最初，她在游击队里烧饭、洗衣，后来就被派出去担任侦察工作，她常常提供许多宝贵的情报。部队里，从没有一个人想到她是怀孕的女子。为了不让人阻止她去担任最重要的工作，她尽可能地隐瞒了自己怀孕。可是产期逼近了，她就决定回到村里去。一连三天她都顺利地躲过了敌人，可是第四天就被敌人抓去了。在冰天雪地里，这个将要生产的女子，被剥成裸体。深夜里，德国人赶着她在街上走，叫她指出哪些是游击队员的家庭。

"早晨，德国兵把她痛打一顿，就把她关到柴棚里。她在柴棚里生了一个儿子。德国人又开始折磨她，威吓她，要把她的儿子杀死。她始终顽强地反抗，最后，德国人恼起来，就把她的儿子杀了，把她也投到冰河里。

"这个女人的故事，深深地打动了我的心。我真被苏联妇女这种道德上的力量所折服。在战争期间，我更有机会看到这些妇女的榜样，在我所写的这个电影剧本里面，这位牺牲了的女英雄亚历山德娜·戴丽曼，是一个主角，这儿改名为娥琳娜。在我描写这些女英雄的时候，我不借助于任何想象，差不多每一个人物都是从真实生活中描绘出来的。"

在艺术手法上，作者在这部作品里也达到了极高的境界。作者一开始就用戏剧性的描写，擒住了读者紧张的注意力。

严冬。在冻成石头似的地上，躺着一个青年。他的太阳穴上有一个小伤口，一只脚掌冻裂了，露着骨头。母亲悲哀地沉默着，站在死者跟前。她低语着："好儿子……"作者在这儿写了母亲探望阵亡的儿子的情形：

"她没有哭，干巴巴的眼睛望着，看着，感受着这一切，感受着儿子的黑铁似的面孔，感受着太阳穴上的小孔，脱落的脚掌和那表现出临死痛苦的唯一迹象——那像弯爪似的痉挛地插入雪中的手指。

"女人把向后撂着的黑发上被风吹来的雪，轻轻抖了一下。一缕黑发，覆在额上。她不敢去动它——那缕头发，贴到伤口上，长到伤口上，被血粘住了。

"每当她来到这儿，她总想把这缕头发揭去。可是她不敢碰它，不敢动它，好像这样会刺痛他的伤口，给他带来新的痛苦。

"'好儿子'……

"焦干的嘴唇，机械地低语着这唯一的一个字眼，仿佛他能听见，仿佛他能睁开沉重的黑眼皮，用亲人的灰眼睛看一眼似的。

"那女人死死地发呆，眼睛凝视着黑脸。她觉不着冷，觉不着两膝发麻。她望着。

"一只乌鸦从山谷里一棵孤树上飞起来，沉重地鼓着翅膀，兜了一个圈子，落到灌木丛下的一堆褴褛上，歪着头，凝视着。殷红的血斑，浸透了被子弹打穿的呢小褂。乌鸦凝然不动地待了一会，仿佛在沉思，后来就用嘴啄起来，起了一阵砰砰声。严寒完成了自己的使命：把一个月前留在这儿的一切都变成石头了。

"女人从麻木里清醒过来。

"'啊什！'

"乌鸦艰难地飞起来，又落到几步远的盖着雪的一具尸体上。

"'啊什！'

"女人拾起一个冻结的雪团，向乌鸦掷去。乌鸦跳了一下，懒洋洋地飞到树上原来的地方。女人站起来，叹了一口气，又对儿子望了一眼，就回到小路上去了。"

这儿所表现的严寒，太阳穴上的伤口，伤口上粘的一缕头发，冻裂的脚掌，外露的骨头，啄尸的乌鸦……这是名雕刻家用刻刀在钢板上刻出的一幅钢刻。作者的崇高思想，通过明快的刀锋，表现得非常苍劲，凸出，真切，感人。作者在这儿显示了文字巨匠的手法。

乌克兰……一个平平常常的村子。这样的村子有千千万万呢。一个月以前，这儿充满一片升平气象，处处腾起悠扬的乌克兰的歌声和清脆嘹亮的姑娘们的欢笑。人们相亲相爱地工作着，过着自由的、幸福的、升平盛世的生活。

德国人打来了，悠扬的歌声消失了，姑娘们的笑声静寂了。他们受着侮辱，毒打，迫害，掠夺……绞首架成了德国侵略者政权的象征。

村子空起来，留在村里的尽是妇孺老弱。少壮的男子都加入了红军和游击队，同敌人拼命去了。

村子空起来，可是德国人在这里就像在被围困的要塞里似的。

当地人民的沉默和充满憎恶与愤恨的眼光使侵略者胆寒。甚至夜间守卫的士兵们，连自己的影子都怕起来。村子被占领了，可是并没有把它征服。红军士兵们从这些妇孺老弱口里得到需要的情报，得到一切帮助。德国人用尽一切方法想征服这个村子，想使这个村子同红军、同游击队断绝一切的联系，想在村子里弄到给养，可是拷打、屠杀及一切惨绝人寰的方法都达不到自己的目的。

在隆冬的一天，天空出现了虹。迷信的德国士兵们都不安起来：这种奇怪的现象，有什么意思呢？当地的卫戍司令——顾尔泰上尉，也不安起来。可是他想安慰自己。

"听说虹是吉兆吧？"德国军官对一个老太婆问道。

"是的，是的，听说虹是吉兆……"她怪腔怪调地答道。

德国人预感到他们这些暴行是要遭到报复的。当地居民不屈不挠的意志，使德国人狂愤起来，采取了血淋淋的高压政策。

敌人对待娥琳娜的残酷，恐怕会像利刀似的刺入读者心里：

"这时月明如昼。月光把全世界都变成了一块天青色的冰块。费多霞清清楚楚看见：一个裸体女人，在通往广场的路上跑着。不，她不是在跑，她是向前欠着身子，吃力地迈着小步，蹒跚着。她的大肚子在月光下看得分外清楚。一个德国士兵在她后边跟着。他的步枪的刺刀尖，闪着亮晶晶的寒光。每当女人稍微停一下，枪刺就照她脊背上刺去。士兵吆喝着，他的两个同伴吼叫着，怀孕的女人又拼着力气向前走，弯着身子，打算跑起来，向前跑五十米——那士兵强迫他的牺牲者转过身来，向后跑五十米——于是又照样，又照样做起来。刽子手们笑着，他们粗野的笑声，传到屋里来。"

娥琳娜跌倒了又爬起来，爬起来又跌下去，走着，走着。她从哪来的这股劲呢？恨敌人，爱祖国，这是她力量的来源。她知道：朋友们的千百只眼睛，都隔着村里的窗子望着她；她知道：敌人是企图把她这至死不屈的精神摧毁。

村里的妇孺老弱也都明白：

"这不是娥琳娜，而是全村裸着身子，被士兵的狞笑声追逐着，在雪地上走。这不是娥琳娜，是全村人的脸跌倒在雪地里，被枪托打着，又艰难地爬起来。这不是从娥琳娜腿上往冰冻的雪上流着血，这是全村在德国人的铁拳下，在德国人的铁蹄下，在德国强盗的奴役下流着血。"

侵略者在这儿把一切残暴的方法都用尽了。而"命运本身，也给他送来一个绝妙的方法"——这个被摧残的女游击队员，生了一个儿子。儿子，她唯一的儿子啊。她幻想了一生，希望了一生，这唯一的儿子终于出世了。德国军官就利用这"命运本身给他送来的方法"，想激起她的母爱，企图用这孩子的生命来换取她的口供，叫她供出"使全区恐怖"的这支游击队的所在……

但娥琳娜把她最爱的，希望了一生的独子，献到祖国的祭坛上。

她，这位女游击队员娥琳娜，是苏联一位真实的女英雄。这是作者根据真正的事实创造出来的典型，是根据 1941 年 11 月，莫斯科州乌瓦洛夫区一位著名女英雄、女游击队员亚历山德娜·戴丽曼写成的。她就是这样被德国人虐杀的。

德国人企图用铁与血征服苏联人的心，把他们变成自己恭顺的奴隶，可是结果不但不可能，而且适得其反：

"德国兵用刺刀，用铁拳，让农民认清了他们是什么东西。他们不晓得，甚至没料到他们还教会人们一件事——就是从前的苏维埃政权是什么。在任何一个村子里，只要德国用血与泪的统治，在那儿维持过一天，那儿千秋万代都不会再有人对苏维埃政权不满、怠惰和冷淡了……生活本身用残酷可怕的教训，教育了人们。"

"村里有三百户人，每户都有人去从军。"作者在第一章里的这一句话，照彻了全部的作品。这是一条血的纽带，它把村子和红军牢牢地捆在一起了。村里有三百户人家，每家都有母亲。伟大的母爱，穿珠似的，把全部小说穿起来。由这伟大而深刻的母爱里，产生了对敌人的极端憎恨。每位母亲都有儿子，儿子们都参加了红军，而全体红军，都成了每个村子的骨肉之亲的儿子们了。

母亲，大战中的母亲啊，世界文学宝库里不知有多少这样母亲的典型啊！当 1854 年克里米亚大战的时候，俄国诗人涅克拉索夫写道：

> 在世上我窥见了一些
> 圣洁的，真诚的眼泪——
> 那就是可怜的慈母的眼泪啊！
> 她们忘不了死在血泊里的自己的儿子，
> 那就好像
> 垂柳扶不起自己的折枝……

这是当时文学上有力的典型。可是《虹》的作者所写的母亲，却是没有哭泣，没有眼泪的。

当女游击队员娥琳娜被捕，被关押在板棚里，母亲玛柳琪深夜打发自己十来岁的儿子，偷着到板棚去送面包，德国人把他打死了，小女儿芝娜哭起来。可是母亲对女儿说：

"你别哭了。米什卡是同红军士兵一样死去的，你明白吗？他是为了正义的事业牺牲的，德国的子弹把他打死了，你明白吗？"

老太婆费多霞的儿子瓦西里，在村子附近的山谷里阵亡，已经一个月了，德国人不准收尸。她天天挑水的时候，偷着去看他。她不哭，只用"干巴巴的眼睛"，呆呆地凝视着"变成乌木似的儿子的尸体"。隆冬的深夜，敌人把女游击队员娥琳娜的衣服剥光，用刺刀在大街上赶着的时候，费多霞隔着窗子望着，她"不哭，不叫。黑血在心里凝结起来了。……她硬着心肠，看着娥琳娜"，"不，这儿没有怜悯的余地"。

当敌人把一个女子马丽亚扣留在司令部里作人质的时候，这被扣留的女子对另一个女子说："不要紧，玛柳琪，不要紧……把我的孩子带到你家里去吧。"被扣押的五名人质从沉默的人群前面走过去。马丽亚突然转回身来，对未被扣留的村人用清楚、有力的声音喊道："不要紧，不要紧。你们坚持住，别屈服！别惦着我们！你们坚持到底！"押送的德国兵照她胸上给了一拳，她跟跄了一下，挺起胸来，高高地昂着头走了。

敌人把鄂西普也扣留作为人质，马上就要枪决了。他的女人一回到家里，就做起活来。敌人是看不见她的眼泪的。她说："可是我想：你看着吧，你等着我哭吧，这你可等不着，不！你这狗杂种，我在你面前决不哭。将有一天，叫你哭，叫你流着血泪哭！可是乡下女人是刚强的人，你对她们什么办法也没有……"

德国人把女游击队员剥得精光，在隆冬的深夜里赶到街上去；当面把她期待一生的唯一的刚生的儿子杀死；当面把孩子的尸体投到冰河里；最后，把她用刺刀刺死，投到冰河里。可是她始终没流过一滴眼泪。

儿子死在敌人手里，这在慈母心里燃起复仇的愤火，这愤火比一切眼泪，比一切悲哀都强烈得多。在这儿，一切个人的悲哀与苦痛，都融成了对敌人的憎恨与报复。这复仇的烈焰，烧干了慈母的眼泪。老太婆费多霞说："这儿没有怜悯的余地。"怜悯在这似海的深仇里也溶解了。

作者拿虹作为这部杰作的象征，"虹是一种吉兆"，这是胜利的象征，是胜利的预兆，像鲜花瓣似的温润、柔和、纯净而灿烂的虹光，照彻着这部作品，照彻着这部作品人物的胜利的信念。"这是战争啊。铁、血、火袭击到村子上了。可是这儿的一切人，都充满着坚决的信心，这信心在最可怕、最惨痛的日子里，支持了这村子。相信自己的军队会回来，相信最后的胜利是他们的。"

留在村里的妇孺老弱，每分钟都相信红军会胜利的，每分钟都切盼着红军回来。当村子的上空出现了带着红星的飞机的时候，一月来像死绝了似的村子，突然间沸腾起来：

"'我们的，我们的！'他们欢天喜地地叫着。……到处人山人海。屋前是跪着的妇女，大街上孩子们像一群麻雀似的在乱跳，老头子们向空中飞翔的铁鸟挥手。"

被押的五个人质，三天的期限一过，就要被枪决了，可是他们却说：

"力量在于坚持到底，决不让步。力量在于不该作声的时候决不作声。叫敌人从你嘴里连一个字也掏不出来。最主要的是要晓得，到头来他们中间没有一个能从这儿活着逃出去。……"

村里有三百座房子，除了德国人从那儿把居民赶到雪地里的那些房子以外，在每一座房子里的人们，都在受苦，在等待，在哭泣，但他们用坚定的希望安慰自己，用给自己增加力量的魔语安慰自己：我们的军队要回来的。

红军的先头部队回来了。战斗在村里开始了。这些妇孺老弱，都拿起禾叉、斧子，同敌人拼起来。

被德国人强奸、被押作人质的、全村最漂亮的姑娘，集体农庄最优秀的女庄员——马兰，她像从地下冒出来似的，疯狂地握着步枪的枪筒，眼里冒着火，乱发在可怕的、昂奋的面孔周围飘动，她猛力一挥，这最后一个德国人——司令官顾尔泰上尉，在她的枪托猛击下，完结了：

"……顾尔泰躺在板棚后的深雪里。一只眼睛被枪托打出来了。另一只眼睛，直直地瞪着头上的天……到处都静悄悄的，枪声都停止了。他不欺骗自己，他明白自己的部队都被打光了，那些人胜利了。绝望就像利爪似的，刺到他心里。……他用唯一的一只眼睛，凝视着辽远的晴空，仿佛要在那儿找到答案似的。他看见了虹：从地平线这端插到那端的巨大的半圆，连接天与地的一条光辉灿烂的带子，放着温润饱满的光彩。回忆在模糊的脑袋里一闪：他在哪儿看见过这样的虹呢？噢，是的，在那场暴风雪飞扬以前……当时那女人说了些什么呢？她肯定说虹是吉兆。顾尔泰上尉呻吟起来。虹射着愉快的光辉笑了。它是一种吉兆——可不是他的吉兆啊。虹愉快地放着光辉，可是陷入黑暗里的他，已经看不见这虹了。"

侵略者毁灭了，被占领的村子收复了。沉默了一个月的人们的嘴巴都张开了。到处都是欢笑。歌声在冰冷的空中，在万里无云的晴空里响彻着。到处沸腾着恢复的工作，都要"在第一天，要在太阳落山，夜晚到来之前，让德国人在村里三十天来的统治，连一点痕迹都不叫它留下"。

"虹从东方伸向西方，这条光辉灿烂的带子，把天与地连接起来。"灿烂的虹光照耀着无限的远极。收复村子的部队，继续向西方进军了。

虹，这儿充满着全民对敌作战的胜利的信心，充满着崇高的爱国的热情。字里行间都贯穿着一种思想，都充满着一种热情：苏联人民是不可征服的，苏联人民永远不会做德国人的奴隶！灿烂的虹光，照耀着人民反侵略者的伟大胜利的前途!

四

日寇的凶残，同德国侵略者可说是一丘之貉。《虹》里边所写的苏联人民遭受的灾害，我们的同胞在多年的抗战里真是饱尝了的。而我们同胞在极端艰苦的条件下，所表现的英勇斗争的精神，也是世界人士有口皆碑的。

最近从沦陷区来的人，常常告诉我们，那儿的同胞，在水深火热中，同敌人进行着艰苦的斗争，同时，他们切盼着我们的军队早日驱逐敌寇，解放故土，得到真正的解放。他们真正同《虹》里所写的在德国铁骑下呻吟的苏联人民一样，"眼巴巴地切盼红军回来"。我们沦陷区的同胞，对自己的军队的到来，也真是望眼欲穿了。他们在日寇铁骑下，呻吟着，期待着，坚持着，奋战着，怀着坚强的信念，相信最后的胜利是我们的。

《虹》是一部小说，是用心血凝成的一部最现实的艺术杰作，同时也是强有力的战斗号召，它号召爱好和平、爱好自由的人民，万众一心，有我无彼地毁灭最野蛮、最凶残、最黑暗的人类的公敌——法西斯侵略者。

《虹》不但使我们看清了德国侵略者的凶残面貌，使我们惊服于苏联人民不分前方后方、不分男女老少所进行的坚决英勇的苦斗，而且使我们的同胞更感到日寇野蛮凶残的可怕，更可以激发我们同胞抗战卫国的热情，坚定我们对于抗战胜利的信心。

"虹是一种吉兆。"是的，它是全世界爱好自由、爱好和平的人民的吉兆，是反侵略者的吉兆，它不是独裁者的吉兆，而是民主和平的吉兆。

虹在这部作品里，是一种象征。这是光明战胜黑暗，文明战胜野蛮，人道战胜暴力，公理战胜强权的象征，是人性战胜兽性的象征。

灿烂的虹光，照耀着苏联人民反德国侵略者的伟大胜利的前途。这是真理，这是历史的轨道。

灿烂的虹光，也已经照耀着太平洋上毁灭日寇的伟大胜利的前途！

团结，抗战，向这虹光照耀的前途迈进！

五

《虹》最初发表于 1942 年 8 月 25 日至 9 月 27 日的莫斯科《消息报》上。刊完不久，就得到友人由远道航寄的全份剪报。全文共分九章。阅后就开始介绍。至今年 4 月底，译至最后一章的时候，忽又收到航寄的俄文单本，同报纸上所发表的一对，这儿不单分为十章，而且从头到尾，都来了一个根本的大改造：有时改动一个字，有时增删几句，有些地方竟增加了一两千字（全书约增加一万五千字）。单本的确比初发表者好得多。一个字的更动，作者都细心考虑过。作者这种精益求精、丝毫不苟的态度，真可佩服，同时也是写作的人所应当取法的。

译稿呢，这时也从头做起，一手指着单本原文，一手指着根据报纸的译稿，一个字一个字地校改起来。分段不同的，用红笔批注出来，能填到夹缝里的，就填到夹缝里。夹缝里填不进去的，就另纸写出，剪下，贴上去。这校改、剪贴和批注的工作，所费去精力与时间，结果竟比重译一遍还多。而我自己却毫不感觉厌倦，相反，在赤日铄金的酷暑里，在亢旱得令人难以呼吸的烦躁里，忘却了琐事的烦扰，熬着生活的煎迫，用无限的精力与兴会，来贯彻我的工作。

作者原作用波兰文写的。俄文译者为叶·吴希耶维奇。单本于 1942

年底由莫斯科国家文学书籍出版局出版。

中译本里的注解，均由译者所加。

1943 年 8 月 27 日

靖华记于歌乐山麓

一

一条路从西方通到东方，另一条路从北方通到南方。在两条路相交的地方，在一座不高的小山上，有一个村庄。一排排农舍低低地散落在两条道路的旁边，构成一个十字。村中心的小广场上，兀立着一座教堂的小钟楼。被冰雪封着的小河，在下边顺着山脚跟前的山谷蜿蜒着，只有些地方，碧蓝的河面破裂了，滚滚的波浪，在裂口里发着黑色，随后又隐没在冰雪的覆盖下。

一个女人挑着水桶，从农舍里出来。水桶合着她缓慢的步调，在扁担上摇摆着。那女人谨慎小心地踏着溜滑的小径，沿着山坡，往下走去。阳光照得她把眼睛眯起来了。太阳辉煌、尖锐的光芒，映照到雪堆上，把人的眼睛都弄花了。她下到山下，把水桶放到冰口上，张望了一下。一个人也不见。房舍都静悄悄地兀立着，好像沉没到毛茸茸的雪里似的。那女人站了一下，把水桶放到冰上，心神不安地向上边的村庄张望了一下，慢慢地顺着河边走去了。

小河拐到旁边，拐到生满灌木的更深的山谷里去了。枝条从很厚的冰壳下微微伸出来。通过草木丛，有一条隐约莫辨的窄窄的小径。那女人向那儿拐去了。结着冰凌的灌木丛，在周围沙沙响，她勉强向前走着。上边的树枝，抽着她的脸，她把那些披着冰甲，上边覆着线毛似的雪花的尖树枝用手拨到一边去。

小径突然中断了。女人停住脚，用呆滞无神的眼睛向前望着。

这里的田地都在山丘上、岩缝里、低岭上、窄谷里。有些地方孤孤地生着灌木丛。可是那女人既不看盖着雪的山丘，也不看灌木丛，又不看那间或残留着去秋的红果子的野蔷薇。一些莫可言状的黑色轮廓，处处从雪下露出来。一堆堆褴褛在裂缝里露着。碎铁片、破锈铁斑斑点点在晴空的雪地里露出来。

她又走了两步，就慢慢跪下来。

他僵硬地，笔直地躺着。虽然如此，可是总觉得小些，比生前小得多，脸像用乌木刻成的一般。她用眼睛朝这脸上，朝这非常熟悉却又陌生的脸上望了一下。嘴唇死死的不动了，鼻子变尖了，睫毛盖到眼睛上，脸上露出铁石一般的镇静。就在太阳穴旁边，张着一个圆圆的小孔，上边凝着血，异常鲜红的血。这是黑脸上的一块血记。

他显然不是因为这伤就一下子死了的。人家从他身上剥去衣服的时候，他显然还活着。他那时活着，或许身体还暖着呢。这不是自己死去的，而是强盗们的手，把他的腿拉直，把他的胳膊顺着身子拉直的。作战的那天，他阵亡的那天，也是隆冬的天气，于是严寒即刻就把所有的死者握到自己的掌中，把他们的身体变成了石头。他们从死者身上没有什么可剥了。布都剥去了。蓝色的衬裤仿佛长到身上了似的，像用洋蓝在木头上画成了一般，当时真辨不出皮肤和布来。光脚板同黑面孔比起来，白得出奇，像白石灰，一只脚掌冻裂了——死肉像鞋掌似的脱落下来，露着骨头。

那女人谨慎小心地伸出手，照死者肩上摸了一下，摸到小褂的粗布和它下边凝然不动的、石头一般的尸体。

"好儿子……"

她没有哭，干巴巴的眼睛望着，看着，感受着这一切，感受着儿子黑铁似的面孔，感受着太阳穴上的小孔、脱落的脚掌和那表现出临死痛苦的唯一迹象——那像弯爪似的痉挛地插入雪中的手指。

女人把向后撂着的黑发上被风吹来的雪，轻轻抖了一下。一缕黑发覆在额上。她不敢去动它——那缕黑发，贴到伤口上，长到伤口上，被血粘住了。

每当她来到这儿，她总想把这缕头发揭去。可是她不敢碰它，不敢动它，好像这样会刺痛他的伤口，给他带来新的痛苦。

"好儿子……"

焦干的嘴唇，机械地低语着这唯一的字眼，仿佛他能听见，仿佛他能睁开沉重的黑眼皮，用亲人的灰眼睛看一眼似的。

那女人死死地发呆，眼睛凝视着黑脸。她觉不着冷，觉不着两膝发麻。她望着。

一只乌鸦从山谷里一棵孤树上飞起来，沉重地鼓着翅膀，兜了个圈子，落到灌木丛下的一堆褴褛上，歪着头，凝视着。殷红的血斑，浸透了被子弹打穿的呢小褂。乌鸦凝然不动地待了一会，仿佛在沉思，后来就用嘴啄起来，起了一阵砰砰声。严寒完成了自己的使命：把一个月前留在这儿的一切都变成石头了。

女人从麻木里清醒过来。

"啊什！"

乌鸦艰难地飞起来，又落到几步远的盖着雪的另一具尸体上。

"啊什！"

她拾起一个冻结的雪团，向乌鸦掷去。乌鸦跳了一下，懒洋洋地飞到树上原来的地方。女人站起来，叹了一口气，又对儿子望了一眼，就回到小路上去了。

她在冰面的裂口上，弯下腰，取了水，满满两桶水压得她弯着腰，慢慢往上走。这时太阳升高了，可是严寒并不曾稍减。雪是碧蓝色的，可是那女人不知道实际上雪果真是蓝的呢，还是她的眼睛被那蓝色的、被她儿子那冻到死挺挺的可怕的石灰白的腿上那蓝衬裤的颜色映花了呢。

一个冻僵了的卫兵在屋前跺着脚。他跺着脚，缩着肩，把手塞到腋窝下，又用僵硬的手指擦着双颊。严寒隔着坏靴子，隔着夏季穿的草绿色军大衣，无情地刺着他的足趾，刺痛了他的眼睛。卫兵对这女人凝视着，虽然他早就认识她，从他的部队占领这个村子的第一天，就认识她。她从旁边走过去，仿佛没看见他似的。门响了一声，一团团寒气冲进门廊。

"怎么这样久？简直等不着你啊！"

她没答言，咬着嘴走到炉子跟前，把水倒到炉子上的瓦罐里，把劈柴搭到几乎要灭的火炭上。

"倒杯水来，我想喝水。"

"水在桶里。你倒吧。"女人冷冷地答道。

那女人愤愤地在被窝里动了一下。

"你等着吧，丈夫回来，我就告诉他！"

女人耸了耸肩，丈夫算什么呢……

她慢慢把干劈柴填到炉子里。是的，是的，看来是命该如此啊。村里有三百户人，每户都有人去从军。可是只有她的儿子躺在河边的山谷里，而且已经一个月了，都不让掩埋。他在雪地里整整躺了一个月了，严寒把他的脸变成了黑铁，他的脚像树木似的冻裂了，手指头都冻青了。那儿还躺着一些别人，也是自己人，可都不是本村人的儿子、弟兄和丈夫。只有他一个人。只有他命该死到这儿，死到自己的村子附近，死到离家两百步远的地方。只有她命该如此，眼看着饿乌鸦在未掩埋的儿子的尸体上飞翔。而且也仿佛故意开玩笑似的，德国军官恰恰就占了她的房子给自己的姘头住。要是这个姘头是个德国人也好些，是从老远的地方弄来的、说话听不懂的、像这些穿草绿色军大衣的人一样可恶可恨的外国人也好些。可是，不，恰恰相反，这是个本地货，是叛徒，为了丝袜和法国酒出卖了祖国，出卖了亲友，出卖了当指挥官的亲丈夫，出卖了牺牲在山谷里的那些人，她把一切都出卖了。一想起她住在这屋里，躺在鸭绒褥子上，吆喝着，在屋里摆太太架子，老太婆的五脏六腑都气炸了，心里充满了极端的憎恶。她不害羞，走起路来并不放下眼睛，遇见人脸也不红。她走起路来洋洋自得，恬不知耻地强迫人服侍她。

"你等着吧，等着吧，"老太婆不睬那从屋里传来的一阵恶骂，对着燃烧起来的炉火咕哝着，"啊哈，你总有那一天的，总有那一天的，总有一天叫你悔不该生到人间来。"

她听见门口急促的沉重的脚步声，没有回头。即使如此她也晓得是谁在走路，只是她的脸像石头似的冷凝着。

军官来到房里，没注意炉子跟前忙着的女人。

"怎么回事，你还睡着吗?"

躺着的女人娇滴滴地鼓起嘴唇。

"干吗要起来呢? 你总是不在家，不在家……闷得很……你出去逛你的，可我在这儿同这个讨厌的老太婆……你瞧，她还在惹我生气呢……"

他坐到床边上。

"小糊涂虫……这儿你是女主人，明白吗? 呵，你闷什么呢? 你有这么多唱片，把留声机开起来，看看书。我也真愿把每一分钟闲工夫都陪你过。可是因为战争……不断会有什么新的事情发生呢。"

她叹了一口气。

"战争，老是战争……你可以请点假，把我从这儿带走也好。"

军官耸了耸肩。

"小糊涂虫。现在不是请假的时候。至于把你一个人送到德国去……你在那儿干什么呢？最好还是在一起吧。"

她没有回答，慢慢起来，伸手取放在椅子上的衣服。他起来坐到板凳上，望着她。是的，他喜欢她。不然，整整三个月来，他也不会带着她走的。她是另一种女人，同他习惯的那些女人完全不一样，同他在这儿遇见的女人也完全不一样。

"哈哈，对了，你听着，普霞，有人告诉我，说这儿的一个女教员是你的姐姐，是吗？"

她拿着袜子的手，在空中悬着。普霞带着病恹恹的娇态，把头歪到肩上。是的，这正是她令人销魂的地方。脆弱的小畜生啊。

她用孩子似的手，把头发掠到耳后。这两只耳朵真可笑，窄窄的，像小兽的耳朵，成一个小三角形，牙齿也是三角形的——只在相识三个月以后的现在，他才发现。现在她用这些牙齿咬着苍白的嘴唇。

"唔，怎么呢？"

她又把头发整了一下。

涂着蔻丹的三角形的红指甲，像血染了似的闪着光。

"唔，是的，是姐姐，那又怎么呢？"

"你姐姐不大喜欢我们。"

普霞的圆臼臼的黑眼睛闪过一丝疑惑的光芒。

"可是……你喜欢她吗？"

他沙着嗓子，像老母鸡似的咯嗒咯嗒地笑起来。

"不是的！你又乱想了！我不喜欢淡黄色头发的胖女人。她的腿粗得像……"他是想说：同我太太的腿一样，可是及时把话收住了。

普霞洋洋得意地照自己短短的、可是很周正的两腿望了一眼。

"是的，实在不错，她是有点胖……"

"你从来不曾提过你这儿有个姐姐。"

"干吗提呢？她住在这儿，我在那儿，我们几乎从来不见面。她完全是另外一种人。"

"是什么样的人呢?"

普霞沉思地把头发往耳后掠了一下。玻璃耳环闪了一下光。

"她教孩子们,就知道工作,工作……结果怎么样呢?没有什么。她事事满意,也喜欢大家。"

"总而言之,是女布尔什维克吧?"

"谁晓得她……或许是女布尔什维克,"她懒洋洋地回答着,忽然又兴奋起来,"你干吗这样问她呢?你说你不喜欢她,可是干吗总是问她呢?"

"随便问问。如果我对她发生兴趣,你要相信,那也不是因为她是女人,并不因为她是女人。"

普霞没注意到他话中特别的语气。她用力往脚上穿袜子,从头上套上绸衬裙。

他从兜里掏出一个小包。

"呵,一点小东西,我专门回来一小会,给你送一点可可糖。我还要去,我今天有一堆公事。你随便干点什么消遣到晚上吧。我回来得不迟。"

她耍了一个鬼脸。

"我一个人,一个人,整天一个人,……什么时候这战争才完呢?"

"会完的。"

"你说得可好……"

她把彩色糖纸打开,用三角形的牙咬住可可糖,并不把糖掰成小块,就整块吃起来。

"把留声机开起来。我让人给你送中饭来。呵,再见吧。"

他怠慢地把她吻了一下就出去了。卫兵还在房前跺脚,尽力地暖和一下。他看见军官,就立正。军官由他跟前过去,拐向广场去了。从前驻着村苏维埃的那所大房子,这时挤满了士兵和下级军官。他们都立正,行举手礼,他待理不理地答着礼。室内充满着团团的灰色的烟球。

军官推开自己临时办公室的门。

"把她带来。"

他坐到桌后，打了个呵欠。真羡慕普霞到现在还躺在床上，可是他天不亮就得爬起来，整天都是办不完的公事。

士兵们把一个穿着厚皮袄和黑衣服的女人带进来。他不相信地对她望了一眼。

"这是她吗?"

"是她。"

她有点不自在，艰难地站到桌前。苍白的头发，从头巾下露出来，盖到太阳穴上，脸是平平常常的，不加修饰的粗糙的农民的脸。

"姓什么?"

"郭斯久克·娥琳娜。"

他手里转动着铅笔，悄悄地端详着站在他面前的女人。

这二者必居其一——或者是士兵们弄错了，或者按她下巴结实而坚定的线条和一直望着他脸的那双眼睛来判断，审理将是持久而麻烦的。

"你当过游击队员吗?"

她毫不为难，毫无惧色，而且也不从他身上放下眼睛，回答道:

"我当过游击队员。"

"哈哈……是了……是了……"这么出其不意地迅速承认，使他吃惊，他机械地在面前放的一小片纸上，画了一串奇怪的树叶。

"那你为什么回到村里来呢? 他们派你来干什么?"

"谁也没派我，我自己来的。"

"是这样。自己……这是为什么呢?"

这次她没有回答。乌黑的眼睛，直望着军官瘦骨嶙峋的面孔，望着他无色睫毛下的无色的眼睛。

"怎么样?"

她不作声。

"怎么可能呢？本来在游击队里，后来又突然回家来，回到村里来了？你们没有一点纪律吗？你为什么被派回来，最好一下子说出来吧。"

"我自己回来的，干不下去了。"

"干不下去？为什么？"他兴奋起来，"事情很糟吗？最近一次进攻中，把你们的指挥官打死了吗？部队垮了吗？"

"关于部队，我一点也不知道。我是回家的。"

"怎么忽然回家呢？"

她无声地动了动嘴唇。

"你相信这一切都是梦想、罪行、土匪行为？不愿再干了吗？"

女人否认地摇了摇头。

"不——我干不下去了。"

"为什么呢？"

她显然鼓起力气来，后来直对着那双眨巴着无色睫毛水溜溜的无色的眼睛：

"我回家生产。"

"什么？"

"回来生孩子……"

"是这么回事啊……"

他笑起来，这一阵沙嗓子的咯嗒咯嗒的笑声，使她打了一个冷战。

"你冷还是怎么的？这儿生着火，可是你好像在冰天雪地里一样，裹得紧紧的。把头巾取了！"

她顺从地把沉甸甸的厚披巾，从肩上取下来，放到板凳上。

"把大衣脱了！"

她踌躇了一下，解开扣子，脱了皮袄。他仔细看了一下。是的，没有什么可怀疑的。这是怀孕就要生了。

那女子艰难地呼吸着。他明白她站着很费劲，于是故意拖延，把铅笔放在手里转动着，越来越慢地问着问题，等待着。

关于她个人的一切问题，她一下子就回答了。不错，她是出嫁了。丈夫在战争中阵亡了。革命前她在地主庄园里做活，给老爷割麦子，挤牛奶；革命后在集体农庄做活。游击队刚一组成，她就加入了游击队，对他们隐瞒了自己有身孕。等到行动艰难、产期逼近的时候，她就回到村里来了，想平平安安把孩子生下来。

"是这样……平平安安把孩子生下来……"他重复道，"是你在上礼拜把桥炸了吗？"

"是我。"

"谁帮你的？"

"谁也没有。我自己炸的。"

"胡扯。我们晓得，最好你一下子说出来吧。"

"谁也没有。我自己炸的。"

"呵，好吧。那你们的游击队在哪儿呢？"

她不作声了，乌黑的眼睛，平心静气地望着军官的面孔。他叹了一口气。旧把戏又开演了。顽强的沉默，长时间的、无穷无尽的审问，一切可能的手段和办法，照例都是白费气力。他晓得：一般人要么一下子就开口，要么从他口里什么也探不出来。这一次，开头的一切回答就把他弄迷糊了。不过最初的印象还是对的——下巴的线条是顽强的，嘴唇的轮廓是自信而且坚决的。是的，关于她自己她说了，关于她自己的一切她都说了，可是关于别人——却一个字也没有说。

"啊，你从哪回到村里的？"

沉默。他急躁地不看受审人，用铅笔敲着桌子。突然，一阵难耐的、难于摆脱的、绝望的苦闷，把他笼罩起来，把这一切丢开，找普霞去，把案子交给别人去审岂不更好？可是对于使全区恐慌的游击队，他总想多少探听出一点消息来，而对于自己助手的判断力，他是不大相信的。何况他们还得仗着那些愚钝、实际上语言欠通的译员才能审问。而他自己却操着流利的语言，甚至两种语言：乌克兰语和俄语。他原来准备在这些地方做别的工作。可是，在战争中语言也用上了，学语言的那些时光真没有白费啊。

"啊，怎么，队长的名字叫卷毛吗？可这是绰号啊，你说吧，他的真姓名叫什么？"

沉默。他见她筋疲力尽。她的太阳穴上、额上、鼻角上，都冒出汗珠来，唇边的皱纹变得更深了，两手无力地垂在身旁。

"你说不说？"

他忽然觉得自己也累了。唉，还不如什么也不管，回家去呢。不知道普霞究竟起来了，还是趁他不在家又钻到被窝里睡了呢？

可是普霞没睡觉。她好久地穿着衣服，好久地照着镜子；开了留声机，但是老调子很快就厌烦了；想同人聊聊天，可是同谁聊呢？

普霞到厨房里，从桶里舀了水喝。费多霞坐在炉旁的一条矮板凳上，削土豆。普霞坐到窗子跟前的板凳上，望着一条条窄窄的土豆皮，从女人手指中间拖下来，打着卷，落到下边的筐里。

"土豆多小啊。"她说。

费多霞没搭理。

"这儿的土豆从来都是这样小的吗？"

沉默。

"您怎么不回答我的话？"

女人抬头望了一眼。沉默，漠然，冷淡。于是又低下头干自己的活儿。

"你这样看。我不是人吗？整天没有人可谈话的，真要命！"

她可怜起自己来。加之她犯恶心，她想着应该留一点巧克力糖。可是从来顾尔泰带回来的东西，她总忍不住一下子吃光。

土豆落到水里，水溅到泥地上。

"我似乎没有做对不起您的事吧？"

灰眼睛飞快地，注意地对她瞟了一下。可是还没有得到回答。

"我老一个人坐着，坐着，……顾尔泰回来一小会又走了……没有人可以聊天，可以做伴……这儿又天寒地冻，不能出门。我在这儿要发疯了……总是留声机，留声机，我已经都能背熟了。你爱留声机吗？"

她怒冲冲地捏着拳头，指甲尖都刺到掌心里了。

"您干吗不理我？我得了瘟病吗？"

费多霞抬起头来。

"你比得了瘟病还糟，更糟糕！你将来比得了瘟病的人死得更惨。"

普霞吃惊得目瞪口呆。她的圆眼睛瞪着。她完全没料到费多霞开口了。她忽然打破了这荒唐的、持续了整整一个月的沉默，说话了。而且说的什么话啊！怎么办呢？大喊大叫吗？走到跟前去打她吗？哭吗？或者起来回到自己房里，放上一张最快乐、最热闹的唱片？

出乎她自己的意料，她竟一件也没有去做。

"您想叫我干吗呢？我怎么办呢？饿死吗？等待吗？等待什么呢？他们会永远留在这儿的！我总该有个安身的地方……夏洛夫大概早已阵亡了，可顾尔泰人不坏，我晓得，他不是坏人，我不愿再在这儿过下去了，这些我真受够了！他会把我带到德累斯顿去，那里比这儿好些。我在这儿算什么生活呢？没有穿的，什么也没有，为一双袜子把心思都费尽了，破了——怎么办呢？别的容易找到吗？"

"对，对，对，你就是这些了……我要说的，就是……袜子……你姐姐是个正经人，是小学教员，什么事都堂堂正正。可是你——只知道袜子……我真不好意思叫你……而且你的顾尔泰永远不会带你走的。他会像丢婊子一样把你丢掉的。不等他滚蛋就会先把你丢掉的，总有这一天的！没关系，安安生生坐在这里吧，躺到我的鸭绒褥子上同德国人睡觉吧。你们俩在这儿长不了，待不久的！我们的军队一到，会叫你知道厉害！"

普霞缩头缩脑坐在板凳上。沉着的言辞，像鞭子似的抽着她！她用气得发抖的声音，勉强说：

"好吧，好吧，我告诉顾尔泰你去挑水为什么去了这么久！他一回来，我就告诉他！"

老太婆跳起来。削好的土豆，在地上滚着。刀子当啷一声，落到地上。她欠着身子，板着石头一般的面孔，向普霞扑去，而她吓得面色苍白，把腿蜷到板凳下边，仿佛要防御似的，把两手举到胸口。

"你从什么地方知道我上哪儿去了呢？你从哪儿知道呢！"

可是普霞已经想起来，卫兵在窗子跟前走着，只要喊一声就够了，于是放下心来。

"我要晓得的，我都晓得。"

"啊，你……"

费多霞恨不得抓住她的喉咙把这个躲躲闪闪、像耗子似的小黑女人掐死，踩死。她起了一种无法形容的厌恶心情，生怕挨着这脆弱的小东西，起了一种健全的正常人对于这种变态的、病态的东西的厌恶心情。她吐了一口唾沫，回到炉子跟前自己的板凳上，匆匆地削起土豆来，一条条土豆皮，又从她手里蠕动着，水在锅里噗噗响，飞溅到地上。普霞高高地昂着头，回房开留声机去了。她找着唱片。最初她想找一张欢快的、最快乐的片子，可是后来她觉得嗓子里堵着委屈和怜悯自己的眼泪，于是就选了另一张片子。

费多霞削着土豆，觉得心里发冷。这么说，她晓得了。既然晓得，大概就会告诉德国人的。她像毒蛇藏着舌头似的，把这事藏在心里等候机会。可是，现在她要报复了，要说了。

一个低低的、懒洋洋的声音在室内唱着：

"壁炉在燃烧……"

会怎么样呢？她相信德国军官对这是不会放松的。严禁掩埋最后一批阵亡者的命令，到现在还有效。让他们躺在村子附近的山谷里，让旋风、严寒和乌鸦去糟蹋吧。让他们被剥了衣服的光身子躺在那儿，去警诫别人，恐吓别人，作为德国胜利的标志吧。最初，农民们尽力想去掩埋阵亡的人们。可是没有办到：山谷里经常有人监视，夜里带着锄头到那儿去的青年柏楚克，从那夜起，就胸口带着子弹，一头栽到雪里，同他们一起躺在那儿了。于是一切就这样算了，人们都晓得没有办法。

可是全村没有一个人的儿子在那儿。只有她的儿子。只有瓦西里一个人，命中注定他所在的部队要路过这个村子。那时是多么幸福啊！……他像平常一样，快快活活，欢天喜地地突然跑到家里。在家里停了一小会儿，只停了短短的一小会儿啊。可是到天亮德国人就来了，出其不意占领了村子，瓦西里恰好就在被包围的、完全被消灭在山谷里的那一队人里。

她当天就找到他了。她的心一直把她领到他躺着的地方。那时他已经死了，人家已经从他身上把衣服剥去了。

从那时起，已经一个月了，她每天去那里看自己的儿子，看着他怎样冻硬，怎样变化，他的脸在严寒里怎样变得黑铁似的，他的光脚掌怎样冻裂。她每天已经来惯了，有时甚至每天两次，她去挑水，看自己已死的儿子。可是现在呢？现在会怎么样呢？

"……温存，爱情，缠绵，对我的幻想……"——留声机唱着。

德国人对这是不会放松的，不会宽恕的。她并不是替自己害怕。她是替死在山谷里的冻僵了的儿子害怕，是替被子弹打穿了太阳穴的自己的儿子害怕。她仿佛觉得他还会再一次失踪似的——仿佛人家要把他抬走，扔到人不知鬼不晓的坑里，侮辱他，摧残他，伤害他——这事他们会干的。唉，他们多会这样干啊……

"……温存，爱情，缠绵，对我的幻想……"

留声机搅得人受不了。

普霞想着心事，十来次地放着那同一张唱片。留声机唱着逝去的爱情，唱着逝去的幸福，唱着已经失掉任何意义的情书。留声机合着坐在炉边的女人忧郁心情的节奏，唱着温存的歌。费多霞，手指捏着钝刀子，觉不着痛，割破的皮肤上，冒着血滴。她把手放在围裙上拭了一下。

"……壁炉在燃烧……"

怎么好呢？她觉得应当去救瓦西里，去把瓦西里从一种可怕的、残酷的、比死亡还残酷的处境里救出来。可是怎么去救呢？

她知道，不能把他从那儿弄走。他冻到雪里了，同冰壳结到一起了。只有等到春天融雪的天气，才能把他从冰壳里起出来。可是如果甚至……虽然他现在变个了，变得像他十五六岁时那样了，可是怎么能把他抬起来呢？怎么把他抬起来，抬到什么地方，藏到什么地方，叫刽子手们看不见呢？

"……温存，爱情，缠绵……"

德国人可恶的魔爪，会去动他的。德国人可恶的皮靴，会去踢他。德国的畜生们，对他狞笑，顾尔泰的沙嗓子又会发出咯咯的笑声。费多霞无可奈何，绝望地搓着手。她忘记了土豆，忘记了盖着一层厚厚灰烬的炉火，呆呆地坐着，用呆滞的眼睛，一直向前边凝视着。

她想着不会再坏了，一切打击都已经打到她心上了。可实际却不是如此。在十二月的天气里，无穷无尽、无边无际的乌云向村子涌来，每分钟都有无数的灾祸威胁着。

她突然想起，这女人从哪儿知道的呢？谁告诉她了呢！

熟识的人影，在记忆里闪现。是女教员吗？不，费多霞即刻否定了这种怀疑。她绝不会的。可是谁呢？

村里当然都晓得，都晓得。可这些都是自己人啊。普霞哪儿也不去，谁也不同她说话，她能从哪儿知道呢？谁会把这位母亲的悲哀出卖到敌人手里了呢？谁把瓦西里的尸体、他的血、他的死、他的痛苦，出卖给德国的刽子手了呢？

留声机响了一下就沉寂了。普霞穿上毡靴，用力扣上皮大衣。大衣有点大，这是顾尔泰从小镇上的一个人身上剥下来，送给她，送给自己老婆的。可是大衣很暖，可以把手塞到袖口里，绒毛大领子，护着她的双颊，挡住寒气。

普霞从门里出来，叹了一口气。空气透明得像冰似的，也像冰一样冷。巨大的玻璃块充塞了全世界。背阴的地方，雪发着青色，可是在太阳下，却像宝石似的发着光，闪着亮，无情的光芒刺着眼睛。从村庄所在的那座小山上，可以望见左右两边都是一片令人目眩的、晶莹的、淡青色的平原。严寒钳制着天和地，严寒把静卧在十字路口的村子，紧紧地控制在自己的掌握里。

普霞往农舍那边望了一眼。有些地方，士兵们在忙乱着，教堂前面广场上的炮位发着黑色，那儿也有士兵们站着。一个村民也见不到。她向前走去，决心到顾尔泰办公的地方去找他。

广场边上，设着绞刑架——两根柱子架着一根横梁，中间吊着一个人。这是顾尔泰在村里的政权的象征。普霞淡然漠然地从跟前走过去。一个月以前，她来到这儿找顾尔泰的时候，这青年就已经吊在这儿，她对于这种景象已经看惯了。他变硬了，冻僵了，失掉了人形，现在与其说他像一个人体，倒不如说他像一截木头。雪大声吱吱响着，她像走在玻璃上似的，发着不中听的吱吱的响声。她顺着完全空寂的街上走着，房舍的窗子从下至上都蒙上了一层白霜，那一层白膜就像眼睛的白内障似的。从烟筒里偶尔冒着烟——这是些驻扎着德军的房子。在别的房子里，谁也没烧饭，没有东西可以做饭。

一所房子的门微微地开了，一个淡色头发的头伸出来，可是一看见走过来的人，就又匆匆地藏起来，门也关起来了。普霞耸了耸肩。说实在的，他们都避着她，像避害瘟疫的人，甚至都尽力避免偶然碰见她。孩子们如果偶然在路上碰到她，就都连忙逃跑了。呵，尽他去，尽他去吧！反正他们统统都要冻死，饿死的，他们命该如此。可她是活泼、健康的，她有很好的皮大衣，她可以尽情地吃可可糖，后来会同她做上尉的丈夫到德国去。每个人都是他自己命运的创造者——他们选择了自己的前途，她也选择了自己的前途。那些傻瓜才相信那些永远不会有的事，等待那永远不会到来的东西。他们将来要大失所望的，顾尔泰对她谈过，给她解释过，为什么德国人一定会胜利，为什么这些人在这儿注定要死亡，如果不诚心诚意给德国人做工的话。虽然这一切都很简单，可是他们什么也不愿意明白。他们在等待自己的军队，她，普霞丝毫不盼望他们。难道她现在过得不比他们好些吗？好得多了。

雪在脚下吱吱地响，眼睛都被光映痛了。这该死的隆冬，究竟什么时候才完呢？她幻想着温暖，她想像猫儿似的，在太阳地里蜷着身子，取暖，一直暖到骨缝里，全身都感觉着可爱的阳光的温暖。可是现在呢，这令人目眩的光明的太阳，却像冰块似的，似乎连它也在散布寒气。

门口的卫兵立刻放她进去了。她敲了一下门，不等回答，也不理会顾尔泰的助手们的不安，就进到办公室里了。

"出什么事了？"

"什么事也没出，"她娇滴滴地回答，"我想你了。"她聚精会神地对站在桌前的女人瞟了一眼。那女人上了年纪，白发苍苍，怀着大肚子。普霞坐到椅子边上。

"你马上就完了吗？"

"我对你说过……你瞧，我有事，"他显然动气了，把她拉到窗子跟前，气愤愤地低声说，"我跟你说过多少次了，不要到这里来！啊，这成什么样子？我有事，你眼看我有事呢。我一得空就回去。"

她像受委屈的孩子，撅着小嘴。

"我闷得要死，闷得要命。你回去一块吃顿中饭也好！我都愁死了……你总是不在家，不在家……同一个老婆子谈话有什么开心呢！这事情没有别人能办吗？"

"是的，没有别人能办。这个老婆子是女游击队员，你明白吗？"

普霞呆住了。

"女游击队员！顾尔泰，你这是哪儿的话，你瞧一瞧她，她眼看就要生产了！"

"啊，正是这样，"他斩钉截铁说，"你走吧，走吧，我就来。"

她温顺地抚摩了一下他的衣袖。

"顾尔泰，我的宝贝，我坐一会，听一听，好吗？啊，对你有什么妨碍吗？"

"啊，坐你的吧，不过这也是很无聊的。"他同意了，挥了下手，拉过一把椅子给她。

她解开大衣，坐下来。她的嘴角依旧挂着茫然的微笑，圆圆的黑眼睛望着站在桌旁的女人。那么，这就是女游击队员了……这真是笑话，哈哈，这是多么可笑啊……因为顾尔泰怕游击队，她是知道的，虽然他从来不承认怕什么东西。可是他怕游击队，这一点她感觉到了，不知为什么这使她感到有点得意。自信的，顽固到底的顾尔泰，他对一切都胸有成竹，从来无论什么对于他都是简单明了，可是他总还是害怕什么。

不，她所想象的游击队不是这样的。她想着这是些用斧子武装起来的巨人，满身长着长毛，不怕任何严寒，躲在森林里的神秘的人。虽然严寒已长时间封冻了整个世界。可是这儿却是个像费多霞一样平常的乡下女人，而且还怀了孕。普霞照向前鼓着，把发红的黑裙子都顶起来的大肚子瞟了一眼。她感到愉快，因为她自己小巧玲珑，穿着柔软的皮大衣，安安稳稳地坐着，要是坐够了，可以起来，迈着轻快的步子走开，可以打开留声机，同顾尔泰跳一会儿舞，就是今天晚上也可以啊。

顾尔泰用死气沉沉的疲倦的声音提着问题，那女人回答着。才上来普霞还听着问答，可是马上就明白这的确很无味。不但无味，甚至愚蠢。顾尔泰老是问同样的事情，那女人也老是用同样的话回答。

娥琳娜已经疲倦得要命了。黑色的斑点，黑色的波浪，从桌子下边什么地方腾起来，在眼前闪烁，把眼睛遮住了，她集中全部意志，要从这越来越厉害的、把周围都淹没了的黑暗里冲出去，于是坐在桌后的军官、他面前放的纸张以及他背后窗子上的玻璃，都从旋卷的黑暗里浮现出来。她觉得她脸上已经出了发黏的、讨厌的冷汗，双手重得像秤砣似的，两腿痛得要命，大概肿得很厉害。她在这儿站了多久了？一小时，两小时，三小时吗？或许还多，或许已经站了一整天了吧？可是，不，窗外的阳光还很亮，那么就没有她想的那么久了。

大腿痛起来了，内脏都痛起来了，仿佛有人慢慢把她身上的筋都抽出来了似的。可是此刻再加上这个女人又来了。娥琳娜认识她，知道她是什么人。她坐在这儿，眼睛圆得像衣扣似的。她摘下小皮帽，用手把头发往耳后掠了掠。女人疲惫的眼光，触到玻璃耳环的闪光，就凝视不动了。玻璃耳环闪着光，闪着一星火光，后来黑暗就又旋卷起来，只有这一星火光，从黑暗里射出来。娥琳娜摇晃了一下，可是她握起拳头，又把身子挺起来。不，不。不能跌倒，不能在这儿，在这个军官的姘头眼前跌倒，这东西出卖了自己人，钻到敌人军官的被窝里，现在却穿着皮大衣坐着，耳环闪着光，嘴角挂着笑，像看奇景似的，看着德国军官审问一个怀孕的女人，不能在这种人面前跌倒。

茫然的微笑，像粘到普霞的嘴角上似的。可是她并没有去想娥琳娜，也不听他们问答。她穿得暖暖的，而且很畅快，想到她坐在顾尔泰的办公室里，是本地唯一想出入就可以自由出入的女人。可是别的人呢，都是士兵们带着枪把他们押进押出，送到永远不曾有人生还的地方去。她想着人人都怕顾尔泰，而顾尔泰是属于她的，只属于她一个人，她可以挑剔，撒娇，而顾尔泰称她小猴子，而且要把她带到德累斯顿去……

"你是母亲啊。"顾尔泰说。脑袋已经发昏的娥琳娜，抓住了这句话，就像溺水的人抓住了一块木板。

啊，当然，她是母亲。不，德国军官连想也没想到他竟帮助了她，而且恰好当大地在她脚下摇晃，身子弱得要命，周围的一切都混乱起来，沉没到黑暗里，恰好在这个时候帮助了她。

"你是母亲啊……"

这话是谁说的？是坐在桌子后边的德国军官说的呢，还是森林里那个愉快的麻脸的青年游击队长卷毛说的呢？

"你是母亲啊……"

她想的不是她肚里怀着的，不是使她呼吸艰难，使她直不起腰来的这个孩子。她所想的是那些在森林里称她为母亲的那些人。她比所有的人年纪都大，而且大得多。她做过侦察员，炸过桥梁，可是她自己真正的主要的工作，她以为不是这个。她洗衣，做饭，服侍弟兄们，因为没有人关心他们啊。她给病人治病，给伤员裹伤，补破衣服。这都是一个母亲平常所做的事。他们也就称她为母亲。

"你是母亲啊……"

她感到这句话就像森林里那些人在召唤，他们的生命现在全都取决于她的一句话。她感到这句话像在提醒她的天职，又像从遥远的地方传来他们的慰问，他们的呼声。

"游击队藏在哪里？"

她记得每条小路，每束灌木丛，记得密林里的每棵树，记忆里清清楚楚浮现出德国军官所问的那条路。她甚至害怕那淡色睫毛下湿乎乎的眼睛会从她的心思里，把这条路看出来，查出来。赶快，赶快想别的事吧，想自己的房子、小河、邻居吧。可是小路，松树下的土窑和卷毛愉快、可笑的麻脸，都顽强地在记忆里浮现出来了。十六个青年和她这位母亲。是的，在那儿，在密林里，她有十六个儿子，十六个果敢的、大无畏的儿子。她这个女佃农的孩子，她等了很久才等到自己的幸福，等到那不知地主老爷的管家皮鞭滋味的自由人的幸福。

"游击队，我一点也不知道，都走了，可是上哪儿去了，我不晓得。"

顾尔泰握起拳头。审问了四个钟头以后，他了解到的情况跟原来一样。他气愤地把材料叠起来。

"汉斯！"

一个士兵进到屋里来。

"把她带走，关到板棚里受冻，或许会叫你清醒过来。你去坐着想一想，什么时候想起来了，就招呼卫兵。他会报告我的。"他怒气冲冲地把抽斗锁上。

"走吧，普霞。一块去吃饭。"

普霞高兴得跳起来。好在她来了，不然的话，他一定会在这儿坐到晚上呢。

白雪又把普霞的眼睛映花了。顾尔泰的皮靴，在雪上踩得比她的毡靴还响。寒风割着脸颊。

"那是什么？"

她站住，向顾尔泰指的地方望了一眼。在那遥远的地方，在琉璃色的平原同冰冷的琉璃色的天空交融的地方，展开了一道柱子似的放着彩色光辉的虹，一直向上升去，消失在那可望而不可即的高空里。青红紫绿的颜色，水晶般的透明，像花的柔毛一般，轻飘而且洁净。

"虹，"顾尔泰惊异地说，"你们这儿冬天有虹吗？"

普霞沉思了一下。

"不，好像没有，我从来还没有见过呢。"

顾尔泰一直站着，望着连接天地的发着光辉的彩柱。

"我们走吧，冷得很，我的脚都冻僵了……"

"听说虹是吉兆……"

"虹就是虹呗。"普霞终于不耐烦了，扯着他的袖子说。

在这几分钟里，那彩柱伸长起来，弯起来。虹就像凯旋门似的高架在大地上，红绿紫的颜色，闪着金色的透明的光辉，发射着光芒。天成了玻璃色的弯形，像玻璃罩似的把大地罩起来。广场上大炮跟前的士兵们，都仰着头，睁大眼睛，望着这奇妙的景象。

他们回到家时，费多霞在房前站着。她也在看虹，平心静气，聚精会神地凝视着。

"听说虹是吉兆。"军官走过时说。

老农妇耸了耸肩。

"是的，是的，听说虹是吉兆。"她怪腔怪调地答道，往旁边闪了一下，让他们进到门廊里。她自己留在门口。她穿一条裙子和一件上衣，光着膀子，忘掉了刺骨的严寒，目不转睛地望着那放着光辉的幻景，望着那光怪陆离，充溢着柔和的、金色的、光芒四射的，兀立在天空的凯旋门。

二

　　普霞的身子蜷成一团，头埋到顾尔泰的腋下，像小兽似的，徐徐地出着气，静静地睡着。军官仰卧着，打着鼾。费多霞在厨房的炉台上，听着这鼾声。它难堪地刺激着她，她觉得正是这鼾声让她不能入睡。她睁大眼睛，望着窗子，月光在凝结着厚霜的玻璃上闪着光辉，鬼火似的青光，射进室内，桌子、板凳、地上放的水桶，都落下奇怪而可怕的影子。

　　不过总算熬到夜里了，白天终于过去了。又过了一天。她已经用不着再去听那军官咯咯的笑声和他的女人千娇百媚的喃喃私语了，再遇不到那整晚上瞅着她的她那狡猾的白眼了。大概她是想开心，不一下说出来。不，她什么也没说。她带着微笑，斜眼望着费多霞。她很高兴，以为她是在她手下，以为任何时候她都可以打击她。这片刻的大权在握，使她骄矜自喜起来。现在她对这颗母亲的心，可以为所欲为，在山谷的雪地里躺着的她的儿子，也在她手里。她随时可以把他交到德国人的血污的手里，随时都可以扰乱死者的清静，叫人去侮辱他。

老太婆的心整晚上都像麻木了。可是现在她躺下睡不着觉，望着窗子上闪烁的青光，听着由室内传来的可憎的鼾声，突然她心里万分激动起来。啊，尽他们去吧，尽他们去吧！他们把他的一切都剥去了，把他的皮靴、大衣、裤子都剥去了。德国人的手已经动过他，他们把他掷到雪地里，可能在他还活着的时候，就已经把他掷到冰天雪地里了。德国人的子弹已经把他的血喝尽了，他已经死了，已经为保卫家乡牺牲了。他那灰色的、愉快的眼睛，再也不会睁开了，再不会唱："小伙子们，快套上马……"这样的歌了。他们还会再一次唾骂他，糟蹋他的尸体，这有什么呢？这对他们更坏，对他们更坏……愉快的青年瓦西里反正将永远留到人们的记忆里。从前在玩耍的时候，他唱得比谁都好，后来在自己村子附近阵亡了，躺在山谷里的河岸上；从前他在那条河里饮过多少次马啊，他为自己的家乡，为自己的国土，为自己的语言，为人们的自由与幸福牺牲了。德国人的手是不能从人们的记忆里把这些抹杀掉的。他死后他们还不给他安宁，在他死后还糟蹋他的尸体，人们也都会记着。不独是母亲的心记着这个，人民会记着的。为了他的每一滴血，为了他光着身子躺在冰天雪地里的每一分钟，为德国人的皮靴踢他的每一脚，他们命中注定要百倍地偿还。

现在她巴望清晨快些到来。让她，让这只黑耗子咬着自己的尖牙去告发吧，让一切快点发生吧。那双圆圆的黑眼睛，看见费多霞脸不发青，不哭，不下跪，不哀求他们别把她所剩下的、唯一的、冻成石头似的儿子的尸体夺去。这该死的女人像玩具似的去摆弄她，拿母亲的恐怖、痛苦来戏弄她。可在这些上，费多霞是不会落到她手里的。这只黑耗子弄错了，她将来等不到眼泪，也等不到哀求，她是不会得逞的。

费多霞觉得她的充满着血的心，硬起来了，她晓得现在谁也对她没有办法了，谁也不能用什么来伤害她了。她用穿不透的愤怒的钢甲，把自己武装起来，去抵御一切的打击。

窗子的青光上，时时有人影落上去。这是卫兵在房前走动。雪在他脚下吱吱响，听见他就地跺着脚，白费心思想去暖他那冻硬的腿。老太婆冷笑了一声。守卫你的吧，守卫着这个军官的梦吧，这东西同妍头睡在抢来的农民的床上，盖着偷来的农民的鸭绒被，正做美梦呢……就让你跺一百次脚，就让你把脚冻坏，就让你在房前的窗下跑得累死，你也守卫不住，保不住的……将来总有这样的一夜，叫你从酣梦里醒来，赤着脚，穿着衬衣，就往冰天雪地里跳。将来总有这样的一夜，叫你羡慕那些在山谷里躺着没有掩埋的人们，羡慕在绞刑架上吊了一个月的柳纽克。这样的夜，叫那军官的野女人都要羡慕娥琳娜的命运。

恼煞人的问题又来了：谁出卖的呢？娥琳娜悄悄回来，躲在自己家里，因为德国人没有数，来不及把村里的女人都数一遍。娥琳娜悄悄待着，哪儿也没去，可是她回来还不到两天，他们就把她捉去审问了。这么看来，是有人出卖了，说出了娥琳娜的事，把瓦西里的事也报告了普霞。什么地方藏着敌人呢，藏得很好，村里人都不知道他，谁也识不破他。这敌人把一切都看在眼里，都知道了，都告密了。像是本地人，要不，谁能认出瓦西里。

娥琳娜一回到村里，她自己马上就知道了。别人也知道，可这都是自己人，都是同村人，都是集体农庄庄员，都是在这可怕的寒天里，在这光明的夜里，在广大的祖国的疆场上，拼着命的战士们的父母。这条毒蛇，这恶棍是谁呢？祖国金黄的麦子养肥了他，而他现在把毒牙朝自己人伸来了？

远远传来人声，在一尘不染的严冷的空气里，在十分寂静的冰寒的夜里，一点声音都显得高而嘹亮。听见有说话声和喊声。费多霞从炉台上跳下来，走到窗前，用指甲刮着很厚的霜层。落下来的霜花像雪花似的。她用哈气把玻璃上的冰融成一个干干净净的小圆圈，隔着它可以看见街上的情形。玻璃模糊起来，马上又冻起来了，只得不停地对它哈气，用手巾角去擦。隔着窗子可以看见一段街道，一直看到广场上，看到从前驻着村苏维埃的那所房子和房子后边发黑的大敞棚。

这时月明如昼。月光把全世界都变成了一块天青色的冰块。费多霞清清楚楚看见：一个裸体女人在通往广场的路上跑着。不，她不是在跑，她是向前欠着身子，吃力地迈着小步，蹒跚着。她的大肚子在月光下看得分外清楚。一个德国士兵在她后边跟着。他的步枪的刺刀尖，闪着亮晶晶的寒光。每当女人稍停一下，枪刺就照她脊背上刺去。士兵吆喝着，他的两个同伴吼叫着，怀孕的女人又拼着力气向前走，弯着身子，打算跑起来，向前跑五十米——那士兵强迫他的牺牲者转过身来，向后跑五十米——于是又照样，照样做起来。刽子手们笑着，他们粗野的笑声，传到屋里来。

费多霞用手指抓住窗框，看着，看着。原来是这样，军官同他的姘头在打着鼾声的夜里，外面发生了这样的事。士兵们忠实地执行了他的命令，他可以安安生生地睡觉。

这就是她，娥琳娜。很久以前，她们一块儿在地主的田里做过活；一块儿在地主管家的鞭子面前，尤其在管家的调情面前发过抖；一块儿哭过自己的命运，哭过佃农姑娘悲惨、绝望的命运。

后来她们一块儿在集体农庄里做活，一块儿为农庄繁茂的麦子，为农庄奶牛产奶量的增长，为愈来愈光明，愈来愈欢乐的生活欢喜过。

可是，现在什么样的命运临到娥琳娜头上了啊。在产前的一两天，裸着身子，光着脚，在雪地里向前跑五十米，向后跑五十米。士兵在狞笑，刺刀戳着脊背。

费多霞不哭，不叫，黑血在心里凝结起来了。只要他们待在这儿，事情只能这样，不会有别的办法，仿佛他们要故意显一显身手，仿佛想表明他们的残忍是无止境的。她硬着心肠，看着娥琳娜。不，这儿没有怜悯的余地。费多霞觉得是她自己裸着身子，光着脚，在雪地里走，任士兵们侮辱。她觉得冰雪在割她的脚，刺刀在刺她的脊背。这不是娥琳娜，而是全村裸着身子，被士兵们的狞笑声追逐着，在雪地上走。这不是娥琳娜，是全村人的脸跌倒在雪地里，被枪托打着，又艰难地爬起来。这不是从娥琳娜腿上往冰冻的雪上流着血，这是全村在德国人的铁拳下，在德国人的铁蹄下，在德国强盗的奴役下流着血。

费多霞隔着干干净净的玻璃上的小圆孔，愁惨地望着。是的，只能是这样。德国兵用刺刀，用铁拳，让农民认清了他们是什么东西。他们不晓得，甚至没有料到他们还教会人们一件事——就是从前的苏维埃政权是什么。在任何一个树子里，只要德国的统治，用血与泪在那儿维持过一天，那儿万代千秋都不会再有人对苏维埃政权不满、怠惰、冷淡了。费多霞想起从前同妇女们的争论，现在生活本身给了回答。生活本身用残酷、可怕的教训，教育了人们。

娥琳娜跌倒了又爬起来，爬起来又跌下去。她从哪儿来的这股劲呢？费多霞知道从哪儿来的。她晓得，她感觉到娥琳娜心里也凝结着黑血，凝结着憎恨的血，这给了她力量。

在每座房子里，在上了冻的窗子后边，都站着人，他们隔着用哈气融解的小圆孔看着。他们同娥琳娜一块儿在雪地上跑，同她一块儿跌倒，一块儿爬起来，一块儿感觉到刺刀的刺，听着刽子手们粗野、刺心的狞笑。

娥琳娜觉得全村的眼睛都在看她。自己的村子啊，在这儿，她在苦命里长大了；在这儿，她等到了幸福的日子；在这儿，她亲手搭起一道通向幸福之路的金桥。血从被尖锐的冰块刺伤的脚上流着，奇痛撕裂着她的心。头轰轰地响起来。她又打了一个趔脚跌倒了，几乎没有觉着枪托的打击。她不是因为挨打才爬起来。她不愿意，也不能够躺在路上，叫士兵用皮靴踢她。她不愿意，也不能够叫敌人觉得是他们在折磨她，像狗赶兔子似的把她赶死。实际上，她已经什么也觉不着了。身上流着血，滴着，在雪上拉连着。娥琳娜自己就像在躯体以外，她仿佛烧昏了，在梦中似的。她好像在梦中看见了道路、士兵。耳朵里轰轰响。"母亲！"卷毛快活地叫她。高高的树顶哗哗地响，风把它们吹得摇曳着，板棚的柱子吱吱响。火焰迅速地顺着桥的横木蔓延，火舌舔着桥身，向上爆炸了。米柯拉要去打仗了，他走到拐弯的路上，朝她挥手。娥琳娜跌倒了。她用手支着地，又勉强爬起来。

"快点！"在后边走的士兵喊道。

"照她肚子上来，照她肚子上来。"另一个士兵出主意说。

"不到时候，哪能就死呢。"那一个笑着，用刺刀刺娥琳娜，"她什么还没有供呢，应当叫她招出来。"

"上尉要的东西，他能从她肠子里掏出来。"

"那倒是。喂，你这家伙，走呀，走呀！"第一个士兵又喊起来。

"你再给她一下。再给她一下！"

刺刀尖朝下了。一道道细长的血印，顺着女人的脊背流下来。

"快点，快点！你以为这是同男人闲逛着玩吗？"

女人听不懂他们的话，这他们倒满不在乎，喊叫、辱骂和粗言鄙语本身，就够使他们心满意足了。他们疲倦而且凶恶，天气越来越冷，他们本来可以安安生生睡觉，可是为了这个"该咒的女人"，不得不来受冻。他们自己受累，为这不能安睡的夜，他们要教训她，向她报复。

可是夜里空前未有的严寒，把大地笼罩着。这严寒仿佛达到了月球上，把它冻成了一个冰块。虹在银光里失掉了色彩，隐约出现在天空里。可是月亮的两旁，竖立着两根光柱。这光柱长在地平线上，高高地向月亮的两旁伸去，像凯旋门的廊柱一般。它们放着光辉，从天边到地角，都倾泻着银霜一般的光辉。

"走吧，该死的东西！"他们拼全力吼叫着，这并不只因为他们想喊叫。这夜充满了恐怖，太吓人了，他们想用喊叫和吵嚷，去平息压在心头的恐怖，撕毁神秘的夜幕，把平常的事态，带到可怕的夜里去。这时夜明如昼。月亮向周围倾泻着银色的月华。光柱在燃烧，这景象他们向来都没见过。雪在月光下闪烁，这样的蓝，他们从来也没见过。雪在脚下吱吱响，说明天寒地冻，这样的严寒，他们从来不曾见过，甚至连想都不曾想过。房舍凄愁地、沉默地兀立在大道旁，到处连一个人也没有，只有房屋上冻的窗眼，像活人的眼睛似的，瞪着道路。房屋投下来的黑影，使人发蒙。德国人在这样无月的黑夜里，一般是不敢出门的。他们晓得：每一个拐角后边，每一丛灌木后边，都有死神埋伏着，死神像闪电似的突袭着，叫你连眨眼都来不及。今夜在炫目的月光里，很难躲藏，很难偷偷溜到跟前，可他们的心，依然被恐怖紧压着。他们突然回顾着，瞪着眼，尽力往板棚的黑影里看，想壮壮自己的胆子。严寒刺着脸蛋，严寒好似冰壳一般，落到嘴唇上。他们急促、焦躁地擦着耳朵，在雪地里跺着脚，在大街上，把一个裸体女人，前后赶着。

这种消遣，他们终于讨厌了。老是那么一套：娥琳娜常常跌倒，起来得愈来愈慢，但是不哭，不叫，没有一点去见上尉招供的表示。可是严寒越来越厉害，已经不仅是无情地割着脸和手脚，而且把呼吸憋在胸里了。泪眼模糊起来，身子止不住地打寒战。

"啊，跑步走，回家去！"

他们呼喊着，叫骂着，像赶一只野兽似的，把她赶回板棚里去了。到门口，碰到门槛上，她脸朝下摔在泥地上，下意识地用手护着大肚子。太阳穴在跳，心在疯狂地跳。几分钟之后，严寒，无情的魔爪，把她捏到掌心里了。那些原来没有觉着的脊背上的伤，现在难忍地发起烧来。她拼命鼓起力气，抬起身子，坐起来，不自在地用发硬的手指，擦起肩膀、脚和大腿来。月光像平平展展的带子，从墙缝里射进来，落到泥地上。墙角里放着一捆干草。她爬到草跟前，缩着身子，躺到干草上，尽力想更深地钻到草里去。

"我冻坏了。"她对自己说，感到轻松些。

白天把皮袄和头巾，留到军官那儿的板凳上了。夜间当士兵们把她往雪地里赶以前，把她所有的衣服都剥光了，甚至连小褂都剥去了。"或许他们忘记了，把衣服都留在这儿，留在板棚里了吧？"她想起来，环顾了一下。不，什么也没有，只有光光的泥地和这暂时使她感到安适的、少得可怜的一小捆干草。

外边静悄悄的。大概士兵们觉得她没有看守的必要，把门锁上就走了。全身像火烧似的，她睡不着，也不敢睡着，把眼睛睁得大大的，望着在地上慢慢移动的月光。

她忽然听见有沙沙的响声，侧耳细听起来，雪吱吱作响，可这不像卫兵的脚步声。有人慢慢地、小心地走着。一阵轻轻的吱吱的雪声，过后一切都静止了，后来又响起小心的、吱吱的响声。有人悄悄移着脚步，偷偷走着。娥琳娜怕起来。这是怎么回事，这会是谁呢？

脚步声不响了。大概是她在做梦。可是吱吱声又响起来，显然有人在走动。她欠起身来等着。脚步声从对着大门那一面由远而近了。他会往哪儿拐呢？可是脚步声没有拐弯。他越走越慢，越走越当心了，最后，终于到了墙跟前，不响了。

娥琳娜呆住了。有人站在墙跟前。她清清楚楚听见了呼吸声。他还把脸贴到原木墙上，向里边望着。

她等着。这是谁呢？自己人，敌人，还是偶然的过路人呢？可是夜里在村里，在出门者格杀勿论的严令下，夜里还会有什么过路的人呢？

"姑妈！"一个孩子的声音，悄悄喊道。

娥琳娜呆住了。墙那面站着一个孩子。她想回答，可是从她胸中只吐出一声低低的、压抑的呻吟。

"娥琳娜姑妈！"

一个邻居的孩子，偷偷溜到板棚跟前叫她。她哼了一声。

"娥琳娜姑妈，我给您送面包来了。"

面包啊。她已经两天连一星面包都没有进口了。没有面包，也没有水。饿倒还不怎样觉得，她在顾尔泰那儿受审时，以及后来躺在板棚里都是这样，只觉得真要渴死了。她在路上被来回赶的时候，她抓了几把雪，送到嘴里。雪滋润了她干透了的嘴，增加了她的力量。可是怕士兵们看见，她只好在跌倒的时候，用嘴唇噙起雪来。现在她觉得饿了，肚子难受，胃里起了一阵难忍的痉挛。

她打量了一下从屋角到孩子叫她的那地方的距离，鼓起勇气。

"我来了。"她谨慎小心地用臂肘和腰支持着爬起来，觉得已经站不起来，抬不起身了，脊背和大腿一阵阵发痛，脚痛得仿佛用橡木棒打了似的。

娥琳娜爬了一步，两步——突然一声震耳欲聋的响声，冲破了沉寂。接着是一声尖叫。她倒在地上。过了一刹那，她才明白这是枪声，就在附近。她呆呆地张着嘴，紧张地向前凝视着，向外面出事的黑墙凝视着。传来雪地上吱吱的脚步声，沉重的、坚定的脚步声，德国人的恶骂，枪托在一种软东西上的打击。又来了一个人，现在叫骂的已经有两个人了。她细听着，会不会还有什么声音呢。可是刚才那一枪，显然是很准的。

只在现在她才突然感觉到这两天来的痛苦、要命的疲倦和一刻不停的神经紧张。她觉得一切都在旋转，地也在她脚下摇晃，她几乎要失去知觉了。

那枪声和叫声传得很远，在邻近的房子里听得就更清楚了。在那儿已经整整一个钟头了，有三个人的头贴到窗子上，隔着哈气融成的三个小圆孔，望着板棚的黑漆漆的轮廓。

小芝娜哭起来。

"妈妈，是米什卡啊！妈妈，是米什卡啊！"

母亲紧握着她的手，痛得小姑娘叫起来。

"别作声！"

"妈妈，是米什卡啊！他们干什么呢？妈妈？"

"没听见吗？把我们的米什卡打死了。"女人低声说。

八岁的萨沙离开了窗子。

"妈妈，我给娥琳娜送面包去。"

"你哪儿也别去。现在他们看守着呢，他们要一直看守到早晨呢。"她严厉地回答。沉默了一下，她又说：

"再说面包也没有了，一片也没有了，一星也没有了。米什卡把最后的一点面包都拿去了。"

男孩又走到窗前，望了一眼。可是从这儿什么也看不见。

米什卡躺在板棚的墙跟前，子弹从肩胛骨下边打进去，把背打穿了。他只来得及叫了一声。德国士兵用皮靴照孩子身上踢了一脚，一小块面包从小拳头里掉下来。

"畜生，送面包来了。"士兵说着，又用脚照死了的身子上踢了一下。

"想给这女人送东西吃……"

"瞧，这骗子怎么溜来的……"

"再有一分钟就会交给她了……我们一出来，我一下子就瞧见有个小东西在溜，已经到墙跟前了。我一瞄准……"

"好枪法。"他的同伴望着灰布褂上褐色的麻斑，夸奖他说。

"可不是嘛！我的眼力顶靠得住呢！现在该拿他怎么办？留在这儿吗？"

"别忙，干吗留到这儿呢？来，把他扔到沟里去吧。"

这意见他们两个都乐意。他们抓住孩子的腿，把他拉走了。淡色头发的头，在上冻的土块上磕碰着。士兵们把尸体猛力一挥扔进覆盖着雪的道旁的沟里了。

"让他在这里躺着吧。真有意思，他从哪儿来的呢？"

"上尉明天会调查的。虽然鬼晓得这儿……这帮匪徒都互相包庇，该死的，都不作声。"

"放心吧，我们的上尉会叫他们开口的！"

"但愿如此。我老实告诉你吧，这儿真可怕。"

高个子士兵扶着枪，仔细端详着同伴的脸。可是，高鼻子的圆脸上，看不出什么惑疑来。

"可怕……真想回老家！我的梅海儿春天就满十岁了……两年没见

他了，你想想吧，两年了……"

第二个人同情地摇着头。

"我秋天请过假。"

"我出门的时候，答应他回去给他买一辆自行车。我的儿子两年来都等着这辆自行车呢，从这儿很难寄。"

"司务长寄去两辆了。"

"司务长……"高个子兵慢吞吞地说，"那是司务长啊，他们能收寄我的吗？你自己晓得，包裹是另一回事，可是自行车是不许寄的。"

他们在房前来回走着，那儿是顾尔泰办公的地方。窗子里亮着灯光，有人还在办公呢。

"现在几点钟了？该换班了。"

"还有半个钟头。"

天气越来越冷了。高个子德国人，觉得还不大要紧，他军帽下的头，是用毛围巾包着的。可是矮个子兵，拼命用手摩擦耳朵。

"这些人在这里怎么过的呢？这里从来都是这样冷吗？"

"我怎么知道呢？大概从来都是这样冷……对他们这些野蛮人，这有什么呢……"

"你看见虹了吗？"

"看见了。"

"这是什么兆头呢？"

高个子耸了耸肩。

"这能是什么兆头呢？大概他们这儿冬天也有虹吧。你瞧瞧，真像廊柱一样啊！"

"这是因为天太冷了。"

"大概天太冷也能出虹吧。"

"大概是的。"矮个子赞同着，对着手心哈气，心神不安地回顾了一下。

"那儿有什么?"

"没什么,我随便看看。"

过了一会,高个子也回头看了一下,他也气得骂了一句。他们凭经验晓得,只要回头看一下,后来就会一次次地想看,这样一来,就越来越害怕了。

"你别看吧。什么也没有。"

"你自己时时刻刻总在回头看呢。"

"我总觉得有人在路上走。一瞧,什么人也没有,过后又觉得有人似的。"

他们都不约而同把踱步的距离只限于房子跟前来回几步远。

门开了,这是来换班的。

"谁放的枪?"司务长问。

"我,"高个子士兵说,"有人想给被抓的女人送面包。"

"怎样了,拉什克?"司务长打听着。

"我打中他了,是个男孩,大概是哪个邻居打发来的。"

"他在哪儿?"

"我们把他扔到沟里了。"

"走,我们去看看吧。"

三个人一起到那里去了。

"就在这儿。"拉什克用手指着说。

司务长弯下腰。

"这儿什么也没有。"

"怎么会什么也没有呢?"士兵不知所措了,"付格尔,我们不是把他扔在这儿了吗?"

他们下到沟里,在雪里挖起来。

"你走这么远干什么? 我们并没有到那儿去啊。"

司务长疑神疑鬼地望着他们的脸。

"你们听着，这又是怎么回事呢？"

"司务长先生，我敢对您发誓有证据，我们把那个孩子就扔在这儿。您瞧瞧，就在这儿！"他在雪地上发现一块血斑，高兴地说。

司务长仔细把那地方看了一下，摇摇头。

"有人到沟里来过了，把脚印都踏不见了……你们守得真好，没什么可说的！人家在你们眼皮底下把尸体弄走了，如果真有尸体的话。"他严厉地补充了一句。

"怎么一回事呢，怎么一回事呢，有证人呢……我们两个人拉着他的腿拖走的……"

"你们这些傻瓜，也许他没有死，从这里跑了吧？"

"不，不！……我一枪把他打穿了，他仰面倒下去，即刻就死了……"

司务长向板棚走去。雪地里，有很大一块红血斑，一块黑麦面包掉在旁边，从干干净净没有人迹的雪地上走来的孩子的脚印，留在冻硬的雪地上。

"就在这儿……后来我们把他拉到沟里去了……您瞧瞧吧，印子还显着呢。"

"是的……"司务长同意了，看来士兵们说的都是实话，"走吧，我要把你们押起来。"

他们呆住了。

"押起来？"

"呵，干吗瞪眼睛呢？你应该守这个地段吧？应该。可是这里发生的事情，你却一点也不知道。罪犯的尸体都被偷走了，可是你们这两个傻瓜竟没有瞧见。守得真好！像这样守卫，人家会像对付麻雀似的，把我们的头一个个拔掉的……"

士兵们低着头，在他后边跟着。

"该死的地方。"拉什克低声说。他的同伴叹了一口气，作为回答。

"那儿一个人也没有，也不可能有什么人！"拉什克执拗地强调说。

小个子付格尔吓得缩着身子。他觉得自己的头发都竖起来了，脊背上起了一阵寒战。拉什克一再断言那儿不可能有什么人。他也是对的——雪没有响过，周围一点响声也没有，一点声音也没有听见，月光照着的雪地上，连一个影子也没溜过去。可是孩子的尸体却不见了。这是怎么一回事呢？

士兵付格尔怕对自己回答这个问题，只下意识地加速了脚步。他轻轻叹了一口气，房门终于开了，热气、灯光、人声，一齐冲出来。沟渠、雪和那刺心的可怕的黑夜，都留到门外了。片刻间，他忘了自己被关押了。刹那间他觉得自己是幸福的——他在人们中间了，被人声、灯光征服了的黑夜退却了。夜不能穿过这屋墙了。

"上尉一来，就会吩咐怎样处置你们。你们在这里等到天亮吧。"司务长说。

拉什克和付格尔，坐在屋角里的地上，又暖和，又舒服。拉什克头靠着墙，一下子就打起盹来了。可是虱子咬得他睡不着，他在半醒半睡中，搔了一会痒，后来睁开眼睛骂起来。

"难道这能睡着吗……在严寒里，这个下贱货还安生点，现在来补偿了……"

他们挪到炉子跟前，脱下军衣和衬衫，借着劈柴熊熊的火光，在粗布衣服的衣缝里，用心用意地捉起虱子来。

玛柳琪坐到地上，艰难地呼吸着，在沟里用肚子爬了三百多米不容易。她成百次地把脸埋到雪里，不让德国人瞧见她。她咬着牙——听天由命吧。但她绝不叫儿子像狗似的躺在沟里。

回来的路更难了。儿子的小尸体，沉甸甸压在脊背上，常常溜到旁边，妨碍她朝前走。她勉强爬到篱笆跟前，利用士兵们停在房子跟前说话的机会，勉强从沟里爬出来。最后，她终于到家了，小小的米什卡，直挺挺地躺在桌上。这时已经冻硬了，仿佛已经死了好久似的。

孩子们都围到哥哥周围。从窗口泻进来的月光里，清清楚楚看见披在他脸周围的淡色的头发，以及他最后一次喊叫时张得大大的嘴。

芝娜用手指小心地照短外衣上的血斑摸了一下。

"这是什么？"

"别动，"萨沙严肃地说，"子弹是从这里打进去的，是吧，妈妈？"

"是的，儿子，从这里，"她用手指掠着米什卡柔软的头发，低声说，"他死了。"

刚才他怀里还揣了一块面包，小心地踮着脚尖，从家里出去，给娥琳娜送去。她相信他能办到，能走到板棚跟前的。可是结果却适得其反啊。

"不应该叫米什卡去。"小芝娜突然哭着说。

"应该去，小姑娘，应该去，"她呜咽着，"唉，应该的，应该……"

"那儿不给娥琳娜姑妈东西吃。"萨沙用男人的低声解释道。

"是的，儿子，是的……"她证实说，"娥琳娜姑妈跟爸爸在同一支游击队里……她参加过游击队。现在娥琳娜要牺牲了，无缘无故地要牺牲了……"

"要不，我去给她送一点面包吧，晚上锅里还剩的有。"萨沙气愤地说。

"不，儿子，现在谁也到不了板棚跟前了，现在他们会注意看着……只会白白去送命，没有用处，……你瞧，以为板棚跟前好像一个人也没有，可是米什卡被发现了……"

"他们不会看见我的。"萨沙固执己见说。

"说糊涂话，这不行……如果米什卡过不去，那么，那儿谁也过不去，谁也……"

萨沙不作声了。母亲望着被杀害的儿子的脸，温和地抚摩着他的头发。

"我们把他埋到哪儿呢？早上他们会到处搜的。如果搜着，他们会把他夺走的。"

"埋到园子里吧……"萨沙提议道。

"怎么能埋到园子里？他们会听见的，会查出来的……再说，地硬得像石头，挖不成墓坑，难道可以光用雪把他埋起来吗……"

他们无可奈何地站在停放着尸体的桌子周围。

"怎么办呢？"

"应当埋到家里。"母亲低声说。

"埋到家里？"芝娜惊异地说。

"不埋到家里埋到哪儿呢？埋在自己家里，同我们在一起吧……再没有别的法子可想了……"

"在这儿，在房间里吗？"

她无可奈何地环顾了一下。

"不，可以埋到门洞里……"

他们来到门洞里。门洞很小，很窄。玛柳琪把地细看了一下。

"就在这儿挖吧。萨沙，把铲子给我，铲子在门背后放着。"

她画了十字，用铲子划了一个墓的轮廓，就用脚踩到铁铲上。地很坚硬，多少年来，多少人的脚把地踏硬了。铲子下不去，地在顽强地抵抗着。女人很快就喘起来。

"萨沙，现在你来吧……"

他使劲挖着，累得吐出了舌头。芝娜蹲着，用手抓土。土钻到她的指甲缝里。他们这样轮流挖着，好久地、顽强地掘着硬地。当他们把上边一层土挖开以后，下边就容易些了，一个不深的小墓坑终于挖好了。

"孩子们，应当给他穿衣服吧……唉，米什卡只好没有棺材躺在地下了。"

她打来一桶水，洗儿子的脸、血淋淋的胸口和干瘦的脊背。肩胛骨下的脊背上，一个小圆孔张着。后来她从箱子里把干净的小衫取出来，勉强把袖子穿到僵硬的、冻冷的胳膊上。

"就这么埋了……"

芝娜呜咽着哭起来。

"你别哭了，米什卡是同红军士兵一样死去的，你明白吗？他是为了正义的事业牺牲的。德国的子弹把他打死了，你明白吗？"

她是对芝娜说的，可也是对自己说的。哭声憋在她的喉咙里，她怕忍不住，怕会跪到儿子的身旁，像野兽似的大声嚎叫，哭得全村都能听见，哭自己的不幸、自己的悲哀，哭儿子的死。这儿子是她生的，养的，招呼了十年，现在被德国的子弹打死了。

"你父亲跟游击队走的时候，对他说过：'你小心点，别在这儿给我丢脸！'米什卡听了父亲的话，没有给家里人丢脸……你明白吗？"

"明白。"芝娜呜咽着说。

"用不着哭。如果眼泪落到米什卡身上，他躺着会难过的。别哭了，帮我把麻布铺开吧。"

他们把麻布铺到墓坑里，把死者放到上边，把他裹起来。

"这样不叫土落到他眼睛里。"母亲说。

"不叫土落到他的眼睛里。"芝娜细声重复道。

"芝娜，抓一把土，撒到哥哥身上吧。"玛柳琪说。

芝娜蹲下去，抓了一个褐色的土块，投到麻布上。萨沙也跟着扔了土。母亲用铲子铲着土，填着坑，一直填到白麻布看不见，填到墓坑同地一般平，填到上边隆起一个小冢为止。

"要踩一踩，"女人说，"不然，人家看出来，会来人挖开的。"

三个人就踩起来。玛柳琪切实地、缜密地一脚一脚踩着地。她想着，她违犯了习俗，违背了自己的心，在儿子的墓上踩着，这是从来没有人做过的。她想着，她是在踩儿子淡色头发的头，踩他血淋淋的胸口，踩他干瘦的小手和小脚。

"应当这样。"她大声说，像在回答自己。小芝娜像回声似的重复着：

"应当这样……"

"行了吗？"萨沙问道。

"不行，好儿子，不行……土还松着呢，还能看出来。踩吧，踩吧，踩到跟地一样平的时候就行了。"

她用心用意把剩下的土收拾了一下，送到房里，倒到炉子跟前，把门洞扫了扫，然后往上边撒了些小木片和干草，就像平常门洞里的地下一般，看不出有墓的痕迹。

"看不出了吧？"

萨沙细细地端详了一番。

"不……到天亮的时候，可以再修一修。"

玛柳琪站着，久久地望着儿子的这座撒着干草和木片的奇怪的小坟。米什卡连一点痕迹也没留下。村里的孩子也有死的。每个孩子都有自己的小棺材和长着青草的小坟。可是米什卡连一点痕迹也没留下，他躺在自己家里，如果她不晓得，连她自己也找不着他埋在哪儿呢。

"都去睡吧，孩子们。"她说。

"可是您呢？"

"我也去睡。天快亮了，应当睡一觉。"

可是她没有睡。她想着米什卡，想着同游击队一块走了的丈夫。军队里没有要他，还在 1918 年，他就丢了两个手指，都认为他当兵不合格。可是游击队却不管他有没有手指。他干游击队是有用的。

普拉东将来一回来，就会问米什卡在哪儿。他向来是父亲最爱的儿子。她对丈夫怎么回答呢？就说米什卡心脏带着德国子弹，在门洞里的地下躺着吗？

可是她也晓得普拉东会平心静气听完这消息，也会像德军进村时，他同别人一起背着小包，到游击队藏身的远远的森林里去时说同样的话："老太婆，沉住气，不得已，就拿起木棒、斧子，有什么拿什么干吧，只要别屈服。现在是大家都得去打仗的时候了。老头子、女人，连孩子都得去拼！"

普拉东会说："我们的米什卡在同德国人的战斗中牺牲了，这有什么呢。老太婆啊，别哭，他为祖国牺牲了，你明白吗？"

玛柳琪也不哭了，她用睁得大大的眼睛，望着房门，外面门洞的地下，是儿子的小坟。

卫兵们仍然在街上谈论夜间发生的事。

"鬼地方。谁能把他弄走呢？拉什克说他们什么也没听见。因为脚一挨着雪，就会吱吱响。"

"谁晓得他呢，"另一个卫兵愁眉不展地说，"难道这个你还能弄明白吗？"

于是他们就时常回头张望起来了，觉得好像雪在吱吱响，清清楚楚地响起来，几乎已经听见脚步声了，回头一瞧——却什么也没有。月亮的周围，出现了一个模糊的光圈。那两根凯旋门的光柱，慢慢暗淡了，消失了。

"好像暖和起来了。"一个士兵说。

"哪儿会暖和呢！我只等着耳朵冻掉。在外面还不大要紧，可是当你一进屋里，在暖处坐一会，就火烧火燎的啊。"

"大概冻坏了。"

"当然是冻坏了。脚也痛得要命……一解冻，都得活活烂掉。"

"把你送进医院就好了。"

"不错，正是要送呢！马列尔进医院了吗？他的脚完全发黑了。"

"你别嚷。"

"没有人。"

"你觉得没有人，可司务长明天什么都会晓得的。"

"难道你要跑去告密吗？"

"你怎么，想吃耳光吗？"

"你干吗发火？别胡说八道。不会有妖魔鬼怪的。"

"不会有的。妖魔鬼怪当然是不会有的……可是，你说，谁把尸体弄走了？"

"这是另一回事……我是说司务长呢……"

"原来是这样！"

月亮周围的光圈，越来越大，越来越浓，在透明的天上，显得白里透青。

"想说什么就说吧，快天亮的时候，寒气一定更重，现在好像暖和些了。"

"或许暖和些了。"

直到现在始终凝然不动的冰块似的空气，仿佛松动起来，吹来一股微风。

"我告诉你天气变了，我的脚很痛。"

"是风湿病吧？"

"风湿，老毛病。要变天的时候就痛。"

他们在街上来回踱着。

"那女人还在棚子里吗？"

"在那儿。"

"到早晨要冻死的。"

"如果暖和起来，就不会冻死了。"

"厌恶人的差事啊——孩子、女人……"

"那你想要什么？这样的女人照你腰里来一下，叫你来不及喘气就归天了……最坏的应是孩子。到处乱钻，到处乱闯。把他们派到这儿来做奸细。"

他们沉默了一下。

"要是我，一定用别的办法……就像上尉在那个村里干的那样，你记得吗?"

那个翘鼻子点了一下头。

"你瞧着吧……他们永远不会给我们干活的,我晓得他们。结果反正要把他们消灭干净的,那就不如一下子把他们统统干掉。那样一定会太平得多。"

"把他们统统都干掉吗?"

"统统都干掉。你已经看见这都是些什么人。就连孩子,都受宣传了,我们可没法把他们纠正过来。而且何苦呢——这是白费力气。这是另一种人,他们永远是这个样。"

那个士兵叹了一口气,什么话也没回答。虹消失了。路旁的树枝沙沙响起来。小雪片从树上落下来。月亮被雾遮住,发着暗淡的、苍白的光。

"你瞧,变天了。月亮刚才明得像太阳,可是现在几乎看不见了。"

"起风了。"

"天气暖和起来,这很好。在这样的寒天冻地里,会冻死人的。"

雪在脚下吱吱响,可是已经不发出切齿的声音。天气即刻变了。玻璃色的、透明的天空,被灰色的烟雾遮起来,风在田野里掀起长长的鞭形的旋雪,刮得越来越厉害了。寒风钻到骨缝里,刮到脸上,钻进单薄的军大衣里。

"可叫你暖和起来了……"

"还得站多久呢?"

"到早晨还早着呢,还有得走呢。"

一阵奇怪的声音,远远地从白雪茫茫的平原上传来,声音越来越大了。

"这是什么?"

他们停住脚,细听着。声音大起来,突然一声缓慢的狂吼,扑到村子上。树木在摇晃,树枝在颤抖。风把碎雪从地上吹起来,扬开去,撒到空中，银白色的干面粉，到处落下来。两个卫兵弯着腰，向前伸着头，勉强移动着脚步。他们转过身来，风就吹着他们的脊背，走起来轻飘飘的，风吹着他们，就像长了翅膀在飞。可是风不断改变方向，左右冲击着，横断着道路掀起很高的雪柱，把它们向上抛去，又突然击落到地上，白绒毛似的四面飞散着。

"瞧瞧这严冬！暴风雪就要来了。在这样的大风雪里，什么你也别想看见了。"

他们俩都像听到号令似的，隔着肩向后张望着。可是路上依然死寂无人。

三

"我亲爱的露莎……"

顾尔泰上尉把目光从信上抬起来，对窗子望着。暴风雪在窗外飞扬，仿佛在下雪，——可是，这不过是风把雪块扬起来，又把它们撕成碎片，撒在灌木丛上，用雪击着玻璃，发出刺耳的尖叫。风在广大的白茫茫的雪原上耍着威风，猛烈起来，用翅膀击着地，狂涛似的向村里猛扑过来，房屋都发抖了。

烦愁把顾尔泰的心淹没了，气都喘不过来。暴风雪把世界隔绝了。一切都沉没在雪的深渊里，旋涡里，沉没在像沙漠中飞扬的细沙似的白雪里了。他想起德累斯顿的家，太太、孩子，现在都在那儿做什么呢？他好久没有见过他们了。他从法国调来的时候，本希望能拐回家住一半天，可是路过德国的时候，匆忙极了，在各站都不让他们下车。故乡的城市，隔着车窗一闪而过，他只来得及朝他家所在的那个方向望了一眼。现在真想回家啊，哪怕待上一会儿也好，待上半小时也好，待上十分钟也好，那儿风不嚎，那儿没有死神藏到严寒的山谷里，时刻威胁他们的生命。他们坐在桌旁，喝咖啡，露莎切面包，温暖，舒适。露莎微笑着，胖乎乎的手端着杯子。究竟什么时候才能归去呢？

他无端地对一切和一切人都怀恨起来；恨那永远撒娇、睡到正午、抱怨无聊的普霞，她连想都不曾想到要把床铺一铺，把屋子收拾收拾。他怀着厌恶的心情，回想那没有收拾的床铺、地上的烟头、乱扔在桌上，乱扔在面包和黄油中间的烫发钳、修指甲的剪刀。德累斯顿的家多么洁净，一切都井然有序，露莎常常拿着抹布，擦灰尘……他也恨自己的那些愚蠢、痴呆、满身虱子、害各种病的、冻伤了的士兵们；更恨这个村子，他在这里已经整整待了一个月了，村子依然阴森可怕，神秘莫测，在这儿人们望着地，从他跟前过去，可是他依然晓得，每个人的眼睛里隐藏着憎恨，依然晓得，没有任何力量能使他们面带他所需要的——恐怖与顺从。

"我要叫你们瞧瞧。"他咬着牙，咕哝着。他的眼光落到一张白纸上。他伏到桌上，飞快地写起来，快得周围都溅起小小的墨水点来。

"我计算着最后同你重逢的日子。露莎，我们在前进，我们时时刻刻在这可怕的、未开化的、野蛮的国土上前进。我们的远征，不久要得到完全的胜利。"

让露莎乐去吧。她不会晓得，他们老驻在一个地方已经三个月了，因为谁也不会料到这个倒霉的村子，可怕的、无情的严寒，折磨他们已经三个月了。她也不会晓得，在森林里，山谷里，游击队在戒备着他们，德国士兵一天天地衰弱着，病号一天天多起来，同他一块从法国调来的那一队人，几乎一个也不剩了，从德累斯顿来的朋友里，除了石马荷一个人而外，统统都死光了。不，这些她都不晓得，而且她从哪会晓得呢？从前方写来的书信，都，应当充满勇壮的气概，应当鼓舞起爱国的精神。更何况除了露莎以外，在她之前，还有别人看这些信呢，他们根据这些信判断顾尔泰的心境。

"此地的冬天是可怕的，我们过不惯这样的严寒。可是元首的命令，温暖着我们，我们以完成他的伟大的命令而自豪，我们以效忠崇高的德国而骄傲。"

他又写了几句，然后，从头看了一遍。是的，信写得不错，比起从德国给士兵们寄来的传单要好得多，写得更其豪壮，更其动听了。

他咬着钢笔，又想了一会，可是想着这已经够了。还应当问候问候孩子们，还应当在信里表现出自己是父亲和丈夫的样子来。

"我的亲爱的，你在那儿怎么样？莉莎的身体怎么样？威廉的咽炎最后好了吧！我尽力想法寄一块毛皮给他做皮大衣，他就不会老伤风了。你要的袜子——可惜现在很难找到，因为我们一直驻在村子里。将来我们一旦占领到什么城市，当尽力去弄。上礼拜我给你寄了些黄油。请你收到包裹之后，切切示知。下次寄些蜂蜜——给威廉治喉咙……"

有人敲门。

"还有什么事？"

"村长来了。"

"叫他等一等。"他隔着肩冷冷地说，又低下头写信。可是思路已经岔到别的地方去了，他已经从德累斯顿的家里，回到乌克兰的村庄里了，愤激的心情，妨碍他写下去。他很快在信末写了吻和致意的话，签了名，匆匆把信装到信封里。

"他在哪里？叫他进来。"

一个弯腰弓背的高个子，出现在门口。

"你打发人叫我的吗，上尉先生？"

"打发人了，打发人了……"

他把腿往桌子底下一伸，带着试探的神情，对站在他面前的人望了一会儿。

"运粮的事究竟什么时候办好？"他很快地向前欠着身子，突然说。

村长打了个冷战，把头缩进肩膀里。

"我能办到的尽力办，——可是拼了老命，还是没有粮食……"

"怎么没有？村里有三百来户人家，今年的收成是头等收成，怎么没有粮食？都藏起来了！"

庄稼汉伤心地叹了一口气。

"大概藏起来了……"

他指了一下窗外的暴风雪。

"到哪儿去找呢？怎么去找呢？"

"可以找出来的，"上尉斩钉截铁地说，"不过应当好好去找，贾波里先生，好好找一找……你坐下。"

村长小心谨慎地坐到椅子边上。

"我对你不满意，很不满意。本来，我甚至不明白，为什么他们派你来……我以为最好找一个本地人……你在这一个月来，甚至连人都来不及认识。你晓得，谁住在你们村里吗？"

村长的眼里闪过一丝愉快的光芒，他同意着，连忙点着小光头。

"当然来不及认识……村子很大，可是谁同我……对本村人许容易些，当然，对他许容易些……"

上尉在椅子上摇晃。

"啊哈……这么说，你不大喜欢你的职位喽，是吗？"他狡猾地问。

贾波里摆弄着手里的帽子，不作声。

"这么着，这么着……你可别忘了红军要在那儿枪决你，或者更坏些，农民会用禾叉叉死你……你的性命都是德国当局给的，他们要你干什么，你就应当干什么，何况我们的要求并不高，不是吗？"

村长叹了一口气。

"你办事不热心，不热心……布尔什维克把你的土地夺走了，把你下到狱里，我们想着你会尽全力把事办好。可是实际上一点也没有……我的部下在村里能榨出来的，我们就有，可是你的努力一点也不见成效……我们从你那里几乎连消息也得不到。"

"关于娥琳娜，我报告过的……"

他企图用这唯一的功劳来救自己。关于娥琳娜的事，是他有一次由后门到司令部去时偶然偷听来的。

顾尔泰把眉头皱了一下。

"呵，好吧，还有什么呢?"

"关于那位女教员……"贾波里咕哝道。

"呵，是的，关于女教员……这也太少了，而且还需要调查。"

"呵，若是本地人就容易些……"

"你别拿本地人这话来瞒哄人！当然，许容易些，不过到哪儿去弄本地人呢? 三百户人家，家家都入了集体农庄！没有一家私人经营的农业。地是从地主手里夺来的，可是人呢，你自己晓得……都是些穷光蛋，靠布尔什维克，得到了土地！他们大半都是从前的雇农！这地方你从哪儿能弄到人呢?"顾尔泰气起来，用拳头在桌上擂着，"贾波里，你应当努力，应当尽责，否则我对你不客气。我限你三天，呵，好吧，限你四天，把粮食弄来！军队要给养，不能因为你不会对付老百姓，就叫军队在这儿饿死。"

"我一个人，一点办法也没有，"村长愁眉不展地说，"需要军队帮忙……"

"可是难道我拒绝帮助你吗? 将来需要帮忙我会帮忙的，可是你自己也应当做点什么，生点什么办法啊。"

村长的小眼睛快活起来了。

"好吧，我考虑一个计划，呈请你指示吧……"

"好，好，不过别考虑得太久了……你记住，四天。还有那个孩子……一定要把罪犯找出来，一定要找，否则你得负责。这我也限你四天！"

他转过身来，对着窗子。窗外风在呼啸，雪在旋卷，房屋的墙在同暴风雪的搏斗中，嚓嚓地响。贾波里明白谈话结束了。他，对上尉的四方形的脊背深深鞠了一躬，就出去了。

到了街上，他才敢把帽子戴上。他把头缩到肩膀里走着，绝望地想着如何下命令，好从那顽强的村子里把粮食榨出来。在雪的深渊里，他几乎撞到迎面来的一个人身上。他从这些纠缠不清的思想里突然醒悟过来，少魂失魄地跳到一边去。一个白发苍苍的老头子，仔细看着他，认出来以后，就带着轻蔑的神情，唾了一口，由路上拐回家去了。

贾波里匆匆回到家里，从抽斗里拿出纸来，伏到桌上，开始起草命令。他忽而向右，忽而向左歪着头，嚓嚓地写着，涂着，叹着气。窗外呼呼的风声，对上尉严厉的声音，以及对那个农民可怕面孔的回忆，都在扰着他的心。他出汗了，他擦着自己的光头，明白这是孤注一掷，他应当让顾尔泰满意，无论如何他总应当摧毁村里的反抗。

村子寂静地，沉默地躺在被风卷起的雪的黑云里。人们坐在家里，听着风在窗外咆哮。只有孤苦伶仃的老头子叶度牟，忍受着寂寥的折磨，他不顾飞扬的风雪，打算到邻居家里串门子去。他顶着飞扬的暴风雪，由玛柳琪家的篱笆跟前走过，好久地在门槛上磕着脚上的雪。屋里没有动静。叶度牟敲了一下门，没等回答，就把门推开了。三副恐怖得凝然不动的眼睛盯着他。

"都好吧?"

玛柳琪倒抽了一口气，她的心在狂跳。

"是你，叶度牟爷爷?"

"难道你们没瞧见是我吗? 你们干吗吓得这个样子呢?"

她没有回答。老头子扶着拐杖，站着。

"不招呼我坐吗? 实行新规矩了，是吗?"

"最好别在我们家里坐吧，最好往后别上我们家里来吧。"她低声说着。

"这是为什么?"

她耸了耸肩。老头子把手一挥，就坐到窗子跟前的板凳上。

"玛柳琪，你犯傻了吗? 干吗这样坐着? 米什卡在哪儿?"

小芝娜突然大声嚎起来。

"你怎么了？"

"轻一点，芝娜，别哭。"母亲严肃地说。

叶度牟搔着头。

"这样大的风雪，真是可怕，房子都刮得吱吱响，一个人坐着烦得很……我想着，不如到邻居家去串门子吧……"

"老爷爷，我们现在都成了这样的邻居了……"玛柳琪叹了一口气。

他把手十字交叉放在拐杖上，支着下巴，仔细望着这个女人。

"你像出什么事了吧？这样的大风雪，米什卡到哪儿逛去了呢？"

"老爷爷，米什卡没有了……"

"怎么没有了？他上哪儿去了？"

"他哪儿也没去……昨天夜里德国人用枪把他打死了。"

白发苍苍的头，颤抖了一下。

"把米什卡打死了？你这女人说哪儿的话？"

他把手指捏得直响。

"你听我说……他到板棚去给娥琳娜送面包，他们把他打死了……"

在老头子的灰眼睛里，她看出了疑问。

"不，我没把他留给德国人，不。我从沟里把他拉出来，背在背上，把他背回来了……我们把他埋了，现在任何人也找不到……"

"可是，他们晓得是谁吗？"

"他们从哪儿晓得呢？打死了，像狗一样扔到沟里……现在，大概会找的，可是目下还没有动静。你敲门的时候，我想着——是他们来了。"

他摇着头。

"原来是这么回事……多少人都毁了……孩子——萨沙，这事你要记住，好好记住……"

孩子默然地点点头。

"你父亲回来的时候，别人回来的时候，你统统都告诉他们吧，统统都告诉了吧……"

"难道他们自己不晓得吗?"女人冷冷地问道。

"晓得是晓得的……他们都亲眼见过的……呵，可是新仇再加上旧恨，总是……以前普拉东是替别人复仇，而现在得去替米什卡复仇，替自己的儿子复仇了……"

"反正一样……"玛柳琪低声说。

"当然，当然，反正一个样……可是儿子总是儿子。1918 年，他们把我的儿子打死了……我记住他们，这种事记得最清楚。总之，越亲近，越心痛。剩下我一个人，就像一块放陈了的面包干，谁也用不着了……要是有几个小孙子，家里也快乐些……"

"村里人都是您的儿孙，老爷爷。"

"这话当然对，可是亲人总不一样……"

"敲铁轨了，开会了……"[1]

玛柳琪面色发白了。

"大概是关于米什卡的事，他们要查问的……"

老头子把手挥了一下。

"或者是关于米什卡的事，或者不是关于米什卡的事……他们的调门还少吗?"

继续敲着铁轨，像钟一样响。

"怎么呢。去开会吧，不然，要来赶我们去的——我们去吧，老爷爷?"

"没法子，走吧。"他艰难地扶着拐杖，站起来。

"萨沙，你哪儿也别去，招呼着芝娜。一开完会，我就回来。"

他们在飞扬的小雪花里，慢慢在路上走着。街道两旁的房子都开着

---

[1] 苏联无教堂之村中，常悬铁轨一截，遇事击以代钟，如中国之鸣锣。

门，女人、姑娘、老头儿，都从家里出来。

"晓得不晓得，那儿有什么事情？"

"我怎么晓得？我同你知道的一样多。我听见敲铁轨响，就出来了。"

"天哪，会出什么事呢？"一个女人沉重地叹了一口气。

"你别叹气吧，"费多霞从跟前走过，严肃地回答说，"还不晓得是怎么一回事，可叹起气来了……"

"可是，我亲爱的，不会有什么好事……"

"怎么，你还想从他们手里得到好处吗？可好！你见过他们许多好处，你就等着吧……"

"实在不错。用不着预先叹气，预先用不着，过后也用不着。"费多霞说。

没有人答话。关于瓦西里，大家都晓得，都晓得她嘴角严峻的皱纹是从哪里来的。不是别人，正是她有权回答：现在不是叹气的时候——不，她是不叹气的，虽然连一般人所有的那种希望她都丧失了，那就是：无论如何，在游击队里，在军队里，他们的儿子、丈夫都活着。当红军士兵的子弹把村里最后一个德国人打死的那幸福时刻，她们会同他们见面的。

裹着衣服的黑色人影，出现在旋卷的风雪里。四面八方的人，都往学校聚拢。他们叫这地方叫惯了。房子很宽敞，大窗子、高顶棚、白瓷砖炉子。房子很大，很敞亮。不过这儿已经不是学校了。德国人把桌椅都劈开烧了，把墙上的地图都撕了，把装着标本仪器的柜子都打碎了，把相片和画片都撕碎了。学校的大厅，显得空洞，冷落。人们都来到这里，穿着灰色衣服的老头儿和女人把这儿挤得水泄不通。

只有马兰一个人站在旁边，仿佛有一道谁都不敢越过的、无形的边界，把她同人群隔开来。她站在墙跟前，脸色苍白，一双失神的眼睛，凝视着一点。一缕缕乌黑的头发，从头巾下露出来。可是她不去整理它。

贾波里坐在残存的高台上的小桌后边。司务长同他并排坐着，打着哈欠，用冷漠的眼光，对到会的人望了一下。

"都在这儿了吗？"贾波里从桌后抬起瘦长的身子问道，小光头在长脖子上摇晃了一下。

"都在这儿了。"门跟前一个人低声说。

村长从桌上把公文拿起来，后来不知为什么又放下了，用颤抖的手指，轻轻掀动着。

"心虚了，秃瓢儿。"人丛中一个人说。

"大概想出了从来没有过的卑鄙龌龊的事……"

"他怎么会不心虚呢，他大概晓得我们的军队回来会活剥他的皮……"

"不用到那时候，我们自己就会剥他的皮，叫他再不想当村长！"

"你怎样剥他的皮呢？"集体农庄的老马倌，跛子亚历山大问道。

"有什么可问的！我们晓得怎样剥！"高个子的、可爱的芙罗霞，忙答道。

"别作声！这是什么话！开会了！"贾波里对人群望了一眼，生气地说。

"看不出开会了。"叶度牟低声说。

"你怎么了！村长先生让叫来的，他的主子也在这儿，你还要什么？"一个人嚷道。

"别作声！"贾波里大喊道，"说了多少次了！还在那儿咕哝些什么呢？"

"静一点吧，女人们，静一点吧，我们听他要瞎说些什么。"戴毕莉大声吸着鼻子，干涉道。

贾波里咳嗽了几声，把公文拿到眼睛跟前，从兜里掏出铁丝眼镜，架到鼻梁上。

"啊哈……"

"又要照本宣科了……"

"大概是新的命令……"

村长隔着眼镜边，对到会的人望了一眼，大家都哑然无声。他又咳嗽了一声，用尖细的声音读起来：

"到目前为止，居民对于向他们摊派的实物，即粮食，还不曾交纳……"

人群里起了怨声，即刻又沉寂了。

"我警告大家，完纳前所规定之实物期限，即粮食期限，从本决议宣布之时起，还有三天。"

怨声又起了。

"在三天之内，对于德国政府和德国军队，不尽其职责者，将受到惩处……"

他把话中断了片刻。他的视线从眼镜下边得意地对人群望了一下。最后，完全寂静下来，大家的眼睛都盯着他的嘴。

"根据条令，凡违犯当局的命令，怠工、积极和消极反抗，将受到惩处……"

"晓得，我们晓得。"忽然有人用特别沉着、轻蔑的口气大声说。

司务长从桌子后边站起来，尽力向说话的那个角落细看。可是那边大家都安安生生站着，目不转睛地看着村长。

"将受到惩处，"贾波里提高嗓子，仿佛高兴得呛着了似的，"将判处死刑。"

他喘了一口气，稍停了一下，然后读了命令的日期、顾尔泰上尉的签字，就把文件叠了起来。

"都听见了吗?"

"听见了。"人群中一个人回答道。

"都明白了吗?"

"明白了，完全明白了，"站在桌子跟前的戴毕莉说，"该明白的都明白了。"

贾波里疑神疑鬼地望了她一眼。可是她板着严肃的面孔，沉着地一直望着他的眼睛。

"呵，如果这样，那好吧……"

人群骚动起来，有人已经向门口走动。

"你们上哪儿去？"

"难道还没有完吗？"

"还有一件事情呢。"村长厉声说，玛柳琪觉得她的心，又在疯狂的恐怖里狂跳起来。

"是这么一回事……"

村民们紧张地等待着。

"昨天夜里有人想给被抓的女犯人送面包。"

玛柳琪抓住她身边一个女人的手，马丽亚吃惊地对她望了一眼。

"你怎么了？"

"不要紧……不要紧……"

她没有松开马丽亚的手，急促地喘着气。

"有一个十来岁的男孩，想去送面包。"

人们都面面相觑，叽咕起来。

"静一点！是个十来岁的孩子。这个小犯人被枪打死了。"

马丽亚用锐利的眼光，对玛柳琪苍白的面孔，望了一眼，连忙用另一只手，抓住她的手。她轻轻抚摸着那女人的指甲插到她手心里的手指。

"教母，沉着一点吧！不然，他会看出来的。"她附到玛柳琪耳朵上低语着。

不过贾波里没有看会场。他带着鼻音读道：

"小犯人的尸体，被不知名的歹徒盗走藏起来了。谁知道小犯人的身份和盗尸者的情况，必须到德军司令部向值日官报告。"

贾波里把公文往眼跟前一拿，向同他并排坐着的司务长望了一眼，咳嗽了一声。司务长站起来，穿过在他前边闪开的人缝，向门口挤去，他朝门望了一眼。大家都看见那儿站着持枪的士兵，刺刀在枪口上闪光。人们都面面相觑，低语和人声都寂静了。

"德军司令部为了维持秩序和保证捕获歹徒，特下令……"

农民们都屏住气，等待着。

"扣留村里以下居民作为人质……"

大家都不由得把头向前伸着。叶度牟把手掌附到耳朵上，想听得更清楚些。

"……村里以下居民：白兰秋……"

门口一个年轻姑娘，跟跄了一下。她的嘴微张着，仿佛要喊出来，可是她一声也没有响。

"叶度牟……"

叶度牟好像吃了一惊，向周围站着的人们望了一眼。

"什么？"

"叶度牟，"贾波里着重重复了一句，就继续读着，"鄂西普……"

一个短粗的农民，哭丧着脸，点了一下头。

"马丽亚……"

玛柳琪松开身边女人的手，恐怖地望了她一眼。

"不要紧，玛柳琪不要紧……把我的孩子带到你家里去吧。"马丽亚低声对她说。

"马兰……"

那姑娘连一下也没有动，继续呆呆地凝视着一点。

村长忽然想起，也可以利用这些人质来征收粮食。枪决就是枪决，世上有的是不怕死的人，可是叫他谋害别人，他却不干吧？他已经见过这种事了。他决定冒着危险与恐怖——谁去过问他是否同德国人商量过呢。他宣布道：

"如果三天之内，拿不到犯人，如果三天之内不交出粮食，人质就要被绞死。"

人群又骚动起来，大家低声抱怨起来。

"完了吗？可以走了吧？"费多霞突然问道。

大家都叹了一口气，觉得轻松起来。

"会开完了，除了我提到的那些人以外，都走吧。"

农民们都一个跟着一个向门口走去。

五个人质不等命令，就排到桌子跟前。人们从他们跟前走过，有些人低着头，有些人一直望着他们的眼睛。

学校的大厅，很快就空了，可是人们并没有散去。风雪飞扬，人们都站在街上等着。贾波里和司务长从门口出来，武装的士兵，押解着五个人质，跟在他们后边。马丽亚和白兰秋搂着腰走着。叶度牟用拐杖狠狠地敲着地。他们慢慢从沉默的人群前面走过去。马丽亚突然转回身来。

"不要紧，不要紧，你们坚持住，别屈服！别惦着我们！你们坚持到底！"她用清楚、有力的声音喊道。

并排走着的一个士兵，一拳打在她的胸口上，把她推开。她踉跄了一下，挺起胸来，高高地昂着头走了。

人群慢慢在忧郁的、长时间的沉默里散去了。贾波里几乎小跑着，尽力跟在迈着大步的司务长后边。无论如何他现在不愿一个人留在世界上。自从他被任命为村长以来，这还是首次如此坚决出来宣读直接打击村子的命令。他想起农民的面孔，脊背上就会起一阵寒战。可是他更怕的是顾尔泰上尉，和他早上的恫吓，如果他什么也办不到，他要处置他。村子依然是村子，是妇孺老弱的一群。而顾尔泰上尉，却是德国政权的代表，他的话是有枪杆子和刺刀做靠山的。贾波里最初还推诿，耍手段，早晨谈话以后，就明白接下来再不能推诿了，明白悲苦的命运在等待着他，诅咒他同德国军队一块从罗斯托夫退下来的那一天。那时真该躲起来，隐蔽下来，或者转移到别的地方。那样或许能苟安过去，不会这样快在战时被发现出来，是他在自己村里接待了德国人，并且给他们指点了通过沼泽地的道路。

"德国人要胜利的。"他反复对自己说。可是这也不能使他得到安慰，因为目下他反正还得住在这三百来户人家的村子里，这里每家人心里都在恨他，每座房子里都可能藏着要杀他的人，只要时机适当，就会毫不动摇地出去。

他深深叹了一口气，去向司令报告开会的情形了。农民们都默然无语地各自回家。玛柳琪气得勉强移着脚步，走着。地在她脚下晃动，心痛苦地压缩着。

萨沙在炉子前面摆着小木棍，陪芝娜玩。她望着孩子们淡色头发的头，心里更加痛起来。

"啊，怎么样？芝娜是聪明孩子吧？"

"是聪明孩子……会开完了？"

"完了……我到马丽亚家去一趟，马上就回来。"

"你到马丽亚家去做什么呢？"

"德国人把马丽亚抓走了，应当去把孩子们接来。"她低声说。萨沙从小木棍上抬起头来。

"抓走了？为什么？"

"怎么，你不晓得德国人吗？"玛柳琪模棱两可地回答了一句，就出去了。一会儿，她就带了三个孩子回来。最大的孩子同萨沙一样大——八岁。

"妈妈，妈妈！"三岁的妮娜，拼全力喊起来。

"你别哭，妈妈就回来，就回来，"女人哄着她，"坐下吧，现在给你们弄东西吃。"

她把藏在炉子下边的土豆，取出来，用心用意地洗了洗，为了一点都不糟蹋，就带皮煮起来。除了这一点土豆和藏在楼顶上的一点黑麦，家里什么也没有了。粮食、土豆、猪油、一小桶蜂蜜——所有这些都埋在距家很远的地里，都上冻了，被雪盖起来了，现在去取这些储藏的东西是不可能的。

"都吃土豆吧，没有别的东西吃了。等我们的队伍回来，我们再烤面包吧。"

"老是土豆。"芝娜愁眉不展，慢吞吞地说。

玛柳琪责备她说：

"那你想要什么？好在还有一点土豆……你太挑剔了。"

她愤愤地对女儿望了一眼，突然看见孩子干瘦的小手和嘴角可怜的皱纹。她难忍地心痛起来。

"别哭了，别哭了！等我们的队伍回来，一切都会变好的。我们要烤面包，再抹上蜂蜜，你就吃吧。可是现在有土豆就够了……"

"够了……"萨沙伤心地说。芝娜也急忙重复着，"够了……"

玛柳琪生着炉子，同孩子们说着话，可是无论如何，总压不下那越来越不安的心情。东西从她手里掉下来，她忘记了刚才所说的话，把土豆皮推给芝娜，把水也碰翻了。孩子们都吃惊地望着她。

"您怎么了，妈妈？"萨沙终于问道。

母亲恐惧地对儿子看了一眼。

"不要紧，好儿子，不要紧……我能出什么事？"

"您头痛吗？"

"头？是的，是的，"她连忙抓住这个理由，"我真的头痛。"

"开会开痛了。"萨沙郑重地说。

"是的，开会开痛了……那儿闷得很，人多极了……大概是因为这个。"

孩子们对这种解释很满意，都自己玩去了。玛柳琪洗着碗，不时偷偷望着在炉子跟前玩的孩子们。她的手冻得冰冷，心都烦躁得要炸了。

三个乌黑的小脑袋——三岁的妮娜、五岁的奥斯卡、八岁的索尼娅。都是孩子……马丽亚的丈夫齐乔尔到军队里去了。忧虑在燃烧着，侵蚀着，压抑着她的心，她常常向窗子望着。

"有人在走路吗?"

"没有，好儿子，没有。我得出去一趟，我出去一下……"

"总是出去，总是出去。"芝娜要哭了。

"你干吗呢? 该去我就得去。我没事不会到村里乱跑的。"她生气起来。

"把头巾拿上吧。"萨沙看见她穿着上衣和裙子往门口走去，提醒她说。

到鄂西普家不很近。飞扬的风雪，照脸上打着，细雪像碎玻璃似的割着两颊。她喘着气到鄂西普家，勉强换了一口气，她来到门前站住，对自己说，这样气喘吁吁可不能到人家屋里去。可是实际上，她是想拖延一下，免得立即见到鄂西普一家人。大概现在他们——鄂西普的妻子和两个女儿，正坐在空荡荡的家里，伤心地哭呢。

可是嚓嚓的锯木声，从院子里传来，玛柳琪吃惊起来。在这样的时候，谁在鄂西普家里做活呢?

鄂西普的妻子同她那高个儿、黑眼睛的大女儿芙罗霞，在板棚跟前锯劈柴，她望见玛柳琪，也吃惊起来。这种时候，很少有人串门子。大家都坐在自己家里等着，瞧德国人还会弄出什么事来。

"教母，我想同你谈一谈……"

"怎么呢，为什么不能谈呢，"那位把身子一挺，回答着，"我们到屋里去吧。"

玛柳琪对坐在窗子跟前的鄂西普的二女儿，望了一眼。

"我想单独同你谈谈……"

"单独谈谈?"女主人奇怪起来，"关于什么事呢? 呵，好吧，既然这样，莉达，你去锯一点劈柴，我们在这儿谈谈。"

二姑娘把补的衬衫叠起来，把针插到粗布上，默默地出去了。她的眼睛都哭肿了。

玛柳琪坐到板凳上，焦躁地捏着手指。女主人默默地望着她。

"外面是大风雪。"她终于说道。

"大风雪。"玛柳琪重复着，又沉默了。

床上的钉子上，挂着鄂西普的一件上衣。玛柳琪望着这件衣服，衣兜破了，脊背上和胸前都打着补丁，一个扣子系在一根线上，几乎要掉下来。这是做活时穿的衣服。

"你想对我说什么呢？"最后，女主人催着说。

玛柳琪用吃惊的眼睛望着她。

"把你的男人弄去了……"她低声说。

那位把眉头皱了一下。

"弄去了……有什么办法呢，弄去了……大概命该如此吧。或许还能回来。你想谈的是这件事吗？"

"不错，也是谈这件事，也不是谈这件事……"

"关于这事有什么好谈的呢？最初我心里难过得要命，想着我真要倒到地上死了。后来我回到家里，想道：女人啊，最好来做活吧，这样会轻松些。我同芙罗霞就锯劈柴，用额颅去撞墙，墙是碰不穿的。坐着哭——有什么用。今天把他弄去，明天把别的人弄去，如果这样长久下去，反正这儿没有一个人能活，一定是这样的……他们会一个个把所有的人都杀光。"

"或许，不会长久下去的吧？"

"我也就是说——如果长久下去的话。到现在什么也没有听说。稍微有点动静，我就老觉得：在放枪了，我们的队伍回来了。才过了多久呢？一个月。可是仿佛已经一年了似的。多少人牺牲了！……那个村长，当他念到我丈夫的名字的时候，还对我望了一眼，可是我想：你看着吧，你等着我哭吧，这你可等不着，不！你这狗杂种，我在你面前决不哭。将来总有一天，叫你哭，叫你流着血泪哭！可是乡下女人是刚强的人，你对她们什么办法也没有……"

"教母……"

"什么？"那位吃惊起来。

玛柳琪从板凳上起来，头几乎挨着地向女主人深深地鞠了一躬。

"你糊涂了吗？你这是干什么？"

"教母，昨天夜里德国人把我的米什卡打死了……"

"把米什卡打死了？……"

"是我夜里把他从沟里拉出来埋了……全是因为我，德国人才把你男人和别的人关押起来了……"

原来她每一根筋都在颤抖，腿在发抖，打着弯，可是现在马上就轻松起来了。要说的话都已经说了。女主人向前欠着身子。

"你为什么对我说这些？这叫别人知道有什么用呢？"

玛柳琪不明白。

"怎么呢？你丈夫被关押着……所以我就告诉你，我应当原原本本去告诉他们的上尉。叫他把人放了。"

女主人跳起来。

"你这女人，你疯了吗？糊涂了吗？去找德国人？"

"我去把事实告诉他……别人没有罪。"

"可是你有罪吗？难道应该把孩子留给他们吗？你瞧瞧吧，人都成什么样子了！你的心肠真软，不是农民的，不是女人的心啊！那村长才叫乐呢！只要把五个人一押起来，即刻就把他们所要的人找到了！你这傻瓜，你晓得这会是什么结果吗？你想去给他们引路，告诉他们怎样对付我们吗？你今天去了，可是明天要出了什么事：他们要抓的不是五个人，而是五十个人了！你真是！我们这儿到现在还没人去向德国人自首的，你却要这样……"

"人家因为我被关押起来，因为我，要把他们……"

"不是因为你！是因为我们的苦痛被押的，是因为我们的不幸，因为战争，因为德国的狗杂种被关押的！把米什卡打死了……他们这些恶棍，枪杀起小孩子来了……"

玛柳琪聋子似的站着。

"那么，你是这样想的……"

"我想什么，我没有什么可想的。你这个女人，回家去吧，对任何人一个字也别说。自己人是自己人，可是，为什么去叫人上钩呢？关于这些事，谁也没有知道的必要。我们有些人爱多嘴，人家才打我们的，将来还要打我们呢。你回家做自己的事去吧，别发疯了！"

"你的……"

"呵，请告诉我吧，大善人！这是我的男人呢，还是你的男人？我可是坐得住，一声也不响。要出什么事，尽它去吧。他命该死，就死；不该死，就活。如果那样做，那么，与其在德国人手里活着，倒不如快些死掉……"

"我们不会永远在德国人手下活命的。"

"是的，我亲爱的，如果我要有一次想到这个，我也许连等都不等，用绳子往脖子上一套，去上吊了！可是，我只晓得一件事：我们现在很艰难，可是往后他们更难！哼，将来够他们受的！"

女主人的脸火似的烧着，眼睛放着憎恨的光芒。

玛柳琪叹了一口气。

"你把我的心思都搅糊涂了——"

"那显然的，早就糊涂了……你的心肠真是一副老爷心肠，思想也是糊涂思想。你别老想着自己，别想着自己，去想想大家，只要你想着大家，你就会明白：你没有权利去自首。你没有权利自愿去往德国人的绞首架上爬！敌人对我们一点儿办法也没有，让他们折磨，绞杀，枪决吧。他杀一个，杀两个，可是他不能把一切人都杀光……目下我们的队伍，还没回来，我们应当坚持下去，咬着牙坚持下去……"

玛柳琪听着，点着头。她觉得没有一点力气了，身上非常软弱。她真想坐下来，不是坐到凳子上，而是坐到地上，流着辛酸的眼泪哭一场。哭小米什卡，哭鄂西普，哭留在家里叫萨沙看着的三个孩子，哭那躺在山谷雪地里的瓦西里，哭那也在这山谷附近被枪杀的青年柏楚克，哭那吊在绞首架上的青年，哭自己的村子，还哭那些保卫村子的战士，他们在敌人坦克的胁迫下退却了已经一个月了，还不知他们的下落。

"你放沉着点，不然对你一点好处也没有。"女主人气愤愤地说。

玛柳琪默默地告辞走了。她没敢同在院里锯劈柴的莉达和芙罗霞说句话。鄂西普妻子的叫嚷声，在她脑子里轰轰响。这样的女人……大家从来都晓得：鄂西普的妻子是个泼辣的女人，爱吵架，爱叫嚷，无论对谁，一句好话也没有。可现在，你可瞧她……

萨沙在家里好久地用小木棍盖着房子、院子，把牛和马安排到牛栏和马房里。连小尼娜也不哭了，玩得可起劲呢。

"这儿做什么呢？"

"这是羊圈，这是刚给我们送来的羊。"

"啊哈……"

"给我一小块炭。这些都是黑羊。再给一块，羊多着呢……"

"猫待在哪儿呢？"尼娜问。

"猫是乱跑的，猫从来都是乱跑的。"芝娜解释道。于是尼娜放下心来。

"德国人来了，应当把牲口赶走。"奥斯卡决然吩咐道。

"好吧，可是谁去赶呢？"

"我去！"尼娜回答道。

"我同游击队留在这儿，"奥斯卡决定说，"啊，快来把牲畜都赶走吧。"

他们把当作大门的一个小木片挪开，把许多白色的小木棍、黑色的小炭块——这些牲畜，都拿到空地方。

"把它们往哪儿赶呢?"

"赶到大后方去,"萨沙一本正经地说,"赶到河那边去,我们的军队不让德国人过河去的。"

"在河上会遭轰炸的。"奥斯卡干涉道。

"不要紧,我们在夜里过河,"萨沙决定说,"给我一块木板,这当作河。"

哗啦一声门开了。五对眼睛,从炉子跟前望着。萨沙呆住了。

一个德国兵,站在门槛上。他那发红的眼睛,从裹着头的破布下,对孩子们望着。他浑身是雪。他在屋里张望了一下,没有见一个大人,于是就转向五个孩子。才上来萨沙一点也没明白,他以为是为米什卡的事,以为大家都知道了,把妈妈捉去了,以为这个穿草绿色军大衣的来人,马上就要到门洞里用刺刀挖哥哥的小坟。在他未听明白那个别扭的词以前,那个士兵不得不多次重复说:

"扭乃,扭乃……"

"没有牛奶。"萨沙低声说。

士兵没有走开。

"扭乃,给扭乃……"

萨沙站起来,目不转睛地望着士兵,出去到门洞里。他走着,觉着脚下哥哥的小墓,死了的米什卡在地里躺着。士兵仔细监视这孩子的举动。萨沙开了牛栏门,用明白的手势,告诉他那儿什么也没有。再说怎么会有呢,德国人来的头一天,他们就把大花牛拉走,马上在司令部门前把它宰了。

士兵对空空如也的牛栏,张望了一下。那儿地上还有一点干草和牛粪,散发着一股牛栏气。可是上冻的草料跟前,却是一无所有。是的,显而易见,这儿是弄不到牛奶的。

芝娜这时在屋里拼命大哭。母亲没在家,萨沙同德国人到牛栏里去了,怕人得很。一向好哭的尼娜也跟着哭起来。

士兵回到屋里来，带着莫名其妙的微笑，凝视着孩子们。

"别哭。"他露出发黑的烂牙，用德国话说。

芝娜哭得更厉害了。德国人举起枪，瞄准起来。萨沙绝望地跳到前边去，用身子把小妹妹挡起来。他宽宽地伸开两臂，眼睛盯着那军帽下边裹的破布下，害眼病的发红的眼睛。

"哈哈。"士兵笑起来，枪口又转向小尼娜。尼娜不明白这是怎么回事，可是不哭了，瞪得圆臼臼的眼睛，望着陌生的德国人。她也明白这是德国人。

"我要开枪了。"士兵说。她不明白这句话，可是明白这话里藏着一种可怕的东西。芝娜不哭了。萨沙紧张地注视着黑乎乎的枪口。

这黑乎乎的枪口，低低地移动着，有时对准这个孩子的头，有时对准另一个孩子的头。

萨沙突然想起来：如果跳上去把枪抓住怎么样呢……枪是怎么放的呢？如果把德国人打死了，过后会怎么样呢？最主要的，他能不能把他的枪夺过来呢？

德国人露着坏牙，微笑着。他很喜欢这种玩意儿，喜欢孩子眼里的恐怖，苍白的面色，大孩子脸上的紧张。萨沙开始明白这个士兵是闹着玩的，就像猫儿玩耗子似的玩弄他们呢。是的，士兵显然是闹着玩的。黑乎乎的枪口，有时高起来，有时低下去。萨沙希望德国人最后开一枪，那么这一幕就结束了。

他想着德国人会首先把他，把最大的孩子打死，他紧张地望着枪口——让他快些开枪，让这一切结束吧。

这个士兵终于耍够了这种玩意儿，他又狂笑起来，把枪往肩上一背，头也不回就出去了。孩子们一动不动地望着门。萨沙等待着——或许他还藏在门外等着，只要有谁动一下，他就会把门打开放枪。连尼娜也像石头似的坐在那儿。脚步声响了——门洞里的脚步声响了。门开了——是母亲回来了。

到这时才爆发起来。芝娜用不是自己的声音喊着，尼娜流着眼泪，奥斯卡和索尼娅哭着。萨沙一个人默然地在母亲面前站着。

"怎么一回事？出什么事了？"她恐怖地问。

"没什么，德国人来过了，"萨沙回答道。

"德国人？他来干什么？"

"没什么。他要牛奶。"

"结果呢？"

"我叫他看了看我们没有牛。"

"他就走了吗？"

"走了。"

"那你们干吗这样大哭大嚷呢？"玛柳琪生气了，"走了就算了。他打你们了吗？"

"没有，他没有打我们。"萨沙哭丧着脸答道。她放心了，她怕把雪带到屋里，就在门洞里抖围巾上的雪。

"大风雪，怎么也不停……"

远远一阵抑制的喊声，从外边传来。

"这是什么？"

"没什么……娥琳娜生孩子。"玛柳琪把眉头皱了一下。

孩子们细听着，缓慢的、抑制的喊声从锁着的板棚那面传过来；喊声高起来，低下去，片刻间沉寂了；后来又喊起来，声音越来越大。

四

这是司令部后边的一个房间，四堵墙和光地。从前这儿放着柜子，一个是书柜，另一个装着村苏维埃和集体农庄的公文及表册。

旧房子的墙是用粗大的木柱盖成的。德国人用木板把窗子钉死，所以房里黑漆漆的。只有通到德国卫兵室的门缝，透着亮光，那儿点着灯。五个被抓来的人，被押送到这里。他们听见钥匙下到锁里的声音，一下，又一下，后来就进到四堵墙围着的黑暗里了。没有条凳，也没有方凳。眼睛在黑暗中慢慢习惯了。他们挨墙根坐下。鄂西普把拳头垫在头下，在地上把身子一伸，马上就传来他均匀的呼呼的鼾声。

可是其余的人都睡不着。白兰秋贴着马丽亚，她很害怕，怕这个房间，怕黑暗，怕门那边的灯光，怕将来要发生的事。马丽亚挽着她的臂膀，他们这样互相依靠着，坐着。

只有马兰没有挤到人跟前。她两手抱着膝盖，坐到另一个屋角里，靠着墙，睁大眼睛望着黑暗。她不想她的狱友们所想的那件事。她带着紧张的眼光，屏着气，凝然不动地细听着。不，她并不想去听隔壁房间传来的模糊的声音，并不想听墙外村里的什么动静。她皱着眉头，紧张地细听着自己内心的什么东西。已经一礼拜了——不，更多呢，有十天了。可是总还没有什么。她总是顽强地、痛苦地想着那同一件恼人的心事：是不是吗？太阳穴里的血在跳动。心在跳。她觉得她听见血管里的血在响。血在流，在血管里奔腾，在她全身流着，手腕上像有许多小锤在敲。最后，怎样知道，怎样肯定呢？

她又把日子算了算——或许还是她弄错了吧？可是，不，结果仍是那十天啊。是有原因的，有原因的……十天。可是思想并不就此停住，它仍旧往下想着，一天一天计算着，一直算到把她的一生劈成两半的那一天。马兰想到这一天，就觉着一种肉体的疼痛，难忍的痛苦。她把拳头捏得连指甲都刺到手心里了，她蜷着腿，全身缩成一团。一种难忍的痛苦，流通她的全身，一直钻进骨髓里。她觉得她忍不住了，要用野兽似的声音吼叫。这时她真想这样喊叫，大声用嗓子喊叫，撕着头发，叫得透不过气，让一切都沉没到这喊叫声里：连那一天，连这十天，十天来她翻来覆去计算，结果并没有错，让这一切都沉没到这喊叫声里。

身子因极度的痛苦而弯曲着。她觉得受不住了，马上要死了。可是死不了，要死也不那么容易。她只能坐到黑暗里，听着人们，只能记住，时刻记住，她——马兰——这该死的、害瘟病的，她的生活永生永世同人们隔开了，同村子隔开了，同在此之前的生活隔开了。这是为什么？为什么这样？为什么全村人就只有她这样呢？

在她面前不是黑暗，而是那三副嘴脸——三副讨厌的、压在她身上的嘴脸。这嘴脸就仿佛在照相的底板上似的，永远印到她的记忆里了，永远站在她眼前，任什么也不能把这些从她的记忆里抹去，任什么也不能把这些遮盖起来。三副嘴脸——没有剃的棕色的胡子、干裂的嘴唇、露着野兽獠牙似的牙齿、粗野的眼睛。

几个月前，她同伊凡住在这房间里。还是原来的房间，原来的床。可是现在呢，枕头被撕破了，鸭绒在屋里乱飞，地上撒着干草，栽着月季的花盆从窗台上掉下来，花盆的碎片在德国人的皮靴下咯咯巴巴响。她不愿想这个，可总是顽强地、纠缠不清地、片刻不停地想起来。三个人，又是三副嘴脸，没有剃的下巴上棕色的胡子，哈哈大笑声，喊叫声，和她身上、反绑着的手上和撕烂的腿上那令人厌恶的铁钳似的手。后来就是他们背后的关门声和冲进门来的一团白色的冷气。接下去——接下去就只有可怕的、难忍的苦痛。还有那更其难忍的十天，她从早到晚，整夜失眠，她一直细听着自己的身体，算了又算，简直要发疯了，一天加上一天，总共已经十天了。

是的，村里也有人死，有人牺牲。柳纽克吊在绞首架上，娥琳娜，怀孕的娥琳娜，在板棚里，在德国人手里受着折磨。可是除了她以外，没有一个人，没有一个人肚里怀着德国杂种。那些被害的、受刑的人中间，没有一个人肚子里怀着敌人呢。

白兰秋在另一个屋角里像孩子似的低声哭泣着。突如其来，无端的抱怨与莫名其妙的憎恨，突然包围了马兰。傻瓜，她哭什么呢？她有什么理由哭呢？德国人没有强奸她，她没有遇过那最可怕的事情。她怕什么呢？德国人会把她们打死，绞死，枪决吗？马兰不相信会发生这种事。死在敌人手里倒是很好，很幸福呢。不，她不相信这个。拘留起来，或许还会想出可怕的，比死更可怕的办法，可是死是不会的；从德国人手里向来不会有任何好处，从德国人手中得到幸福是没有的事。而死——却是一种幸福。于是她又数起日子来——一天，两天，三天。数到第十天，身体又痛苦得痉挛起来，弯曲起来。马上心都要炸了，支持不住了——连一分钟也支持不住了。可是心没有炸，太阳穴又用小锤子敲起来，马兰紧张地凝视着黑暗，想着她将来就要这样数日子，数日子，一天一天地数，一直数下去，一直数到她——这个红军士兵的妻子马兰，生下德国杂种这命中注定的时刻。

她听着，听着。血液在太阳穴，像小锤子似的敲着。她把手放到肚子上，连那里的血液也像小锤子似的敲着。她对自己的身子，起了一种不能抑制的厌恶。这已经不是她的身子了。这是狐狸仔[1]的巢，这狐狸仔还没出生，可是已经有了。它虽然还未出世，可已经有了。如果她吃饭，这不是她在吃，是狐狸仔在吃，为了要长大，要发育，要把耻辱留到她不幸的身上。如果她睡觉，那么这睡眠不是保持她的健康，这是狐狸仔在休息。她不能去想，想这孩子。孩子——这是娥琳娜的孩子，她的哭声，就是在这间闭得紧紧的用粗木柱盖成的房子里，也不时可以听见。孩子——这是夜间被枪打死的，谁也不晓得的孩子。这是马丽亚的三个孩子，这是玛柳琪的孩子，这是生在村里、长在村里，现在因为德国人来了，时时刻刻受到死亡威胁的孩子。这些都是孩子。母亲们生下他们。这些淡色头发和黑头发的孩子，淡色眼睛和黑色眼睛的孩子，他们哭着，笑着，在摇篮里牙牙学语。母亲们受孕，怀着他们，生他们，养他们。可是她所怀的，她所生的，不是孩子。这是狼仔，是狐狸仔。这已经是永远不能改变的了——她带着可怕的心情想着。即使他死了，——她将来会亲手把他掐死的——也无补于事。反正永生永世会记得她怀过狐狸仔，用自己的血养育过狐狸仔。人们将怀着憎恶与轻蔑的心情，望着她的大肚子，望着她这个孕妇艰难的行动。人们会给她让路——他们让路，不是让她便于通过，而是出于深深的轻蔑，出于怕挨着她，怕挨着这个在德国人身下垫过的、肚里怀着狐狸仔的女人。

要知道，所有的人都知道了。大家都可怜她，都咒骂德国人，都谈着将来总报复的日子。可是马兰知道不是这样的，总报复是可以的——替柏楚克，替柳纽克，替娥琳娜，替烧了的房子和死了的孩子们报仇。可是无论谁，无论什么时候，都不能替她复仇。这已经是不可挽回的了。虽然没有人对她明说，可是她晓得女人们不望她的眼睛，人们都像怕害瘟病的人似的避着她。当那三个德国人冲到她家里，把她强奸了，甚至不照一般所做的那样，把她枪杀了，从那一天起，就像有一堵跨不

---

[1] 意为德国鬼子，战争期间苏联人对德国人的蔑称。

过的墙壁，把她和村子隔开了。她留在世上，只能过可怕的生活。仿佛这一切都还不够似的，他们辱骂她，把她变成一块脏抹布还不够，现在还得数着日子，而每次的结果都是这样。她时而抓住这虚幻的片刻的希望，时而闪出一个荒唐的想法，想着她是错了，这不是那么回事，想着这是常有的，可是没有关系，再过一两天，一切就正常了。可是这一切都是徒然，因为在她的心灵深处，十分清楚。就是如此，已经无法改变了，她怀孕了。

她想起一个夏天，一个天朗气清、百花盛开、芬芳洋溢的夏天，银白色的露夜，截腰深的野草，河岸上的割草场，茅棚里的夜宿，在草香中，在繁星闪烁下，那些短暂的、神魂颠倒的夜。那些接吻都没有使她受孕。甜蜜的愉快的夜，唧唧私语，牙上的血味，幸福的心的颤动——这一切的一切，都无影无踪地消失了，仿佛什么都不曾有过似的。在整个割草期间，有多少这样的夜啊。她委身于那个具有狂暴热情的人，虽然后来什么事也没有，他们就无怨无尤地分手了。可是现在只有一会儿，只有可怕的半小时，这半小时就受了孕，在她的一生里，成了溃烂的创口。从这创口里，将永远流出恶臭的脓液。

后来，她嫁给了伊凡。诚然，这新婚是短暂的，可总是幸福的夜啊，星儿隔着板棚的缝隙窥视着，六月的夜，散发着一股夏季的暖气。这一切都有过的。在他从军以前，都有过的，而且也没什么。

她细细的腰，挺着少女的胸脯，在村里走动。青年们都忘神地看着她，兴高采烈地谈着她，忘记她已经出嫁，而且无论什么人她都不会拿自己的伊凡去换的。他们也就是想看看她闪光的牙齿，听听她欢乐的歌声；瞧瞧她黑眼睛里的愉快的光芒罢了。

可是现在，噩梦似的令人窒息的半小时就一下子把一切都改观了。现在还没有一个人知道，现在什么还看不出来。可是日子一天天过去。她的不幸就会暴露在众人眼前，好像她的苦难还嫌不够，还要在她身上烙下一个洗不去的耻辱的印记。不，还得在自己肚里怀着狐狸仔，在痛苦里生下狐狸仔。在她临产的时刻，谁来帮她呢，谁愿意到她跟前去呢？哪个女人愿意污了自己的手，去摸那狼仔，去动那红毛刽子手的孩子呢？

白兰秋哭着，她怕死。不，马兰相信不会死。她不晓得会有人救她们，她想道：有人会出来，供出被枪杀的孩子，以及从德国人手中盗尸的人——这是不可能的。当然也没有人会把粮食交给德国人。她不知道结果会怎么样，为什么会这样，但是她完全相信她不会死，相信不会把她处死。如果不处死她，那么，其余的人也会活下来。

马丽亚起初默然地抚摩着白兰秋的手。可是哭泣并没有停止，于是她忍不住了。

"你哭什么呢？将来该怎么样就尽它去吧。老哭也不害羞啊。"

"我本不想哭，可是由不得自己。"白兰秋用无可奈何的孩子的声音呜咽起来，这声音在马丽亚听来很像她的小尼娜。她心软了。

"呵，轻一点，轻一点……现在什么还不清楚呢……"

马兰在屋角里，在黑暗里苦笑。清楚，非常清楚。死是连一点希望也没有的。

"我有三个孩子留在家里，现在他们怎么样……可是我不哭。"马丽亚说。她心里忽然非常想念孩子，能看到他们一分钟也好啊！他们现在做什么呢，他们怎么样了？玛柳琪把他们接到自己家里去了没有呢？也许他们留在家里害怕了，怕上来的夜，怕街上的脚步声，因为德国人进村的第一天，就把他们从家里赶到街上，从那时起，他们就什么都怕。

"滚出去！"高个子司务长喊着，用枪托打她，那时她怕孩子们受冻，想收拾一点破衣服给孩子穿。"滚出去！"他重复着。孩子们像被开水烫了似的，都跳到街上去了，素尼娅只穿一件小衫，跳到冰天雪地里去了。

后来德国人不喜欢那所房子，搬到别处去了，那时他们才再回家住。不过得把门洞里打扫一下。德国人不想到冰天雪地里去，他们就在门洞里，在门槛跟前大小便。家里臭烘烘的，进屋得经过这里，他们不在乎。她厌恶地打扫着德国人的大便，疑惑地在屋里搜查着，看他们在那儿也大便了没有。原先她想着他们讨厌这房子，要从这里搬走，所以故意这样做一做出气。可是后来他们在村里许多人家住过，到处都这样做，他们不过是对这满不在乎罢了。

孩子们在玛柳琪家里怎么样呢？只要奥斯卡别同萨沙打架就好了，他又小又弱，还这样爱闹架，总是出乱子，总爱跟力气比他大的孩子们打架，打得头破血流，满身青紫地回家来。索尼娅好得多了，她是个过分聪明的姑娘。可是奥斯卡同尼娜这两个啊……玛柳琪自己还有两个孩子，这么多小家伙，她怎么忙得过来呢！在这样艰难的日子里，她怎能养活得起他们呢？

叶度牟在墙跟前叹着气。

"好家伙，这鄂西普睡得多香啊……"

均匀的鼾声，在黑暗里大声响起来。

"可是，老爷爷，您不想睡了吗？"马丽亚想驱开对三个淡色头发的孩子的思念，问道。

"我有什么瞌睡呢……我老早都不想瞌睡了……睡上两三个钟头，再多就睡不着了。天太长……"

"我们在这儿好久了吗？"白兰秋突然问。

"说不上来，老这么坐着，时间过得就慢……大概已经是晚上了，那边房间里上灯了，那就是天黑了……"

"才天黑，"白兰秋失望地叹了一口气，"可是我觉得已经好久了……"

"能有多久呢……姑娘，你放镇定一点，谁晓得我们得在这儿坐多久呢……"

"她年轻，青年人从来总是急急慌慌的。"叶度牟叹了一口气。

马丽亚在黑暗里对他转过身来。在黑暗里，眼睛已经辨出东西了，窄窄的门缝，透出一点灯光。老头子的白头发在墙壁的背景上隐隐约约地现出来。

"急什么？姑娘，我们现在没什么可急的……我们在这儿坐多久，这是我们的事，而接下去就是他们的了……"

"可是如果我们的队伍来了呢？"白兰秋胆怯地插嘴说。她想着，不会完全没有办法的，不会从这小黑屋里出去就只有死路一条。

"可是德国人只限三天啊。"

"就在这三天里不会来吗？"

"在这样的风雪里？……难得很。这怎么能行走呢，怎么能拉上机枪、大炮呢？要知道，在大风雪里，连自己的鼻子也望不见，不定在哪个山谷里，在哪个沟渠里，都可以叫雪埋住的……"

马丽亚平心静气地说着，可是忽然明白她说的话连她自己也不信。

雪是雪。可是他们总是每天都在等着，顽强地等着，怀着坚定的信心等着。因为就在今天早上，她还在想：他们会来的，想着他们或许已经到列向诺附近了，或许已经下到山谷里了，或许正顺着小路往山上爬呢，——为什么现在他们不能来呢？大风雪昨天有过，前天也有过，大风雪在他们算什么呢！有人会给他们指路的，因为都是自家人，都是本乡本土的。他们对旋风，对于大雪，都熟悉，这些对他们都不是初次啊……

是的，白兰秋是对的。他们是可以来的。恰恰在死以前，在这三天以内，他们会来的。突然门会响起来，枪炮会响起来，他们将重见天日，看到自己亲如手足的战士们，随后就连忙回家去，连忙到玛柳琪家里接孩子们……

或许他们已经出动了。或许在黑暗的庇护下，在夜幕掩护下，在压倒一切声音的大风雪里，他们现在正悄悄向村里走着，忽然间，就像霹雳似的打起来，把德国强盗，把这群附在全村人身上吸尽了鲜血的臭虫，消灭光。

"或许会来的，"她低声说，"我们或许能等到。"

"您想会来吗？"白兰秋问。

"或许是这样，"叶度牟低声说，"唉，是时候了，是时候了！"

"他们会找到我们的。因为大家都知道把我们关在什么地方。"白兰秋在狂热地低语着。这时她觉得当德国人在红军的刺刀打击下，在冰天雪地里乱窜的时候，最主要的是把他们找着，即刻把门打开，连一分钟也不要在这儿耽搁。

"你别担心这屋了，只要他们来就好了，"马丽亚安慰她说，"照你这样说，就像他们已经在村子附近了。"

"或许真是这样呢？"

"或许是真的。"那个女人重复着，把手指捏得响起来。

马兰继续在黑暗里固执地凝视着一点。是的，他们倒好，可以等着，他们可以抱着希望，因为这是他们的救星啊。可是谁也帮不了她，谁也救不了她。自己的队伍来了——这又有什么呢？也不能出去欢迎他们，同他们寒暄，也不能在他们面前欢天喜地。你也不能给他们送一杯水，也不能请他们到家里来，她是谁呢？她是被德国人糟蹋过的女人。她肚里怀着狐狸仔，她永生永世该遭人咒骂。自己的队伍一来，村子里又会热闹起来，姑娘们又要在街上唱歌，同红军士兵们开玩笑，都串门，拥抱，谁也不会想到去非难谁——因为都是自己人啊。只有她一个人，谁都不会去睬她，谁都要躲开她。而且即使战争结束了，即使伊凡回村来，他也再不会去找她的。人家会告诉他，他会连家门都不入的，如果在街上碰见，他会像路人似的，由旁边过去，或许还会唾她一口呢。

在那边，在另一个屋角里，传来白兰秋的低语。"大概，都得坐得远一点，远一点。"她恶狠狠地想着。其实她忘了，她自己等大家坐下以后，才找了一个离他们最远的角落的。是的，白兰秋可以等待，白兰秋可以怕死，白兰秋活着有活的意义。鄂泰朴从军队归来，他们就要结婚，他们要同一般人那样过生活，同一般人在战前那样工作，给鄂泰朴生养孩子。只有她，只有马兰一个人，只有她这个全村最好的姑娘，最优秀的女庄员，已经永远不能同战前一样了。

费多霞哭着瓦西里，过些日子，过几个月，想着自己的儿子时，她就会平心静气了。这是平常的事，他不是头一个，也不是最后一个为国牺牲的啊。柳纽克的父母也会忘掉自己的悲伤，因为他们还有两个儿子和两个姑娘。当弟兄们打完仗归来，家里又团圆了。被德国人毁了的房子，将重新建起来，果园里的树，被德国人无情地砍作柴烧，可以重新栽上。创伤平复了，于是一切都又恢复了旧观。只有她，什么也不会回来，什么也不会忘记。人人都有路走，有些人的路艰苦一点，另一些人的路轻易一点，只有她，什么路都没有了。

从前她感到高兴，她在村里比其他人都长得漂亮，在集体农庄里比其他人都干得好，即使周围有十来个姑娘，可是大家的眼睛总都看着她。唱歌时，她的嗓音比谁都真纯，比谁都清亮。没有人生就她那样的眼睛，她那样的发辫，她那样黑里透红的脸蛋，她那样弯弯的细眉。她高高地昂着头，为自己的美貌而感到幸运。

可是现在美貌也变成悲哀与不幸了。最好她长得满脸皱纹，面黄肌瘦，像马尔华老太婆那样；最好她只有一只眼，驼背，像跛子乌斯吉那样；最好她是个丑八怪，像红头发，满脸雀斑的克拉瓦那样。不，她不是这样的女人，这就足够使她遭受那三个德国兵的劫数。

门外时时传来说话声和脚步声。那儿是德国人。他们在这儿的村子里发号施令，就像在自己家一样。他们觉得自己是主人。马兰捏着拳头。他们不仅是在这儿呢。她曾经去基辅看过展览会，那儿也有德国人呢。德国人在基辅的大街上走着，由基辅金门跟前走过，皮靴践踏着基辅的马路。德国人的皮靴践踏着哈尔科夫的马路。他们在乌克兰的土地上走着，士兵的皮靴蹂躏着田园。不仅她，不仅马兰，不，整个乌克兰的土地被奸污，被污辱，被唾弃，被蹂躏了。城市都变成了废墟，风扬起乡村的灰烬，到处是没有掩埋的尸体，尸体在绞首架上摇摆。大地被血浸透了，被泪洒遍了。

但是日子一到，被解放了的土地，又将在金黄色的阳光下展开来。第聂伯河自由的波浪，又将滔滔地奔腾，沃尔斯克、洛盘、普赛的河水，又将哗哗地响。滔滔的流水冲洗着大地，把上边的粪便和污秽，都冲洗去。浸透了血的耕地，将有百倍的收成。无边无际的海一般的麦田里麦子在抽穗，向日葵地里一片金黄，园子里锦葵盛开，一畦畦西红柿枝头挂满火红的果实。大地又繁荣起来，清新，肥美，一派丰收景象。

可是她，可是马兰，已经永远成了可怜的、被遗弃的废物了，她面前的一切道路都堵死了。不由自主的呻吟，从她胸中迸发出来。

"你没有睡着吗，马兰?"马丽亚问道。

马兰打了个冷战。在对方的声音里，她听出一种不自然的意味，于是她愤怒起来。"不愿意，就别开口，为什么装神弄鬼的呢?"

"我不睡。这与您有什么相干?"她厉声问道。

"我随便问问。"

"没什么可问的。别对我起好奇心了。"

"为什么这样呢? 我们大家的命运一样啊。"

马兰笑起来，笑声刺耳，令人不快。

"怎么大家的命运都一样，我的命运就不一样。"

"怎么呢，不幸……"

"是的。您正好知道什么叫作不幸!"她心里起了一股没处出的气，"您心里舒服，您就坐着别作声。您听见鄂西普睡着了吗?"

"别同她磨牙了……她刻薄着呢。"白兰秋拉了一下马丽亚的袖子，低声说。

马兰听见了。

"对，同我说什么呢? 我刻薄，都晓得我刻薄。你好贤惠啊!"女人们不作声了，马兰望着黑暗，艰难地呼吸着。

姑娘想起有一年收庄稼的时候，报上登了她的消息。呵，那时她并不刻薄。姑娘们和女人们都拥抱她。她的相片登在报上。马兰那张相照得不太好，看得最清楚的是她微笑时露出的牙齿，脸都在阴影里。可是相片总算上报了，报上她是一个先进的集体农庄女庄员。那时是值得上报的，可是现在，她马兰，这个先进的集体农庄女庄员肚子里却怀着满身虱子的德国兵的狐狸仔。

墙外风在吼着。隔着很粗的原木盖成的木墙听得见呼呼的风声，鄂西普突然醒来，打了一个很响的哈欠。

"呵，你睡得真好。"叶度牟羡慕地说。

"那有什么，睡一会不碍事。谁晓得将来怎么样。"

"怎么样？我知道，会怎么样。"

"我们的军队会来的。"白兰秋慌忙说，她也想叫鄂西普证实他们会来的，他们会来的。

"当然会来的……不过，最好能在这三天里……"

"或者我们的游击队来……"

"呵，这可是不会的，"一个农民反驳说，"他们现在顾不上来！他们到老远的森林里去了，待在森林里呢。这样的大雪天，他们连想都不会想着到这儿来。会跟踪他们，会把他们消灭的。夏天就是另外一回事了，夏天愿意从哪儿走就从哪儿走，每一丛灌木都可以掩蔽他们，庇护他们。可是现在最好等到春天，让他们在森林里咬住敌人。现在这种时候不必到平原上来。"

"可是军队呢？"

"军队是另一回事，军队可以直冲。"

白兰秋叹了一口气。

"风吼得真厉害……"

"听说这种时候，死神到处转悠。"叶度牟说。

白兰秋觉得脊背上起了一阵寒战。室内很黑，很可怕，老头子喜欢说这种事。

"怎么呢，说的都是实话，"马丽亚低声附和着，"死神在我们的土地上徘徊，唉，在我们的土地上转悠……"

他们不作声了，仿佛在细听厚墙外边的脚步声，仿佛可以看见它，看见在路上走着的死神似的。

"现在有两种死神。"老头子说。

"怎么有两种死神呢？"

"当然，有两种死神……一种是德国的死神，这是要我们命的死神。第二种是监视着德国人的死神。"

白兰秋更紧地贴着马丽亚。

"老爷爷，最好您别说吧……怕人得很。"

"什么可怕的事，你都别怕，"鄂西普严厉地说，"现在的世界是可怕的，人也是可怕的……应该知道自己，那就没有什么可怕的了。你只要胆怯一次，人家就会为所欲为，对付你了。"

"谁？"

"还有谁呢？德国人……他们最重要的手段就是恐吓人。如果你怕，那就糟了。如果你一点都不怕，那德国人对你就一点办法也没有。"

"瓦西里不怕他们，可还是叫他们枪杀了。柏楚克也……"

"可是，难道我说过他们不杀人吗？他们手里拿枪就是要杀人的，德国人之所以是德国人，就在于他们要杀人，我并不是说……力量不在那儿……"

"可是，力量在哪儿呢？"

"难道你自己不晓得在哪儿吗？"

她不作声，不晓得说什么好。

"力量在于坚持到底，决不让步。力量在于不该作声的时候，决不作声。叫敌人从你嘴里连一个字也掏不出来。最主要的是要晓得，到头来他们中间没有一个能从这儿活着逃出去。至于说他们杀人……唉，你还年轻！……在这次战争和国内战争中死了多少人啊……1918年德国人在我们这里干的坏事还少吗？怎么呢？他们连一点痕迹也没留下，可是我们留下了。土地留下了，这土地上的人民留下了……那就是说，一切都留下了。"

"唉，他们现在杀的人比1918年杀得更多呢。"

"当然更多。呵，不过他们不能把所有人都杀光。有些人还要种地，重新造房子。你等着吧，活到那一天就会看见，若活不到那一天，别人会看见的。将来一切都会比战前更好，更富裕，更聪明……"

白兰秋叹了一口气。

"真想能亲眼看到啊……"

"呵！那还用说，你多大了？"

"十九了。"

"十九了……叶度牟老爷爷，我们十九岁的时候，那是什么时候呢！"

"瞧你，真会想，"叶度牟生气了，"你还在桌子底下钻来钻去的时候，我的胡子已经白了……"

"那倒是。唉，可是在她面前，我已经是老头子了。姑娘啊，当然想亲自看看……十九岁，哈哈！我同老爷爷都比你年纪大，就连我们也都还想亲眼看看呢……"

"想瞧瞧战后会怎么样……"白兰秋伤心地叹了一口气。

鄂西普突然跳起来。

"不，我可不光想看看这个！我还想瞧瞧最后一个德国人，怎么死在这儿，死在我们村子里！瞧瞧最后一个德国人死在基辅的绞首架上！把绞首架支在第聂伯河边的小山上，把最后一个德国人绞死在上边。还想瞧瞧那些在战争期间待在他们本国制造套我们脖子的绞索的人，把他们弄来，叫他们去替我们干活，拣砖头，替我们重建烧毁的村庄，重建毁了的城市。你记得从前在报上写的吗？叫他们一块砖，一块砖地去拣!"

"最好这一切我们亲自来做,只要别在这儿,再看见他们。"马丽亚说。

叶度牟叹了一口气:

"我们的人民心肠太软了,唉,软心肠太……今天火起来,可是明天把一切都忘了……我们的人民心里不会记恨呢。"

"老爷爷,您别担心,我们的人善良是善良,可是如果你伤了他的心,那就叫你试试吧,已经伤透了心……这怎么会忘记呢?就是到死也不会忘记!不会!"

马兰坐在自己的角落里,仔细听着。鄂西普的有些话就像她自己思想的回声。是的,是的,瞧瞧绞首架上的最后一个德国人,瞧瞧他们做工累得浑身大汗……可是这并不能使她轻松。别人都可以清算,可以安心,可是她却永远不能安心。从她的记忆里,将永远流出臭气冲人的脓液,任何鲜血、任何复仇和任何时间都无法将它冲刷掉。

鄂西普的末了一句话,就像挂在黑暗里似的,像火红的字,在顶棚的黑漆漆的梁上燃烧:

"就是到死,也不会忘记!"

马兰也答道:"不会!"

"想喝点水。"白兰秋低声说。

"你别想这个吧,"鄂西普严厉地回答道,"他们不给水喝,忍三天不喝水吧!这儿不热,坐着,什么也不干,忍着吧!不过别去想水,不然会口渴的。"

"唉!"

"你知道点羞耻也好,姑娘,"马丽亚干涉道,"你总唉声叹气,唉声叹气的……只有你一个人倒霉吗?现在村里有谁好过些呢?"

"可我们是人质……"

"呵,这有什么呢?说是过三天就枪决吗?呵,这有什么呢?你没听说吗？他们这是叫交粮食。用枪决来威胁。可是难道有人会交吗？现在人人面临着死亡……"

大家不作声了。白兰秋听着，仿佛想竭力听见在村里徘徊的死神的脚步声。

村子仿佛静悄悄地在风雪的吼声里，在上下狂飞的雪涡里睡着了。房舍仿佛伏在地上，躲藏起来了。板棚里娥琳娜生孩子的喊声和呼啸的风声，混成了一片……大概还生不下来。可是除了这些嚎叫声以外，连一点声音也没有了，好像一切都酣睡了。

可是家家户户都没有睡。大家都听着叶度牟所说的那件事——死神在村子里徘徊，它像白色的雪团在路上飞卷，随着旋风在茅屋顶上飞过，像白色的幽灵钻进墙缝，翻起房顶的茅草，无情地摇撼着道旁的在德国人刀斧下幸免于难的最后几棵菩提树。死神用冰一般的胸膛，扑到地上，用有力的翅膀擒住大地。

在下边山谷里，躺着阵亡的人。死神滚着雪，掩盖着他们的残体。死神呼啸着，把每天母亲用心用意拭干净的瓦西里的黑脸，用雪盖上，把一月前在村子附近阵亡的红军战士的尸体，雪冢似的埋起来。在这儿，在山谷里是死神的天下，在这儿，在山谷里，凌乱地躺着已经冻成木头和石头的死人。

死神摇晃着曾经想去当游击队员的绞首架上的柳纽克的尸体。这尸体成了黑的，成了石头一样了。绳子在吱吱地响。当风更有力地摇晃着遗骸的时候，被绞死的人的腿碰到柱子上，发出一声低低的硬邦邦的声音。

死神像呼啸的旋风，扑打着板棚的大门，娥琳娜在那儿的干草上，正在生孩子。

死神在等着自己的时刻，用沙嗓子哈哈大笑着，在村子上空盘旋。人们都听见了。家家户户都没有睡。他们都凝然不动地躺在被窝里，眼巴巴地盯着顶棚。他们在黑暗里听见呼啸的德国死神。它，这德国死神高兴得哈哈大笑，磨着爪子，它期待着丰盛的收获。这已经不仅是在山谷里被枪杀的柏楚克，不仅是吊在德国绞首架上的柳纽克。这是悬在每个人头上的德国的绞首架，这是对准每个人心口的黑沉沉的步枪口。

人质们都只谈大家所想的那东西，所以睡意都从他们的眼睛里被驱逐到狂风与死神呼啸的黑夜里。老头子叶度牟第一个打破了沉寂：

"把所有的人都杀光，这是不可能的事……怎么可能呢？把全村的人都杀光吗？因为谁也不会交粮食的……"

"这对他们算什么呢？"鄂西普粗鲁地笑起来，"他们这是头一回吗？他们在列凡尼约夫卡干了些什么呢？他们在沙特干了些什么呢？在科锦克干了些什么呢？"

已经毁灭的村庄的幻影浮现在他们面前。烧得一干二净的列凡尼约夫卡村，在那儿因为有人向德国士兵打冷枪，德国人就四处点火烧房子，向从火里往外跳的农民射击，当着母亲的面，把孩子投到火里。在沙特村，全村居民有一百五十人，把他们赶到从前取土做砖的坑里，用手榴弹炸死了。在科锦克村，所有的男人都被枪杀了，把只穿着一件小衫的妇孺驱赶到零下四十度的严寒里，他们都在往柳村去逃命的路上冻死了。

"沙特，列凡尼约夫卡，科锦克？这都是在本区里，可是别的区里该怎么样呢？他们在基辅，在敖德萨，在别的城市里又干了什么呢？这些村镇还剩下什么呢？在1918年，又怎么样呢？唉，老爷爷，这些事仿佛第一次瞧见，第一次听说似的……"

白兰秋用手捂着脸，一声不响地坐着。只有她觉得一切都会好起来，觉得马上枪声就会响，熟悉、亲切的"乌拉"声就会传来，哗啦一声门就开了……自由啊，生活啊！可是他们尽谈死，谈死，仿佛死神应该来，一定要来似的。他们平心静气地谈着，仿佛这是一件小事，这使白兰秋心里充满了恐怖。她伤心地想道："他们都不错，叶度牟已经活够了，他多大年纪了呢？听说八十岁了，老得不管事了，在这样的岁数是容易死的……鄂西普……鄂西普在 1918 年还打过仗呢。他的几个女儿都成年了，老婆凶得像恶狗，他还要什么呢？马丽亚……"白兰秋犹豫起来。"呵，是的，马丽亚有三个孩子，丈夫在军队里。呵，是的，可是她总算还是已经有丈夫，有孩子，可是我一生见过什么呢？他们说得倒好……"

"至于粮食，反正谁也不会交的。"叶度牟说。

"当然没有人会交。"马丽亚肯定说。

所有的人都这样想。全村子一直到山谷里的最后一户人家，都这样想。粮食都用心用意地好好埋藏起来了，粮食都埋在老远的野地里的坑里，埋在冻结得像石头一般的地里呢。地里埋着金黄的小麦、黑麦、大麦，埋着那空前的丰硕的无尽的秋收留给他们的金色果实，埋着没来得及交给红军的全部粮食。金黄的谷粒，用心用意地埋在地下，埋在很深的地下，埋在被风卷来的雪堆下。谁也找不到，谁也猜不着地窖在哪儿。难道德国人能把千百公顷土地，往下挖两三米，都挖一挖吗？地里埋着金黄的粮食，这不仅是供给村子做面包的粮食。为着生存可以忍饥受饿，把粮食埋起来。

地里藏着的是令德国人贪婪的眼睛可望而不可即的祖国的黄金的心。地里藏着的是土地酬谢农民辛勤劳动的丰收，藏着土地的花和沉甸甸的金果实。交粮食就是把面包交给德国军队；交粮食就是养活那些满身虱子的德国佬，就是填饱他们的饿肚皮，温暖他们那化了脓的冻伤的身子；交粮食就是打击那些在严寒里，在风雪里同敌人英勇苦斗的人们的心；交粮食就是把国土出卖给敌人，就是叛逆，就是在全世界面前承认德国人是生产黄金的乌克兰土地的主人，是乌克兰村镇的主人；交粮食就是出卖自己和自己人，就是不奉行那道飞遍了所有村庄，尽人皆知而且刻骨铭心的命令：一块面包也不交给敌人！交粮食就是背叛祖国，卖身投靠敌人，就是背叛那些在这次战争中，在国内战争中，在 1918

年以及这以前阵亡的人，就是背叛一切为人类自由而斗争，用自己的心血争取自由的人。

就是在村子里，在自己的土地上，在自己富裕的集体农庄里住着的过去的雇农也没有一个人的心动摇过。女人们都筹划着，思索着如果她们不在了，该怎么办。上年纪的郭华秋，在黑暗里听着睡在床上和炉台上的几个孩子的呼吸。她平心静气地精细地筹划着，她想到琳娜已经成大姑娘了，可以照看小一点的孩子，可以洗洗缝缝了。自己的军队一到……地下埋藏的东西，足够养活大家的。可是现在应当同别人一样，对付着苦日子。魏金科瓦在黑暗里俯到孩子的摇篮上，心里想着谁能养活这孩子，谁家也有婴儿。她晓得不会叫他死的，会找到人喂他奶的。

鄂西普的女人，在黑暗里凝视着，平心静气想着结果：鄂西普被押着当人质……谁负不交粮食的责任呢？他呢，还是她呢？她晓得负责的还是她。可是这并不使她担心。她没有很小的孩子，姑娘们都大了，应付得来的。

年轻的巴妞其哈伤心地想到现在等不着丈夫了。一个月前他来信说他受伤住在医院里，将来出院以后，或许能请几天假回家看一看。一个月过去了……德国人进了村子，将来自己军队回来的时候，就没有她了。她可怜的不是自己，而是丈夫。温和的、无依靠的他，一个人生活，将来是很难的。人们都躺在黑暗里，想着。每个人想的各不相同，每个人都想着自己的心事，想着粮食。粮食，这土地的金色的血，像金流像一股股活的激流，流到地里，在地里等待着自己军队到来的最美好的日子。人们都躺在家里，相互间都不相同，也不相像。可是在这天夜里，人人都晓得，都想着一件事：都不交谈，都不商量，每个人都自己作出坚决的绝对不改的决定，把粮食留到地下，不让德国人的爪子把它们从地窖里挖出来，这比生命还宝贵。

德国的死神狂笑着，呻吟着，吼叫着，在旋风呼啸里，在村上飞舞。可怕的、喧嚣的、残酷的、狞笑的死神，在自己的牺牲者头上飞舞，家家户户都听见这个声音了。

这天夜里上岗的德国士兵们冻得要命，胆怯地张望着，尽力悄悄地在雪上走着。他们也听见了死神。它躲藏着，偷偷地溜到紧跟前，把无声的冰冷的气息，哈到他们脸上。他们感觉到它躲在沟里，藏在屋角后边，无声地爬到草屋顶上。它紧闭着嘴唇，用千百只冰一般的眼睛望着他们，无言地宣告他们的死刑。它悄悄越过村子的篱垣，停到栅栏跟前，在井上弯着腰。到处都有它，德国士兵们处处都感觉到它。死神同他们在村里并排走着，同他们一齐停在房子跟前，伴着他们回到屋里，把噩梦的黑幔，张在他们的眼睛上。他们在自己身上也感觉到它冰冷的眼光，它那望不见的眼睛，刺着他们，它那望不见的口中的呼吸，冻着他们。他们的骨头缝里都感觉到它，都感觉到这沉默的顽强的乌克兰的死神，它在用那瘦骨嶙嶙的手指，算计着他们呢。

五

风呼呼地吼，板棚吱吱地响，仿佛马上就要被风刮倒，吹到下边的山谷里去了。屋梁在晃动，草房顶沙沙地响，风抓住一把干草，把它们远远地吹到村外的平原上，吹到茫茫白雪的旷野里，消失在大雪飞舞的浓雾里。

娥琳娜叫喊着，直着嗓子叫喊着。剧痛在撕裂她的身子，不只是生产的剧痛……当士兵们夜里在路上赶着她的时候，那枪托的打击，枪刺的戳刺，不断的跌跤，此刻都引起她的剧痛，寒冷、饥渴，也折磨着她。这一切像一群饿狼，扑到她身上，用凶恶的牙齿咬着，撕着她，仿佛身子被撕成了碎片，用熊熊的火烧着，又仿佛有千百口涂着毒药的刀子，在刺着他。

娥琳娜叫喊着。现在可以叫喊了，因为她在生产呢，现在可以把紧张到极度的意志所坚持的沉默打破。自从德国人把她由家里拉出去，一直到她明白了违反着一切而依然要生产的那一刻为止，她都沉默着。无论枪托的打击，无论严寒，无论在雪中跌倒，都没有把她肚子里的胎儿杀死。他活着，他想来到世上，想冲到世上，他无情地撕裂着她的身体，给自己开辟道路。

她用非人的犬一般的喊声大叫着，这喊叫给她带来一种轻松感，喊叫淹没了疼痛。严寒消退了。墙外愁惨的呼啸着的风息止了。

板棚的大门，吱吱响起来。她甚至连头也没有回。阵痛越来越频繁，越来越厉害了，她喊叫着，想怎样喊叫就怎样喊叫，受苦的身子，要求如何喊叫就如何喊叫。

一个士兵站到门口，想嚷，可是明白这女人在生产。过了一会儿又来了一个士兵。他们看着，互相谈论着、笑着。她光着身子，躺在干草上，陌生男人的无耻的眼睛望着她，他们嘲笑她，可是这些她都不在乎了。她在生孩子，这好像一堵墙，把她同德国人统治的世界隔开，挡住了那无耻的眼光，这像钢甲保护着她，挡住了他们的粗野大笑。她在生孩子，大概他们允许她生，因为他们不进去，站在门口等着。

喊声加强了。邻近屋里的女人们都在祈祷，充满恐怖的眼睛，注视着飞旋的风雪。娥琳娜无可奈何，一个人在空洞的冰冷的板棚里生孩子。他们想着她已经死了，想着她冻死了，想着孩子在她肚子里早已死了。可是娥琳娜在生孩子，她跟前一个人也没有，谁能给她倒一杯水，谁能给她一口水，叫她润润干焦的嘴唇，给她头下垫一个枕头，用亲切的手帮她一下忙。她在生孩子，光着身子，在严寒里，被扔在板棚里的泥地上，生孩子——村子里无论谁还从来不曾这样生过孩子呢。女人们都祈祷着，咬着牙，掩着耳朵，可是好奇心又驱使她们细听起来。还叫吗？是的，她还叫呢！用有力的震耳欲聋的声音喊叫着——不过在这受尽折磨，被打得皮开肉绽的身体里，哪儿来的这样的喊声呢。

最后这喊声变成干号，就中断了，息止了。

“生下来了。”玛柳琪低声说了一句，坐到板凳上，她的房子比别人离板棚近。

“生下来了。”小姑娘芝娜重复说。

最初娥琳娜像聋了似的躺着。这是她的孩子。他，这个已经阵亡了的父亲的儿子，这应该真真正正死了十来次的母亲的儿子，不顾一切地出世了。小小的赤红的小生命啊。

她把他抱到手里。没有产婆，没有人做应该做的事情，她就像狗似的，把脐带咬断，她用冰冷的手擦着孩子，梦想着弄一小壶水，梦想着弄几滴水，把他的小脸洗一洗。

他用正常的健康婴儿的强壮声音，叫了一声。娥琳娜喘了一口气。这是儿子。这是她生平第一个儿子，这是她到四十岁才生的头生子。现在他出世了，不顾一切地出世了。

"米柯拉啊，生了个儿子。"她想说出来，使丈夫欢喜一下，报答他的一切好意。因为好多年来，虽然他非常想要孩子，可是他从来没有骂过她，没有侮辱过她，没有用伤心的话责备过她，一次也没有，也不曾说过，我娶了一个不生孩子的女人，外面看来很有力，也很强壮，可是内里却是烂货，不像别的女人，怀孕，生养。

当她突然觉着怀孕的时候，她甚至不敢马上相信，因为她已经老了，四十岁了。可这竟是事实。

后来米柯拉从军了，他同她告别，可是她晓得他更其不忍分手的是这个尚未出世的孩子。

米柯拉不在了，在前线阵亡了，可是孩子出世了，而且恰好是儿子。他生在德国人的监牢里，生在甚至对产妇都不知尊重的德国士兵们无廉无耻的眼光下，生在他们的无廉无耻的狞笑声里。

孩子躺在干草上，躺在冰冷潮湿的干草上。她把他抱到怀里，把赤裸的孩子贴到自己赤裸的胸上，她想暖他，对他哈气。一种不可形容的恐怖，笼罩着她，他不顾一切地出世了，可是现在他像没有毛的雏鸟，像未睁眼的猫崽，要在严寒里冻死了。娥琳娜想用自己的身体去暖他，把自己的热气，哈到他的身体里，可是她觉得她的手在发凉，刺骨的寒冷，袭击着她的全身，血管里的血液，像凝结了，门口的士兵们互相谈论着什么事，后来一个士兵走开，马上就又回来了。

"给。"他漫不经心地说。

小衫、裙子、上衣都飞到干草上。这是她自己的衣服，是晚上把她往路上赶以前，从她身上剥下的衣服。娥琳娜不相信地对那士兵望了一眼，他傻里傻气地微笑了一下。她用发颤的手抓起小衫，把孩子包起来，用心用意地把他裹好。布包里露出来的可笑的洋娃娃似的小脸，长着模糊的蓝眼睛，就像刚刚睁开的小狗的眼睛似的。她喜不自胜了。有东西包孩子了。这是最重要的啊。在这一瞬间，她忘掉了其余的一切，觉得现在一切都要好起来了，一场噩梦过去了。她用发颤的手，穿上裙子和上衣。这不能使她暖和过来，可是用这些破衣服把赤裸裸的发痛的身体遮起来，总觉轻松多了。留在军官房间里的皮袄和头巾……如果有这皮袄和头巾该多好呢……可是她强迫自己沉默下来。有这些也就够了，孩子用干净的布衣服包起来，包得很好，现在严寒不致威胁他了，她把他放到膝盖上，又用裙子的摺边把他裹了一下。她静静地躺着，大概是不觉得冷了——还想要什么呢？就她现在所得到的，已经是非同寻常了，已经是她弄不明白的奇事了。她清清楚楚看见衣服是德国人掷给她的，可是，她不明白这件事。裙子、上衣和小衫，仿佛是从顶棚上掉下来的，或者风从雪地里把这些东西刮到板棚里来似的。

大门吱吱响了几声关上了。她头靠着柱子，像发疟子似的迷迷糊糊打起盹来，脊背上起了一阵寒战。她一阵发烧，一阵发冷，在半睡半醒里，做起梦来。米柯拉在路上走，对面站着那个军官的姘头。米柯拉说着什么，一阵难耐的强烈的醋意，突然涌上娥琳娜心头，她打了一个冷战，醒来吃惊地向周围张望。不，既没有米柯拉，也没有军官的姘头，只有板棚，一把干草和怀里的儿子——布包里露出一张圆圆的，红红的小脸。她提心吊胆地想着她在梦中会把孩子丢了呢，于是就紧紧地靠到墙上。她又打起盹来。

零乱的回忆，像洪流似的不断涌来。管事人在喊叫……可是怎么会这样呢，因为他早就死了，他挨了一棒倒下就死了，可是他忽然站在那儿喊着。红军士兵列队从跟前过，可是他们中间没有米柯拉，他们中间有卷毛。卷毛挥着手，他拿着很大一块布。那布不断展开成了一条无穷无尽的道路，通过村子，刚刚生下来的儿子，用小脚在这条又窄又白的路上走着。

"瞧吧，他已经会走了。"费多霞说。

娥琳娜也吃了一惊，又从昏睡里醒来。

嗓子里发烧，非常想喝水。舌头也发硬了，粗糙，有刺，仿佛口里是别人的舌头。嘴唇发裂了，她用手摸了一下，手指就染上了血迹。耳朵里轰轰响，骨头痛，身体内不知为什么那么疲倦。她对孩子望了一眼，照他额颅上摸了一下，她觉得额颅是冰冷的，可是她明白这是因为她在发烧。她又打起盹来。她梦见水，水，无边无际的水，江河在奔流，湖水在泛滥，可是她的水桶有窟窿，她打不着水。她跪下去，于是就比醒时还清楚地看见冰面上的裂口，冰口边缘是微绿的，黑水溢出来，像活水似的哗哗流着，向空阔的地方流去，随后又在冰下消失了，向远处流去了。冰上是厚厚的一层雪，在一个地方，细细的一股雪往水里撒着，就像从磨眼里下面粉似的。雪落到水里，突然变绿了，结成一团，在冰面的裂口里翻跳着。娥琳娜想抓住这团雪，送到干透了的唇边，可是水把它冲走了，雪团不见了。

冰窟窿周围，突然出现了一道道很长的裂痕，冰喀嚓一声破裂了。娥琳娜觉得冰面摇晃了一下，觉得她脚下开了一个无底的深渊。她醒了，无力抬起头来。她听见孩子安静而均匀的呼吸。是的，他倒是不想喝水。可是当他想喝的时候，她奶里有没有奶汁呢。她已经很久什么也没喝了，像一辈子没喝过水了。她当着德国人的面，用嘴噙过两三口雪，那又算什么呢。唉，她是多么想喝水，多么想喝水啊！嘴唇发痛，舌头、喉咙发痛，喉咙痛得直痉挛，窒息。难受的呃逆，憋得她心悸。她打起盹来，于是白色的细沙重又刷刷地落下来，那样白，像夏天在河上飞扬的尘埃，像磨眼里下来的面粉。整个世界，都在飞扬的白色面粉的云雾里，使人没法呼吸，满嘴白色的灰尘，可是还得在尘土飞扬的路上奔走，无论如何得忙着赶路，她晓得连一分钟也不能耽误。两脚陷进沙里，太阳无情地烙着，房子在燃烧——原来村里起火了。无论如何要把孩子从火里救出来，而且刮着风，火花从四面八方飞扬着。她的裙子、头巾，也都烧着了。这样热，干吗穿皮袄，围头巾呢，可是现在没工夫把这些东西从身上脱去，趁现在火焰还没有烧着孩子的小头，应当跑，快跑。啊，是的，这是桥在燃烧，火焰高高地腾起来，横梁哗啦啦落下来……大概她耽误了，没有及时跑开，于是现在一切都压到她身上了。她绝望地找着孩子——他从她手里跌落下来，几根木头压着他，四周都是火。当时从森林里可以看见德国士兵在燃烧的桥跟前挥着手，喊叫着，无可奈何地乱作一团。

这喊声把她弄醒了。一个德国士兵，站在她跟前，用脚踢着她。她马上醒悟过来。德国士兵做了一个手势，叫她站起来。她勉强挣扎着，跪起来，勉强站起身来，把孩子紧紧抱在怀里。士兵用枪托推了她一下，向门口赶去。一片白雪茫茫的世界，展现在她眼前，把她的眼睛都映花了。她像喝醉酒似的，跟跟跄跄，顺从地在士兵前面走着。她明白又要把她带去审问了。

顾尔泰怀着厌恶的心情，对她望了一眼。她看来很可怕。脸很黄，黄得令人生厌。一道血痕，从干裂的嘴唇上流出来，干在下巴上。一只眼下边有一块青紫斑，肿成一个又黑又紫的大包。看上去，另一只眼向上吊着。粘在一起的两缕乱发，披在瘦削的面颊两旁。发肿的光脚变成了黑色。

顾尔泰用手指在桌上敲着，示意士兵给这女人搬一把椅子来。她奇怪起来，可是没等吩咐就坐下了，紧张地凝视着白睫毛下边水沧沧的眼睛。

"儿子呢，还是姑娘？"他出其不意向孩子点了一下头问道。

"是儿子。"她用发哑的声音勉强回答道。他吩咐了一句,一个士兵端来一杯水。娥琳娜觉得她又在做梦了。她抓过杯子,贪婪地拼命喝冷水,咕咚咕咚大声喝着,立刻觉得发痛的嘴唇、干透的舌头和发烧的喉咙,都有一股湿气。

"够了。"顾尔泰说。于是士兵从她手中把杯子夺过去。

她用野性的充满绝望的眼睛,望着被夺去的杯子。可是水已经没有了,水在桌旁放着。水面还在晃动,水杯里新鲜、冰凉的水就在跟前。嘴唇痛得更厉害了。可是她觉得喉咙里清凉了,湿润了,因此,比以前更渴了,能多喝一点就好了。

"那么,是儿子?"上尉慢吞吞地说。娥琳娜鼓起全身的力气,想听明白,想理解所发生的事情。

这个房间里隐藏着一种可怕的东西,这儿埋伏着一种她很难估计的危险。允许她喝的那几口水,搬给她的那把椅子,以及上尉所谈的带点人情味的问题——这一切使她害怕得发起抖来。一阵微微的颤抖,迅即传遍她的全身,每一条筋,每一块肉,都在颤抖。她紧张地望着上尉的脸。

"那么,你生了个儿子……"他又说了一遍,"生了个强壮的、活泼的儿子……"

她等待着下文。

"呵,现在我想你会变聪明些了。现在事情不仅关系到你一个人。现在你可以叫你的儿子活,或者叫你的儿子死,不是这样吗?叫他活,或者叫他死。"他慢吞吞地着重说。

她本能地把孩子紧紧贴到胸口。他凝神地注视着她,观察她的一举一动,观察她面部表情的每一个变化。

"昨天夜里有人想给你送面包。这人是谁?"他温和地问,仿佛自己的问题没有什么重要。

"我不晓得!"

"怎么会不晓得呢?"

"我不晓得。"她直望着他的眼睛,又说了一遍,说得斩钉截铁,他相信了。因为她可能真不晓得啊。

"你的邻居谁家有孩子呢?"

"孩子?"她甚至奇怪起来,"家家都有孩子啊。怎么会没有孩子呢?"

不错,是的,除她以外别人家都有孩子。可是她现在也有孩子了,有个儿子,有个小儿子了。他在德军司令部里,用母亲的小衫包着,在她怀里睡着呢。他也不晓得什么是德国人。不,他还不知道呢。

"你觉得谁会送面包呢?谁会打发一个十来岁的男孩呢?"

她把所有的邻居在心里想了一遍。这当然不是为了要回答他的话。不是的,她自己想知道,在最艰苦的时候,谁想到去帮助她,谁冒着德国人的枪弹,给她送吃的。可是家家都有孩子,多少人家有十来岁的男孩啊?不,连她自己也猜不着。

"我不晓得。村里男孩子很多。每家都有孩子……"

顾尔泰把眉头一皱,明白她实在是不晓得。

"呵,好吧……那么,你说吧,卷毛现在会在哪儿呢?"

娥琳娜发冷了。那一套又开头了。可是她觉得手里儿子温暖的小身子,这小身子使她心里充满了力量和勇气。此刻,她已经不是一个人了。此刻同她在一起的有她的儿子,在板棚的光地上,在苦难里降生的儿子,等了二十年才等到的儿子。

他跟她在一起,静静地睡着,像鸟儿的心似的,一颗小小的心,在她手下轻轻地频促地跳动着。又圆又红的小脸,微微辨出的眉毛,小圆鼻子,这是她生平见过的孩子里,最好看、最可爱的一个。她觉得十分宁静,充满信心,相信现在无论谁都不能怎样她——因为儿子跟她在一起。

"现在他会在哪儿呢?"顾尔泰心平气和地机警地又重问。

她否定地摇摇头。

"我不晓得……"

"你不晓得……那么你回村的时候，他们在什么地方呢?"

"不晓得……在森林里……"

"在什么地方的森林里?"

她耸了耸肩。

"在森林里……"

这样回答，等于什么也没说。村子周围白茫茫的雪原，处处都紧靠着森林。东西南北尽都是森林。只有这一带才没有森林，因此，他的部队才能这样安安生生在村里驻扎。可是其余的部队，都不断受到意外的袭击，所以指挥部坚决要求弄到卷毛和他的游击队躲藏在什么地方的消息。

"这儿森林很多……你是从哪个方向回到村里来的?"

"记不得了，不晓得……到处都是雪，人家把我送到路上，就这样……"

"那么……送到哪一条路上的?"

"记不得了……"

"这么快就忘了吗? 你回到村里总共只有四天呢。"

她惊异地想着真的总共只有六天。头两天顾尔泰显然不晓得。六天光景，可是，自从她悄悄收拾了一下，离开森林的土窑，她觉得好像整整过了一辈子。

顾尔泰慢慢卷着纸烟，后来抬起眼睛，望着那满带着青紫伤痕的黄脸。

"你听着，你是母亲啊……"

又是这些话。不过现在这话是加倍的正确，现在她怀里抱着儿子，抱着在板棚里的地上生的，用母亲的小衫裹着的小小的婴儿。

"你是有儿子的。"

黄面孔上，闪着从心底里发出的微笑。是的，她是有儿子的，有儿子的……

"你愿意叫他活着，健康，愿意叫他长大吗？……"

是的，是的，啊，她是多么愿意叫他活着，健康啊！……多么愿意叫他长大啊……他会用小腿站起来，在房里学步，会过门槛，会用小指头从桌上拿起小木勺。他会追猫，追狗，追小牛，会跑到菜园里拔小胡萝卜吃。后来长大了，会背着书包上学，会摆着架子，大模大样的。可是往后呢，往后会怎么样，她想象不出来了。她不能想象她怀里抱着这个小小的婴儿，将来会长成大人，会结婚，他自己也会生孩子……

"你有可能救他的命，有可能保住自己和自己儿子的命。我给你这种可能。你别傻了，利用这种可能吧。"

娥琳娜不作声。她不十分明白，德国人耍的是什么花招，可是她又担心起来，打了一阵寒战。他想干吗呢？为什么他说话这样镇静，和气，而且有说服力，仿佛他真的理解她，所以想说几句人话？

"反正我们要把那些人找着的。迟早没有什么关系。你想想吧，一切都在我们手里。红军被打垮了，一切都完了，没有出路，没有救星。不是今天，就是明天，他们就要落到我们手里受惩戒了。你同他们一起犯的那些罪，我准备赦免你。你受人煽动，上当了。不过那时你还没有儿子……我们甚至把你炸桥的事情都勾销了。你将来安安生生住在村里教养自己的孩子……"

她望着他，聚精会神地听着。

"你别想我是什么禽兽，或是恶魔。有什么法子呢，职务在身啊……我所做的都是军人履行天职，报效祖国……可是我很怜念你，也怜念你的孩子。你不怜念你自己，你怜念怜念你的孩子也好。你生了他，你无权再叫他去死。"

"怎么叫他去死呢？"她本能地问道，仿佛在想别的事情。

顾尔泰不耐烦地用纸烟敲着桌子。

"你明白，你非常明白，你不回答，就是宣告自己儿子的死刑。你想一想，你再想想吧。我等着。你想一想，过后回答我。你是招还是不招？不过我想你是个明白道理的人，会招出来的。虽然这样也帮不了他们的忙，可是你却能救你自己和你的儿子。"

他从盒子里取了烟末和纸，慢慢卷起新的烟卷来。娥琳娜望着那长满褐色汗毛的大关节的手。眼睛呆呆地注视着撒着的烟末和白纸的褶襞。火柴嚓地一下着起来，他吐出一缕青烟，一个个烟圈向顶棚升去。

"怎么样？"

她耸了耸肩。

"你不招吗？"

"我什么也不知道。"

他站起来，两手按住桌子，向她欠过身去，气得脸都变了相。

"你就这样吗？我把你当人看待，可是你……等着吧，我叫你瞧瞧厉害……汉斯！"

一个士兵出现在门口。

"到这儿来。"

进来两个带步枪的人。她认出他们来：这就是在板棚里看守她的那两个人，就是哈哈大笑，看着她生孩子的那两个人。

"抓住她。把孩子抱过来。"

她对所发生的事情还没有明白过来，士兵们就从她手里把孩子夺走了。她挣脱着，可是铁一般的手从两边把她捉住了。娥琳娜疯狂的眼睛，没有离开孩子。士兵笨手笨脚把孩子抱在手里，她怕他把孩子摔了。

"放在桌上！"

现在孩子躺在她和德国人中间的桌上。士兵的爪子，沉重地抓住她的肩，她明白她是挣脱不开了。

孩子躺在桌上，那是一个小包，小脑袋包在布衫里，只露出红红的小脸。顾尔泰带着厌恶的心情，望着安安静静睡着了的小生命。小小的睫毛，忽然颤抖了一下。两只小眼闪亮了，模糊的，发蓝的，像两汪小小的池水。小下巴抖颤了。娥琳娜的心痛起来——刚生下来的孩子，用可怜的无可奈何的声音哭起来。小口吸着空气，小额颅变得更红，眉毛在额颅上成了两条发亮的白线。她向他扑去，可是沉重的手，更紧地把她按到椅子跟前。

"我可不同你客气了，"顾尔泰用沙嗓子说，"喂，你说不说？"

她不是看着他，而是看着孩子。他像小狗似的，唧唧地叫着。唉，要是能抱到手里，贴到怀里，摇一摇，哄一哄多好啊……

"你听见我对你说的话了吗？你说不说？我最后一次问你！"

她把眼光从孩子身上挪开，清清楚楚地低声说：

"我什么也不说，什么也不说……"

顾尔泰把小衫撕开。小儿子鼓着小肚子，捏着小拳头，小腿蜷到肚子上，赤裸裸地躺在桌上哭。顾尔泰像抓小狗似的，抓住孩子的脖子，用两个手指提起来。两只小脚在空中乱蹬，粉红的透亮的脚指甲，像小花瓣似的。

"怎么样？"

他慢慢举起手枪来。

娥琳娜呆住了，手脚像冰一般。房屋高大起来，德国人在她面前也不断高大起来。现在对着她站在桌子后边的，已经不是从前同她说话的那个人，而是头挨着云，奇大无比的怪物。在这不断延伸的无边无际的空中，只有她那孤零零的、赤裸裸的、粉红色的小儿子，悬在天与地之间战栗着。大概绷紧的肉皮，使他上不来气了。他不哭了，什么声音也发不出来了，只有小腿在痉挛地抖动，小拳头一捏一放像在捕捉空气。

"喂，你说你是谁，是布尔什维克的贱种呢，还是母亲？"

娥琳娜醒悟过来。上尉再不像巍峨的山一般，在天与地之间摇摆。房间又恢复原来的大小了。

"回答吧。"

"我是母亲。"娥琳娜回答,她用的是森林里人家对她的称呼,他们这样称呼是为了答谢她的关心,答谢她的亲切话语,答谢她为他们煮饭,洗衣服。

"那么,你说,他们在什么地方?"

她不看自己的儿子,她一直望着那淡色睫毛围绕着水沧沧的眼睛。

"我什么也不说,什么也不说……"

手枪的枪口,向小脸上移动。她没有望就看见了。

"这是你唯一的儿子,对吗?"顾尔泰问道。

她否定地摇摇头。

握着手枪的手,一下不动地停在空中。

"怎么?你还有孩子?是儿子,还是姑娘?人在哪里?是在村子里吗?"

光彩照人的微笑,突然出现在肿胀的、发裂的、干透了的嘴唇上。

"是儿子……净是儿子……好多好多儿子……在那儿,在森林里……卷毛……都在那儿,在森林里……"

砰的一声枪响了。正好打在小脸上。发出一股烟气和火药气,抓住娥琳娜的士兵们,都打了一个冷战。

上尉把死孩子抖了一下。

"瞧瞧吧,母亲……"

两只小腿死死地下垂着,捏得紧紧的小拳头下垂着。小脸没有了——脸成了一个血淋淋的伤口。

"瞧你把自己的儿子弄成什么样子了。"顾尔泰说。

她摇了摇头。这一刹那,她距这里很远很远了,到森林了。他们此刻在森林里做什么呢?坐在篝火旁呢,还是沿着林中小路悄悄偷袭德国部队呢?是包围驻扎德军司令部的房子呢?还是抬着自己的伤员,向森林里撤退呢?德国士兵们带着迷信的恐怖望着她。

上尉看见孩子身上的血滴到地板上，他厌恶得打了一个冷战。

"把这拿出去！"

士兵迟疑起来。

"你还等什么？"上尉沙着嗓子，凶恶地说，卫兵连忙提起尸体。

"喂，我最后再问你一次，你说还是不说？"

娥琳娜没有回答，她甚至没有听见。她隔着窗子，望着野地里飞扬的暴风雪。

"如果你不回答，现在也把你结果了。"

她没有听见，没有回答。因为一切的一切都完了。孩子没有了，她等了二十年的儿子没有了，心平气静了，内心没有恐怖，没有惊慌，没有战栗，只有死一般的空虚。

娥琳娜用空虚的眼光，对上尉望了一眼，冷淡得就像望一块木石，就像望一件没有生命的东西。

"把她带出去结果了！"上尉吩咐道，"不过别在房子跟前，这儿死的够多了。最好弄到河里去！"

她被枪托推着，顺从地走了。是的，这是她的村子，她生在这里，长在这里，在这里出嫁，一直期待着孩子，这孩子终于出世了，同她相处了几小时，可是现在他已经没有了。是她，是她自己，把他的命送了，她亲眼看见手枪口偏着移近，可是她没有说出那可以使这枪口从孩子的小脸上拿开的那句话。不，她没有说出那句话。

"我不能够啊，好儿子。"她低声说着，仿佛死去的孩子能听见她说话似的。她望了一眼——一个士兵厌恶地不自在地拿着小尸体，小头下垂着。她伸出双手。押解的士兵迟疑了一下，可是拿着死孩子使他厌恶，决心擅自把他交给母亲抱着。她把孩子紧紧抱到怀里。他还没有凉，小手和小脚还没有发硬。如果不是脸上那处可怕的伤口，还以为这孩子在睡觉呢。

娥琳娜在两个押解的士兵中间走着，并不去想把她往哪儿带。她听不懂用德国话吆喝的命令。她晓得现在一定是完了，可是这并不使她难过，对她说来，一切都跟着儿子的死完结了。

刮着风，雪在飞扬。娥琳娜向农舍上冻的窗子望了一眼。到处连个人影也不见。她孤零零的，正走完自己最后的路程，这条路通向死亡。一道门也没有开，一个人也没有看一眼，到处连一个人也没有露面。房子里仿佛都死绝了。有些地方，德国人在忙乱着。不过他们根本没有注意她。

枪托把她从大路上推到一条小路上。她有点吃惊，人家把她往哪推，她就向哪走。她想着是把她往教堂跟前的广场上带，被指控反对德国政权的罪犯，都是在那儿被绞杀。可是小路绕过农舍，通到下边的山谷里去了。这儿几乎没有风，风在上边刮着，可是山谷里却平静得很。娥琳娜在冰冻的路上走着，仿佛走在碎玻璃上。在这四天里，满是创伤和脓包的两只光脚，现在变成了吊着烂皮的血淋淋的肉。女人们走这条小路去挑水，所以路上都是冰凌。受伤的脚在冰上打滑，碎冰刺进浮肿的肉里。她打了一个趔脚，这以后几乎每步都打着趔脚。小腹起了一阵难忍的剧痛。她觉得有一股温暖的血流，顺着腿流淌。

小河在下边蜿蜒着。河面被冰封冻，如果不是冰面上那个取水的裂口（村口有条小路通到那里），那么这条小河连一点痕迹也没有了。娥琳娜远远地就望见一小块发黑的地方，每天都有人凿出新的冰窟窿。她不明白把她往哪儿带。再往前就是山谷了，那里躺着德国人不许掩埋的阵亡的人们，难道他们想在那儿枪决她吗？让她这个平平常常的乡下女人，同那些在战斗中阵亡的红军士兵死在一起吗？

"喂，往哪儿钻?"

话她不明白，可是她明白枪托的打击，于是顺从地拐到下边去了。两个士兵，一个在前，一个在后，押着她，一直向黑黝黝的冰面的裂口走去。

"把狗崽子给我!"一个士兵喊着,向孩子伸过手去。她提心吊胆地把死孩子紧紧抱到怀里,仿佛他们还会加害于他,仿佛他还会受到威胁似的。

"给我!"另一个押解的士兵,厉声重复说,把她的手拉开。小小的尸体落到雪地上。娥琳娜跪倒在他跟前。一路上他的小手指已经发青了,小脚也发青了,皮肉上的粉红色也消失了。一小时前小脸上的血,现在发黑了,凝成了黑血块。

她还没有来得及把小尸体抱起来,一个士兵就用刺刀把他一挑,向上扔去。孩子正落到冰窟窿旁边。另一个跑到跟前,又用刺刀挑起孩子,扔起来。这次扔准了,水哗啦一声,冰窟窿的黑色水面上,起着泡沫,流水把小尸体从冰下带走了。

娥琳娜麻木地跪着。现在她知道了自己的梦,知道了黑色的冰窟窿。冰的断面有点发绿,黑水漫出来,生龙活虎似的活动着。水哗哗地响,从不大的、可以自由活动的冰窟窿里涌出来,又消失在冰下,继续自己漫长的路程,向辽远的地方流去。在河岸上,在结冰的河上,盖着厚厚的一层雪。冰窟窿的一边,孩子落下去的地方,留下一个鲜明的像红印似的印痕。

娥琳娜用死死的眼睛,凝视着低声作响的黑水。水把小小的尸体带走了,儿子再也没有了。他来到世上唯一的记号,唯一的痕迹——就是留在白雪上的一块血印。现在水把他从冰下带走了,顺着自己不可知的漫长路程带走了。水在冰下把他带着,往下冲,会碰到石头上,把他推到水面上,冰会割伤他?不,不,娥琳娜知道,深深地知道,如果隔着冰雪能亲眼看见的话,故乡的河流,会小心又温存地带着小小的身体,像母亲那样保护着他,用温柔的浪花包裹着他。把血迹、火药的烧伤,德国魔掌的印记,都从他身上洗去,自己的,故乡的河流,故乡干干净净的清水啊。河水接受了他,为这个生下来还不满一天的孩子,张开了怀抱,故乡的亲人似的河水啊。

两个士兵互相商量着，谈论着，望了望冰窟窿，估量着什么。娥琳娜没有动。她的眼睛凝视着从冰下涌出来，又消失在冰下的小小的浪花……现在他可藏好了，谁也找不着他了。厚厚的冰层绵亘着，上边还盖着羽毛似的雪片。放眼望去，到处都是茫茫的很深的白雪，河水完全躲开德国人的眼睛，在冰雪下，顺着看不见的路线奔流着。"水往哪流呢？"——娥琳娜担心起来，她想起水是往东流的，心里就高兴起来：心爱的儿子向自己人那儿漂去了，心爱的儿子向没有德国人枷锁的自由的土地上漂去了。或许在什么地方会浮出来，或许那儿的冰面上也有裂口，大概会有冰窟窿的。人们看见了，会猜出发生的事，看到被子弹打穿的小脑袋，就会明白的。人们会好好儿把他埋了，把他埋到祖国的土地里。或许那儿也浮不出来，只有到春天解冻的时候，泛滥的河水，在草原上横流，那时人们才会把这小尸体找着呢！

两个押解的士兵争论着什么：他们走出几步，重又估量着什么。其中一个人用枪托照冰窟窿的边缘猛地一击，打下来一大块冰。雪上现出一道很长的黑缝。冰块滑到水里，在水上漂荡，黑绿色的冰窟窿边缘，闪着光，冰口现在更大了。

小路上传来吱吱的脚步声。士兵们转过身去。顾尔泰上尉从上边走下来。他们挺胸立正，娥琳娜甚至连头也没回。她好像中了邪似的，一直跪着，望着水，望着闪光的小小的浪花。

上尉踢了她一脚，她对他抬起脸，抬起视而不见的眼睛来。

"喂，你呀！你现在命尽了，明白吗？说吧。游击队在哪里？"

他一肚子闷气，气得发颤。他刚打发士兵们押走娥琳娜，司令部就给他打来电话，叫他无论如何，不惜任何代价，把游击队在什么地方的消息弄到手。司令部得到的消息，说这支游击队的大部分成员，是顾尔泰部队现在驻扎的这个村子里的村民，所以绝对要求他，提供必要的情报。只要她说出几个字，司令部的公事就好交代了，可是这个该死的女人，却像中了邪似的，一个字也不说。上尉说了最后的话，下了命令，却又不得不顶着冰天冻地的暴风雪，来到河边，来到这里，再来看看这又青又黄的肿得可怕的面孔，他气坏了。弄得绝望的他，只好打算请求，打算恳求这个顽强的、愤怒的女人了。可是他晓得这也是无济于事的。他们司令部里说得倒容易——"我们坚决要求！"坚决要求倒容易啊！"用一切办法！"他觉得一切办法都用尽了，似乎命运本身也给他送来了一个绝妙的办法——一个新生的婴儿！可是一点也不济事……

"狗崽子在哪儿？"他向士兵们问道。

"我们把他扔到冰窟窿里去了。"那个年轻士兵提心吊胆地说，会发生什么事情呢，为什么上尉亲自到这儿来，一刻钟以前，是他自己吩咐叫把那孩子弄走，为什么现在又问起那孩子呢？士兵怕起来。也许不该这样做吧，也许他们把命令听错了？

可是顾尔泰把手挥了一下。

"你听着吧！游击队在哪里？"

娥琳娜没回答。像刚才凝视着水似的，现在她定睛凝视着上尉的脸，她把脸上一切最细微的地方都看清楚了。淡色的眉毛，一根眉毛比别的都长，可笑地在额颅上翘着。嘴角粘着一小块卷烟纸，像一个小白点。两颊上显出网状的微红的毛细血管，眼眶上的白睫毛在眨着。上尉的一只耳朵冻伤了，肿了，看上去比另一只大。

"你看什么呢？我问你，游击队在哪里？"

他明白她是不会理会这问题的，她是听不见的，他什么目的也达不到。上尉狂怒起来。他可惜不能再把她的孩子弄到手里——他把他结果得太快，而且太简单了。应该当着她的面，把他的皮剥了，把他的耳朵割了，把他的眼睛挖了。那时她或许终于动了心，这样或许会把她说服。可是他太性急了，明天司令部又要打电话来，因为这真是轻举妄动！——他向上呈报，说捉住一个女游击队员。当然，那里谁也不会明白怎么从一个女人口里什么消息也探不出来。可是那些好朋友将心满意足地陷害他，将喜出望外，尽力向上司报告，说顾尔泰不会对付囚犯，不会探取口供，说他对当地匪民，显然过于温和，过于宽大了……

他咬着嘴唇，焦躁地出其不意地从士兵手中夺过步枪，把那士兵吓了一跳。娥琳娜已经不望上尉了。她的眼睛又凝视着水，凝视着水的闪光，凝视着毫不停息地流动的生活。

顾尔泰向后退了一步，拼全力把刺刀刺进女人的脊背。她倒下去了，脸贴在冰窟窿的边缘。她倒下时，被压挤的雪，像一股细流似的，往冰窟窿里撒着，像面粉从磨眼里下着一般。娥琳娜望着，脸几乎挨住黑黝黝的水面。雪落到水里，变绿了，结成雪团，在冰窟窿的水面上乱舞。

上尉鼓起力气，拔出刺刀，又刺了一刀。女人颤抖了一下，挺直身子，一动不动地躺在盖着雪的冰上，一缕缕乱发垂下来，挨住了水。水托住头发，波浪冲刷着，乱发像精灵似的，在水里跳跃着。

"把她扔到水里！"上尉命令说。

士兵们跳到跟前，用枪托把尸身往下推。冰窟窿很小，头栽到水里，可是胳膊竖在两边，仿佛还在抵抗。

"你们怎么了，连一个女人也对付不了？"上尉气得发昏，咆哮着。

士兵们匆匆扑到死人跟前。他们把她的胳膊往里扭，用力把她往冰下推。她胸部先没入到水里，后来肚子也没入到水里，现在他们在上尉的眼光逼视下，慌慌张张用枪托、用皮靴把她往下推。最后，水哗啦一声，尸体落了下去。现在冰窟窿里只露出两只又青又肿，没有一点人样的脚。他们用枪托照这可怕的，四不像的无趾的脚打着。最后，水哗啦又响了一声，呻吟了一下，涨起来。尸体不见了。汩汩响着的小小的浪花，从冰下涌出来，又在冰下消失了，顺着自己漫长的道路，向老远老远的地方奔腾而去了。

上尉骂了一句，在冰冻的小路上，滑着步往回走。士兵们恭顺地在他后面跟着，尽量不让他看见，撑着步枪走着。

在下边的冰窟窿里，黑黝黝的水哗哗地响，冰窟窿的边缘闪着青绿的光。被践踏的雪地上，老远就可以望见士兵皮靴的痕迹。只有另一面，孩子的尸体，第一次掉下去的白雪上，留着一个鲜红的血斑。雪白的河面上，留着一块清晰的鲜红的红斑，看来它永远不会消失，它会永远留在这儿，直到春光明媚的日子来临，那时冰化了，雪消了，自由的河水在辽阔的平原上奔流，汇入无边无际的大海，汇入祖国亲人似的大海里。

六

　　普霞在洗澡。费多霞沉默地哭丧着脸，从锅里打开水，而那位坐在洗澡盆里，往消瘦的肩膀上擦肥皂。顾尔泰，在板凳上一根接一根吸着纸烟，普霞在自己的德国丈夫面前，一点也不害羞，仿佛厨房里洗不得澡似的。那儿怎么行呢！这样的太太在厨房洗澡！不，她要把自己的瘦腰给她的德国丈夫看看，一定要把地板都溅得一塌糊涂，好叫人收拾。

　　普霞懒洋洋地躺在温水中，有时斜着眼睛，瞟着顾尔泰。他整晚上都愁眉不展，没有说话。

　　"顾尔泰……"

　　他从沉思里醒过来。

　　"什么？"

　　"你总是不作声，也不注意我，仿佛世上没有我似的……"

　　"我累了。"他淡然漠然地回答。

　　"我等了你一天，你甚至连家都不回一趟。"

　　她挤着海绵里的水，望着一股股白肥皂水，顺着她的乳房流着。

"我今天刚好有空回来一下。"他嘟哝着，心里却在想司令部的电话。从那个女人口里什么消息也没有得到，明天早上就只能这么向上边报告了。少校一定会发火，很想知道他自己能有什么办法。他从来总觉得一切都容易，简单……最糟糕的是，最近顾尔泰想等着升迁，而现在同游击队闹出这件蠢事，会把一切都弄糟的。游击队骚扰的不是他，而是他们，哼，最好他们自己去找线索，自己去直捣游击队的老窝……可是他们不这么干，他们想着最容易把一切都推到顾尔泰身上，把责任推到他身上。他一再咒骂自己轻举妄动。既然他自己还不晓得能不能从娥琳娜口中得到什么消息，干吗要把捕获她的事报告给他们呢？

他想着什么心事。普霞感觉到他在看她。

"你干吗呢？"

他慢慢地吸着烟。

"你听着。"他说，显然犹豫起来。

普霞高高地抬起修了的眉头，等待着。

"你能不能同你姐姐谈谈？"

她猛然转过身把水溅了一地。这时费多霞提着水桶进来。

"您别老在这里转来转去。"他气愤愤地嚷道。

老太婆耸了耸肩。他站起来，跟在她后边，细心地把门插起来。

"同姐姐谈谈？"

"是的，你听到了！"他生气地说。

"我干吗要跟她谈呢？"她做了一个习惯动作，像病猴似的歪着头，瞪着两只圆臼臼的眼睛。

"你应该帮助我。是的，帮助我，这有什么不明白？你应该同这个女教员谈谈。我所要的消息，她知道的多着呢。"

普霞机械地浸着海绵，挤着海绵。

"她什么也不会告诉我的……"

"这全在乎你怎么跟她谈，好让她说……你解释给她听，就说这些玩意儿结果是糟糕的；我现在装聋作哑，可是等到我忍无可忍的时候……"

"什么玩意儿？"

"你这个傻瓜！"他气起来。

她生气了，噘着嘴，用心用意往脚上擦肥皂。

"你解释给她听，就说最好她同我们一块干。因为她不那么傻，她总不会指望他们的军队还回来吧？"

普霞没有回答，这时他才看出她满脸的委屈。

"你到底有什么不痛快呢？"

"我是傻瓜，我有什么好同她解释的？"

"你见怪了？你听着，我实在是累了。我今天这一天太难过了。你别撒娇了，这糊涂得很。怎么样，你同她谈一谈吗？"

"她不愿意同我谈话呢。"

"为什么？"

她对他望了一眼，耸了耸肩。

"这儿谁也不同我说话，你难道看不出吗？好像我生了麻风病……可是对你反正一个样，你整天把我一个人留在家里……"

"你又扯起这一套来了……别提这些了，我正正经经同你谈呢。"

他额颅上的皱纹把普霞吓了一跳。

"哦，好吧，可是我同她谈什么呢？"

他向门回顾了一下。

"你明白吗，我们得到消息，说她同游击队有关系，应当叫她告诉你，他们藏在什么地方，你明白吗？"

"她不会告诉我的。"

"为什么预先就把事情说死了呢？如果你干得聪明一点，她会告诉你的。"

水已经冷了，普霞慢慢地细心地擦着身子。然后她伸手从椅子上取了睡衣。她赏心乐意地摸着柔软的绸子。衣服是蓝色绣花的，这是顾尔泰从法国带来的，在路上没有来得及转寄给太太，现在普霞就穿上了。绸衣服上有许多柔软的褶纹，她挨着绸子，仿佛觉得一种温存的抚爱。她洗澡洗累了，想睡觉了。

“你干吗不脱衣服呢？”她撒娇说。

“正好我也该睡觉了……你要知道，关于游击队的事，一定要打听出来……”

普霞坐到板凳上，挨着他，脸蛋儿贴着他的军衣。

“顾尔泰……”

他不耐烦地挪开了一点。

“总不能正正经经同你谈一谈。”

“夜里有谁谈个没完，”她噘着嘴说，把头发掠到耳后。可是看到他又要生气了，就即刻改口道，“呵，好吧，可是你怎么晓得她知道情况呢？”

“我晓得，你别担心。最好你别打听这些。你可以暗示她一下，就说我什么都清楚，就说如果她不说，我要下令逮捕她。”

“呵！呵！呵！”

“那你怎么想呢，你以为如果她是你姐姐，就可以在这儿做反对我们的工作，而我们会平心静气看着她这样做吗？”

普霞耸了耸肩。

“对我反正没关系。如果你想逮捕就逮捕吧。干我什么事？我当然可以去谈谈。只怕她连门都不让我进，你瞧着吧。”

“不管怎样，你要试一试。”

“我试一试。”她带着息事宁人的态度说，想着这反正是明天的事，现在用不着同顾尔泰拌嘴。

“睡觉吧……”

他站起来，碰到满盆水的澡盆上。

"这老东西在哪儿？可是你，实在说，可以在厨房里洗澡。"

"在厨房里？在她那儿吗？"普霞甚至厌恶得打了一个冷战。

顾尔泰把手挥了一下。费多霞紧闭着嘴唇，往外提水桶，猛地把水盆一推，拭着弄湿的地板。普霞已经躺在被窝里，心满意足地望着她，难道现在把关于瓦西里的事情说出来吗？不，让那老婆子再多受点罪吧，让她等着吧，机会随时可以找到……

费多霞把脏水倒到桶里，出去倒水。风刮到她脸上，卫兵回头望了一眼，可是看见她手里提着水桶，就什么也没有说。她绕过房子，拐过牛栏，向粪堆走去。水哗啦一声，泼了出去，就在这当儿，她听见一声热忱的低语。

"老妈妈……"

她身子晃了一下，水桶掉到地下。雪把夜照得很亮，牛栏后边，在白雪堆的背景上，她看见一个人影。熟识的帽子。费多霞连气都上不来了。

"谁在这儿？"虽然她已经认出来了，可还是低声问道。她哼了一声，跪下来，伸出双手，摸着粗呢军用大衣和腰上的皮带，清清楚楚看见灰毛皮帽上的五角星，哭声塞住了她的嗓子。红军士兵怕起来。

"你怎么了，出什么事了？"

"这是你们吗，这是你们吗，这是你们吗……"她没头没脑喃喃地低声说，仿佛在说胡话，在做梦，她幸福得心都要跳出来了。

"这是你们吗？是你们……"

他朝她弯下腰，摇着她的肩。在微弱的雪的反光里，他望见一张老泪横流，而又闪着微笑的脸。

"你怎么了？"

"没什么，没什么。"费多霞极力镇定下来。忽然想起卫兵来，她抓住红军士兵的衣袖。

"我家里有德国人，村里有德国人！"

"我晓得。老妈妈，我想同你谈一谈。你是本地人吗？"

"怎么不是呢？是本地人，本地人……"

"我要向你打听一点消息……"

"你听着吧，好孩子，房子跟前有卫兵，如果我待的时候久了，他会来找的。你在这儿等一等，我先回家一趟。我那儿有一条暗道，我马上回来，你到牛栏那边小板棚里去，那儿有干草，风没有这儿刮得厉害。"

他突然疑神疑鬼，对她凝视了一眼。她明白了。

"你怎么了，好孩子？我是本地人，是集体农庄里的人……我儿子躺在那边的山谷里，也是红军士兵，在那边山谷里阵亡了……躺了一个月了，不让埋，那些狗东西……把他剥光了……"

不仅她的话，还有她的音调里充满感情，那么真切。年轻人羞愧起来。

"老妈妈，你自己晓得，什么事都会有的……"

"那么，你去吧，我马上……"

她用颤抖的手，提起水桶往屋里去了。她好不容易才抑制住兴奋的笑声，从卫兵跟前过去。走你的吧，走你的吧，跺你的脚去吧，我们的军队已经到村里了！红军士兵就在牛栏那边站着呢，而你什么也不知道，就会守着军官的妮头，守着军官的床铺……守你的吧，守你的吧，马上你的末路就要到了……

她仔细把外边门插起来，把厨房的板凳挪了挪，装作准备睡觉的样子，德国人的鼾声，从房里送来。费多霞悄悄溜到门洞里，从楼顶上一个地方，取下一块木板。她从那洞里钻过去，谨慎小心地顺着屋角往下溜，长裙子碍事。她想着——老太婆像猫似的往下爬，真可笑啊，于是暗自笑起来。风把草屋顶吹得沙沙响，卫兵从房子那面什么也听不见。她下着，心里扑通扑通地跳，不时仔细听一下。不，这儿发生的事情，他怎么也意想不到。因为这后边是一堵没有门窗的墙，他在房前的窗下走着。恰好从这儿可以进到屋里去呢——一种幸福感突然浮上她的心头。

她像猫似的轻手轻脚，溜到牛栏那边，可是她感到像冷水浇背似的——那儿一个人也没有，小板棚里空空如也。难道刚才那一切都是因为哀愁和痛苦产生的幻觉吗？不，这不可能，不可能……

"你在哪里？"她小心谨慎地问道。

小板棚里的干草动起来。费多霞喜笑颜开了。呵，当然，他在这儿，而且不只他一个。他们有三个人，有三个人呢。她真高兴，又看见两个人影。他们蹲在小板棚门口，费多霞坐在他们跟前。

"我们好等啊，好等啊！我们白天夜里都在盼着你们呢！"她低声哭诉着，抚摩着军大衣的衣袖，"唉，我可等着了，可等着了……"

"呵，够了，够了，老妈妈，应当谈一谈……"

"怎么呢，谈就谈吧……你们不想吃东西吗？"她突然想起来。

红军士兵都笑起来。

"不，不想吃……我们不是到这儿来吃东西的。"

"那你们就问吧。"

"你是本村人吗？"

"当然是本村人，不是本村人还会是哪儿的人呢？"费多霞奇怪起来，"是本村人。生在这儿，长在这儿……"

"我们要探听点消息……德国人都驻扎在什么地方？他们的火力都安排在哪儿？"

她带着恳求的神情，双手合十：

"我们的军队要进村了吗？"

"是的，要进村……不过先得把情况打听清楚……"

"我马上……"她两手按着膝盖，"我们的村子很大，有三百户人家。这儿有两条路，交叉成一个十字。十字路口上有一个广场，那儿有一座教堂……"

他们掏出地图，弯下腰，用军大衣掩蔽着。手电筒闪亮了。

"是这样……对了，十字路，中间是广场……"

"在广场上，教堂跟前，他们架着大炮。"

"大炮很多吗？"

费多霞沉思了一下：

"别忙……一，二……三……四……不错，四门！教堂跟前，靠右边，有一所大房子。从前是村苏维埃，现在是他们的司令部……还有监狱，现在有五个人质，押在那里。"

"哪儿还有德国人？"

"可以说，广场附近，那一带所有的房子里都有。在这儿，在我住的村边上，他们的人少一点，可是也有。村口的菩提树下，也有他们的大炮，不过那地方的炮不一样，小一点……"

"或许是高射炮吧？"

"或许是高射炮，谁晓得……炮身仰得很高，很细……"

"是的，是的。没有见过机枪吗？"

"怎么没有，有机枪……都在村子的那一头，从这儿一直走，再向左拐。那儿的房子墙上打了好多窟窿，每一个窟窿里都有机枪。"

一个红军士兵弯着腰对着地图，用铅笔在上面画了些小十字和小圆圈。

"他们占了这些房子，把人都赶走了。等一等，有多少房子呢？一所，三所，五所……从这儿到广场去的路上，还有一所房子……"

"德国人很多吗？"

"摸不清……来的来，去的去，只有这个上尉，一来到这儿就没动过……听说有二百来人……"

"卫兵很多吗？"

"唉，他们的人就会走来走去，那不是，在我的房子前面也有呢。

那算什么，夜里他们害怕，不敢走远了，而且总是两个人一起。白天他们胆子大一点，可是夜里就怕起来，虽然有命令，叫老百姓一黑就不准出门。他们瞧见有人，不问是谁，马上就开枪……"

"路上有桥没有？"

"桥吗？没有……只有路……"

"没有树林吗？"

"我们这儿没有树林。园子里只有几棵树，也让那些痞子砍着烧了。他们爱暖和。广场那边的路旁，还有几棵菩提树。可是树林哪儿也没有，周围老远都是光秃秃的平原。山谷里有些小树丛，别的就什么也没有了。我们这儿劈柴缺得很，我们都是烧牲口粪。"

她提心吊胆地环顾了一眼。

"那儿是什么？"

"呵，我去瞧瞧，别叫卫兵拐到院子里来。"

她悄悄出去细听起来。风凄厉地吼叫着，在山谷里咆哮，把屋顶上的干草吹得沙沙响，当片刻间，风息了的时候，就听见房子那面卫兵沉重而有节奏的脚步声，听见雪在皮靴下吱吱响。费多霞回转来。

"不要紧，他在来回走呢。"

红军士兵把地图收起来。

"呵，得走了，谢谢你，老妈妈。"

"谢什么？我的瓦西里也在红军里。在这儿，在村子附近阵亡了……"手电筒熄了。

"你们什么时候来？"

"回去再看吧……看指挥官怎么决定，看成不成……"

"怎么会不成呢！不过你们得快一点，是时候了……我们整整等了一个月了，大家的眼睛都望穿了……"

"这事不那么容易，老妈妈……"

"我知道不容易，可是我们也难着呢。孩子们，你们努力吧，好好干……"

她忽然想起一件事来。

"什么事?"

"我家住着他们的一个头目,像是军官……一个人也没有,只有一个卫兵在房子前面。他同他的女人睡得像死人一样。可以把卫兵打死,不,我从屋顶上把你们放到屋里去。你们把被子一蒙,就可以像捉鹧鸪似的把他捉住。"

年轻的一个红军士兵,眼睛甚至发出光来。

"是啊,弟兄们……"

"你等一等,应该考虑一下。"

"还有什么好考虑的?抓住那赖种的脖领,把他扔出去就得了!"

"可好……说蠢话倒容易!呵,你把他结果了,可是接下去怎么办?天一亮都惊动起来,报告给司令部,人家派兵来就吃不消了……"

"也对……"

"好好侦察一下就好了!现在他们安安生生,无忧无虑待在这儿,你自己也看到了,只有一个卫兵守着上尉。你惊动了他们,一切事情就都弄糟了。"

"咳,真想把这狗杂种拉出去……"

"别忙,下次再干吧,现在悄悄回家吧!"

"你们的家都在哪里呢?"费多霞很感兴趣地问道。

"我们这样说惯了,老妈妈,我们的家远着呢,打仗的时候,家——就是自己的部队。你告诉我们,怎么走好,我们到这儿来的时候,差点陷到雪里了……"

"我告诉你们,从这儿一直往山谷里去,再顺着小河,顺着小河走。不过我们没有埋的人,停在那儿,你们小心一点……你们顺着小河到平原上,那儿就是鄂哈坝和泽林村,不过那儿也有德国人。"

"这我们知道。要紧的是别在这儿碰到什么人。"

"你们放心走吧，这儿只有我的房子跟前有一个卫兵，别的一个也没有。你们慢慢走，风一停，你们就站住，不然，雪吱吱响，德国人会听见的。"

三个弯着腰的人影，跟着她走着。她一停下来，他们就即刻站住了。

"这就是山谷，从这儿一直下去，不过要小心，路很滑。"

"再见吧，老妈妈。多谢了。你真是好人啊。"

"孩子们，祝你们平安。不过请你们快一点，快一点……"

"我们尽力办吧！你请回吧，冷得很！"

"不要紧，我习惯了。"

费多霞站在山谷旁边，往下看着。他们在小路上走得很快，三个披着白斗篷的影子，在雪地里越来越难辨了。最后他们完全消失在黑暗里，消失在夜色里，消失在地面上空飞扬的暴风雪里了。他们消失了，仿佛从来没有来过。费多霞一步一步慢慢走回家去。她觉得她好像暂时逃出了监狱，尽情呼吸了一阵自由的空气，现在又自愿投入罗网了。她怀着憎恶的心情，望着自己房子那黑乎乎的轮廓，那儿睡着德国人同他的姘头，她又得去那儿听他讨厌的鼾声了。

是的，他还在打鼾，鼻子呼呼地出气，他的女人在梦中嘟哝着什么。费多霞带着一种复仇的快感冷笑了一声：你们的末日快到了。红军一到，一直冲进屋里，把你从被窝里拉出来。

她，费多霞将来会听见他们悄悄的脚步声呢，还是他们进了村，才把她惊醒呢？可是不，她坚信她是不会睡着的，很相信在他们到来以前，在村子收复以前，她是睡不着觉的。

雪在卫兵脚下，吱吱地响，顾尔泰的鼻子，呼呼地出气。一切都同昨天、前天一样。可是一切毕竟变了。自从瓦西里阵亡以后，整整一个月来，费多霞第一次心里感到愉快。这喜悦像一团火，高高地腾起来，燃烧着，照耀着。她忙用手捂住嘴，免得她由于巨大的幸福向全世界欢呼起来。就她一个人知道这件事，再没有别人，全村再没有别人知道了。她一个人晓得现在不像从前那样等待了——以前抱着坚决的信念，可是没有确定的日期。现在她可以计算出这幸福什么时候来到。今天，明天，后天吗？那三个人得走多久才能回到自己的部队呢？他们部队得走多久才能到村里呢？一天，两天，三天吗？她晓得，她觉得这不会超出三天以上。叫押在司令部的那五个人质死掉，这样糊涂而残酷的事情是不会发生的。

顾尔泰限定了三天。费多霞突然觉得这日期不是对于被押的人质的。这三天，那黑漆漆的无底深渊，就要在这三天之内，在德国人面前揭开了。德国人将要看到红军士兵们的仇深似海的面孔，将要看到万难逃避的死神的眼睛。

村里有三百座房子，除了德国人从那儿把居民赶到雪地里的那些房子以外，在每一座房子里的人们都在受苦，在等待，在哭泣。他们用坚定的希望安慰自己，用给自己增加力量的魔语安慰自己：我们的军队要回来了。只有她，全村只有她一个人知道。

我们的军队不但一定要回来——这一层她从来没有怀疑过——不，她还晓得，他们已经在进军了。她晓得，对德国强盗的万恶不赦的判决，已经签字了。娥琳娜没有等到，可是在司令部押着的那五个人会等到的，不会等不到的。

这天夜里，村长在司令部里坐到很晚的时候。他精细地按着集体农庄的账簿计算着，谁应该交多少粮食。会计员出身的司务长，给他帮忙。贾波里出着汗，时时算错。油灯冒着烟，士兵们睡意蒙眬的眼睛，望着坐在桌前的这两个人。村长又是减，又是加，又是乘，老出错，惹得司务长生气了。

村长尽力专心，可是办不到。他总想着这些数字和计算，或许是无用的。很可能就是这样，写到纸上容易，宣布也容易。甚至把德国要向每人要多少粮食的精确账单，交给每个人，这也不难。可是这不够啊——一纸公文，满足不了上尉，也满足不了急需给养的司令部。除了公文以外，还得要粮食，而贾波里很怀疑，有谁愿意把粮食交给德国人。可是担负责任的毕竟是他，是贾波里。上尉断然威吓过，村长也知道德国人随时都可以把他们的威吓变成行动。

贾波里对于人质的空想，此刻也没有任何的结果。人都押着，可是没有一个人到司令部来，没有人来报告那个小犯人。这他也得负责。上尉应当把肇事人找出来，他需要以此来对司令部表示自己执行职务的认真。而肇事人当然就是村长了。

"你在那儿写什么呢？"司务长哼了一声，"又错得一塌糊涂，又得从头开始了。实在说，你在想什么呢？"

贾波里奴才相十足地微笑了一下。他在想什么呢？不，这是不能告诉司务长的。他更低地伏到纸上，更尽心尽意把笔写得嚓嚓地响。

账终于算清楚了。窗外是黑漆漆的夜。风在大声吼叫。村长慢慢把大衣纽子扣起来。

"谁把我送到家也好。"最后他说。在那儿，在他家的房子跟前，站着一个卫兵，可是要想处在他的步枪的可靠保护下，先得在暴风雪的黑夜里，在村里走老远一段路呢。司务长耸了耸肩：

"怎么，你一个人回不去吗？没有上尉的命令我是不能派兵的。"

"那么您呢？"贾波里胆怯地提议道。

司务长用拳头捶了一下桌子：

"你到底在想什么呢？司令部每分钟都可能往这儿打电话，可是你要我丢开职务，做奶娘，你怕什么呢？夜里谁也不敢露面的。"

村长不作声了，从屋里溜出去。在门口，他稍停了一下。从亮处出来，觉得眼前一片漆黑，夜色浓得像可以摸得到的煤焦油。他稍站了一会，眼睛适应了黑暗，他才辨出马路那面的树木、屋顶和马路的轮廓。他把皮外套的领子提起来，向前走去。当然，人家对他就像对最下贱的狗一样——他悲苦地想着。每个人都有权斥责他，每个人都可以拿他出气。上尉、司务长、任何一个士兵，都觉得自己比他高，而他应当像牛马似的做活，时刻冒生命危险。他胆怯地向四面八方张望着。

命令是命令，可是在这该死的村子里，什么事都可能发生。司务长自己不敢出门，问题并不在于电话，司务长不过是胆怯而已。可是对贾波里呢，那就不管别人死活，把他赶到这每一步都可能遇到危险的黑漆漆的夜里去了。

他尽力悄悄地走，不声不响在雪上滑着，可是雪在脚下吱吱地响，而风仿佛和他作对，时时静下来，于是，他的脚步声，一定全村都听见了。在拐弯的地方，他忽然觉得站着一个人。他停住了，吓得全身发麻。那影子一点也没动。贾波里浑身发抖，等着要出事。

转念间，他想拐回去，到司令部过夜。呵，万不得已时，在那儿的椅子上坐到天亮吧。可是他不敢转身——万一那家伙扑上来，把……

他绝望了，决心向前走去。这时他才知道，原来是路边的一堆灌木丛。他怎么会忘了这堆灌木丛呢！白天他从它跟前走过多少次啊！

可是，这时贾波里滑了一跤，就在这当儿他明白，一件可怕的事情发生了。他喘着气，不知什么东西把他的眼睛弄昏了，塞住了他的嘴，包住了他的头。他想叫，可是有人狠狠给了他一下，把他放倒在地上。贾波里觉得什么人的手，把他搬起来，抬着，他在空中晃荡着。雪吱吱响，听见有艰难的呼吸声。后来，门吱扭一声开了，他被重重地扔到地上，他觉得什么人的手挨着他，他明白这是在绑他。最后，包着他的头的那块破布被扯了下来。他眨着眼睛。一盏油灯微弱地照着房里和房里的几个人。他认出跛子亚历山大，认出芙罗霞微黑的面孔。他浑身都发抖了，光头也在打战，他无论如何也不能支持着不打战。

“请坐吧，亚历山大，”他不认识的一个小身个，面带皱纹的女人在指挥着，“你是识字的人，应该全部记录下来，有条有理，像个样子。”

他们都在桌前坐下，他脊背靠着墙，恐怖地望着他们。阴影在他们脸上闪动，一盏冒烟的油灯的红光，从下面落到他们身上。

"在审判官们面前，你就得站起来。"一个粗壮的女人说，使劲往地板上擤鼻涕。

他勉强站起身来。

"站在这儿，丑八怪！呵，干吗歪三扭四的？站得像个人样！"

"你也太叫他作难了，戴毕莉。"芙罗霞说。

戴毕莉没明白。

"应当好好站着。审判就是审判。我们本可以在路上就把他结果了。可是我们不那么做，我们照规矩来审他。那么，也得叫他照规矩站好。"

贾波里吓得浑身发冷。他站在屋里，这房子以前他都不知道。可是房子就在已经被德国人占领了一个月的村子里，就在德军司令部的旁边呢。他手被反绑着，站在那里，几个女人和跛子马夫，都坐在桌后。他们宣称自己是审判官，将要审判他，审判这个被德军司令部委任的村长。而且这不是可怕的梦，这是现实。

"说，你姓什么，无赖？"戴毕莉问道。

贾波里想回答，可是声音憋在喉咙里，他只怪声怪气哼了几声。

"你哼哼什么，装小孩子吗？都瞧瞧他。你别装傻了，说吧？我们没工夫同你们这些烂货纠缠！可是你，亚历山大，你记吧，统统记下来！说，你姓什么？"

"你们都晓得。"他哭丧着脸，低声说。

"你这恶棍，我不是问你我知道不知道！法庭就是法庭，既然问你，你就应该回答！你姓什么？"

"贾波里·彼得。"

"你这家伙！彼得！我的老子也叫彼得……你也叫起好人的名字来了……"

"你别忙，戴毕莉姑妈，我要记下来呢……"

"记吧，记吧，都按次序记下来……接下去还问什么？……呵！你多大岁数了？"

"四十八岁了！"

"四十八岁了……怎么地上会长出像你这样的孬种，而且还活了四十八年……记下来，亚历山大。"

"早记下来了，往下问吧。"

"呵，……还有什么呢？是了，你是村长吗？"

"是村长。"他哭丧着脸，承认着。

"村长。好家伙，他想干吗……你从前是干什么的？"

他望着地，不作声。

"你怎么不作声，说出来丢脸，是吧？大概是比当村长更坏的差事吧？"

他不作声，执拗地望着自己的靴尖。

"哎，你说呀！不然！我给你一个耳光，你就会一下子说出来了！呵，回答吧！"

"等一等，戴毕莉，我来问一问。"亚历山大插嘴道。

她已经张开口准备反驳，可是变了卦，只把手挥了一下。

"呵，问你的吧，我们瞧瞧，看你有什么结果。"

马夫仔仔细细把村长端详了一番。然后平心静气地低声问：

"你在我们的监狱里坐过没有？"

村长没有把目光从自己的皮靴上移开。

"坐了很久吗？"

"很久……"

"呵，大约有多久？"

沉默。

"为什么坐牢？"

又是沉默。

"你是什么出身，是农民、工人，还是地主老爷出身？"

"农民出身……"

"呵，是富农吧?"

"没问题，就是富农了!"戴毕莉洋洋得意地宣布道，"瞧瞧吧，又想喝老百姓的血了!"

"你等一等，戴毕莉……"

"为什么要我等一等? 这儿是法庭不是? 我和你有同样的权柄! 说不定，权柄更大呢! 是谁常常说: 不会成功的! 可就是成功了。"

"对了，对了……不过你等一等，我还想问一问……"

"我不怜惜他，问你的吧。"

"那么，是富农了……可什么时候从狱里跑出来的呢?"

"战争一开始就跑了。"

"是这样。跑回家了，是吗?"

"是的。"

"家在哪儿?"

"在罗斯托夫附近。"

"是了，在罗斯托夫附近……可是在哪儿遇上德国人了呢?"

"在那儿，在罗斯托夫附近。"

"就在那儿把你弄去了吗?"

"等一等，亚历山大，还该问一问，他为什么坐过牢。"

被告脸上，露出不可遏止的顽强。

"你不说为什么坐牢吗?"

沉默。

"还在没收富农财产以前，你就坐牢了吧?"

"是的。"

"那么，你在彼得留拉[1]那里待过吧?"亚历山大出其不意的提问

---

[1] 彼得留拉 (1877—1926)，乌克兰资产阶级民族主义者，德帝国主义代理人，依靠外国武装干涉者，反对苏维埃政权，后被红军击溃。

使他张皇失措。

"待过……"

戴毕莉把手一拍说：

"你们都想想吧！"

"一切都明白了，"亚历山大开始说，"富农、土匪、彼得留拉的党徒。最初你就反对苏维埃政权，是吗？"

"最初就反对。"贾波里低声承认道。

"于是乎，末了，你就去替你德国老子效劳去了……"

戴毕莉从桌子后边跳起来。

"因为他，柳纽克被绞死了，因为他，五个人质被押在司令部里等着处死。他跟德国人一块走，把牛从牛栏里牵走，把我家最后一头牛也牵走了，要叫孩子们都去饿死？把加苏科夫家的，米戈洛家的，加秋洛家的最后一头牛都拉走了！"

"把李夏家的，莫良琴家的，也都拉走了。"芙罗霞补充道。

"跟德国人一块来把村子抢光了！"

"这何必多说呢，一切都清楚！"

"静一点吧，女人们！"戴毕莉干涉道，其实她比谁都嚷得厉害，"法庭就是法庭，什么事都应当说一说。"

"还有什么可说的呢？我们什么都知道，我们每天都看见的，为了他每天害死多少人，人们天天都流着血和泪……"

"呵，这么着，各位都有什么提议？"戴毕莉郑重地问道。

"把这个贱货干掉！"

"干掉他！"

"那么，同志们，有人提议把这个贱货干掉。谁赞成？"

大家都举起手来。

"谁反对，谁弃权？"

"没人弃权。"

"那么，同志们，明白了。亚历山大记下来，读一读吧。"

马夫用钢笔在纸上嚓嚓地写了好久。大家都默默地等着。后来他站起来。

"法庭由下列人员组成，亚历山大、戴毕莉、芙罗霞……"

"我的官名叫叶芙罗霞。"她纠正说，于是亚历山大伏到桌上改了一下。

"叶芙罗霞、娜塔丽、白莱葛审问了被告——富农、逃犯、德国人的村长贾波里，一致同意判处死刑。"

贾波里面色苍白，瞪着眼睛，看着在场的人。

"呵，那么，一切都妥了。"戴毕莉宣布道。

"等一等，"芙罗霞插嘴道，"判决是判决了，可是我们怎么把他干掉呢？"

他们茫然地面面相觑了一下。

"对了，怎么办呢？"

"把他绞死也好。"白莱葛说。

"你在哪儿把他绞死呢？在这儿吗，在屋里吗？"

"你尽说糊涂话。用木棒照头上来一下就完了。"

"枪决他是不成的，没有枪。"

"干吗这样呢！把德国人都惊动起来，叫他们都跑来吗？"

贾波里发起抖来。大家都当着他的面商量怎样处死他，仿佛他不在场似的，仿佛他是一个无生命的东西。他心里恐怖极了，觉得要呕吐，他跪下来。

"诸位，诸位善人，可怜可怜我吧！我造了孽，反对你们，我再也不干了！"

他跪下爬着，在女人们脚下的地上磕着头。她们就像被火烫了似的跳开来。

"别纠缠！瞧这个贱种！"

贾波里哭起来，眼泪顺着脸流着，脸上流下一道道肮脏的泪痕。

"善人们，饶了我吧，看在你们孩子的份上，饶了我吧！"

"孩子！都因为你这狗杂种，我们的孩子都死了，都因为你！"

"这是人家强迫我的，用武力强迫我的。"贾波里绝望地哭诉着。

"你别哭号了，不然就给你当头一棒。说得倒好，人家强迫他，强迫他这个小可怜虫的，可是自己跑到罗斯托夫去找他们，是吧？"

"可怜可怜我吧，开开恩吧。"他在地下打滚，沙着嗓子说。

他们厌恶地望着他。

"呸，看起来真恶心人，你活着也没个人样，要死了，也没个人样。"白莱葛愤愤地说。

"都听着，女人们，别同他在这儿老磨蹭了，不然，他的哭声惊动了德国人，我们就糟了。"

亚历山大从后面走过来，把绳子套在躺着的人的脖子上。

"为了正义的事业。"他说着，往手心里唾了一口唾沫。芙罗霞尖叫了一声。

"轻一点！"

贾波里的手指弯曲起来，插进泥地里，腿颤抖了一下，就挺直了。村长呜呼哀哉了。

"都来帮忙……芙罗霞，帮一下忙。"

他把尸体夹到腋下，芙罗霞抓起两条腿。戴毕莉小心谨慎地向院里望了一眼。

到处都是一片寂静，只有风扬着雪雾，呼呼地啸着。

"喂，快一点，咱们把他扔到井里去……"

院里有一口古井，几年前就已经干了。现在半井深都填着雪。他们把尸体扔到里边。软软的尸体，无声地落了下去。亚历山大拿铁铲把井边的雪铲起来，盖到尸体上，然后把井边的雪弄平。

"叫他躺到春天吧，开春的时候，再把他弄出来。到早晨全都被雪盖住了，一点痕迹也不会留的。"

"现在怎么回家去呢?"

"你们等一等吧，不必夜里走。头一次成功了，第二次可能失败，"亚历山大反对说，"地方我们有的是，大家都睡到天亮，天亮了再悄悄各自回家去。"

他们尽可能收拾了一下，有的睡在板凳上，有的睡在地板上。可是这种时候是很难睡着的。

"亚历山大你留神，把记录好好藏起来，咱们的军队回来的时候，把它交出来。"

"我藏着，不用怕，谁也找不着。"

"你瞧，亚历山大，这回可成功了。"戴毕莉又着重说了一遍。

"怎么会不成功呢。"他已经要睡着了，咕哝着。

七

门砰的一声开了。费多霞打了一个冷战，手里的水桶掉了。厨房的泥地上到处是水。

"你的手不好使吗?"顾尔泰恶狠狠地嚷起来，跳到一边，怕脏水弄到他那擦得明光发亮的皮靴上。

她没有回答，心在疯狂地乱跳。她用抹布去擦水，可是她的手在发抖，有好几次都留着深水坑不擦，却在干地上擦。不，她今天什么事也不能做了，每一声响动，每一声沙沙声，都使她像挨了鞭子似的发抖。她完全处在紧张的期待中。因为他们已经在进军，每分钟都可能到这儿来。

她感到非常苦恼，因为只有她一个人知道，全村只有她一个人知道，再没有别人。当然，没有人知道更好，可是一个人期待着是多么难过啊! 心脏都停止跳动了，连气都上不来了——因为任何时候，任何时候他们都可能来到呢⋯⋯

"你想一想，这事怎么办?"顾尔泰隔着肩向躺在被窝里的普霞随口说。门又砰的一声关起来，他出去了，费多霞又打了一个冷战。

普霞咬着嘴唇，手枕到头下躺着。瞧他说话的口气，就像她是他的奴隶，必须孝敬他。虽然他有兵，有电话，有世界上的一切，可是他找不到游击队，而且他明明知道，全村人都不愿同她说话，却要求她去把他们找出来。普霞恼起来。他太过分了，他想什么呢，他以为凭几件绸衣服，凭几双倒霉的袜子，他就有权对她嚷嚷吗?!

她很清楚，去同姐姐谈话，什么结果也不会有，也不可能有什么结果。战前她们就不说话了。娥尔迦有几次到镇上来开什么会，参加教师讲习班，甚至没有顺路来看看她。大概她以为普霞不值得她看。说她不做活，舍不得糟蹋自己的手去洗衣服，不拖地板，不学开拖拉机，那还用说，这些都是罪过啊。娥尔迦想叫大家都像她一样。她忘了自己壮得像匹马，忘了妹妹弱不禁风。娥尔迦不注意打扮，粗辫子马马虎虎盘在头上。冬天她的手冻得发裂，夏天晒得像个吉普赛人。普霞伸手取下挂在床头的小镜子，凝神地照着，照着自己弯弯的细眉毛，黑色的鬈发，黑睫毛下圆臼臼的眼睛，薄薄的嘴唇和嘴唇里露出来的几颗三角形的尖牙。

不，娥尔迦所做的工作，她是做不来的，而且也没有必要这样做。夏洛夫在军队里服务，领军饷；这对于当地的生活，足够用了。可是娥尔迦对这一层不理解。她以为夏洛夫的生活过得不大好。有什么不好呢？他有一位太太，太太很会打扮，甚至能找到一些破衣服，她穿来都很好看。她的头梳得很好看，手也保养得好，看起来比当地那些奔跑忙乱，成天干活的俊女人要好看得多了。至于说他们没有孩子，那是普霞不愿意要孩子吧？是啊，她可不想要孩子。就这样，村里的孩子也不少了。夏洛夫是娶她，又不是娶孩子。他结婚的时候，关于孩子的事，他一句也没提到，这一切就足以使娥尔迦把妹妹当成路人了。那么她现在会用什么态度对待她呢？实在说，她要普霞怎样呢？自从夏洛夫上前线之后，已经整整五个月了，连一点消息也没有。他或者是阵亡了，或者被俘了，因为不会五个月来连一封信也没有，连一张明信片也没有的啊。谁晓得战争要拖多久呢？不然要怎么呢，她等一年，两年，或者等上几年，末了饿死吗？不，她做得很聪明。至于顾尔泰是德国人——这有什么呢？德国人现在是这儿的主人，德国人统治着，将来还要统治的。布尔什维克完蛋了，这是很明白的事。要不是近来顾尔泰变得这样暴躁，凶狠，那一切该多好啊！他对她这样粗暴。现在他要她去同娥尔迦谈话。普霞晓得，她甚至连姐姐的面都不敢去见。可是怎么能摆脱这事呢？是谁告诉他说娥尔迦是她的姐姐呢？心怀不满意的她，慢慢穿上衣服。顾尔泰对她的要求，恐怕不止这些。大概他有密探奸细，有一套完整的机构呢。

普霞潦草地用被子把床铺盖了盖，从椅子上把顾尔泰的皮上衣拿起来，想把它挂到衣柜里去。衣袋里纸沙沙地响了一下。普霞回头朝门看了一眼，急忙把信掏出来，这是一封信，天蓝色的长信封上，写着德国地址。她不懂德文，可还是把信从信封里抽出来。这天蓝色的信封，使她起了疑心。

四小页蓝色的信纸上，写着整整齐齐的小字，第一页信纸的顶端，贴着一朵干枯的小花。普霞把信纸往脸跟前拿近了一点。信纸发出一股她没有闻过的香水气。无疑的，这信是女人写的了。普霞把嘴唇咬得都要出血了。一个女人，一个女人从德国给顾尔泰写信，用很好的信纸，用工整的小字写的信。当然，比如说吧，这信可能是他母亲写的，可是那朵花呢？

唉，只要有人给她念一念这封信，知道这位不相识的女人给顾尔泰写些什么，那她无论付什么代价都可以的啊！她看了看日期。信是最近写的。是的，信大概是昨天到的。顾尔泰身上穿着另一件短上衣，所以他就把信忘在衣袋里了。直到现在，她还没有见过他有一封信，或一张相片。

真的没见过吗？她沉思起来。对了，他还有一个小皮夹，一直随身带着，而且不许她碰。这小皮夹里会装些什么东西呢？因为给他的邮件不是送到家里，而是送到司令部里。他可以把信件和相片，放在他每逢离开的时候，都小心地锁起来的那个抽斗里。她究竟对他有多少了解呢？不过是他自己所说的那些话。最初，当她答应跟他一块离开小镇的时候，他郑重其事地答应她，将来把她带到德累斯顿，他们将在那儿结婚。这儿实在是没地方举行婚礼，她很明白应当等着。再说，这也并不怎么重要。

在此以前，她完全是高枕无忧的——她觉得顾尔泰是喜欢她的。可是现在，他坚决要求她同娥尔迦谈话，这事在她心里引起了另一些想法，使她对某些问题有了一种新的看法。为什么他现在很少提起德累斯顿呢，为什么她一提起这件事，他就不愿意谈下去呢？为什么他总是没工夫，为什么他这样爱生气呢？可是她并没有改变，她还是同原来一样，当初德国人占领了村子，顾尔泰在她家里弄了一间房。顾尔泰现在成了另一个人了，顾尔泰变了，况且现在还有这封信……

她想着，手里拿着信，这样坐着也是白坐。信的内容，她反正看不懂。如果顾尔泰进来，一定会闹架的。他总叫她不要动文件，不要动任何文件。

普霞把天蓝色的信纸装到信封里，随即把皮上衣挂到衣柜里。她决心要仔细对顾尔泰监视起来。她一定要打听出这是谁给他的信，他对她那样严厉，实在是因为他过度疲劳和烦躁呢，或是有别的原因。

费多霞在厨房里把锅碗弄得乱响，这些声音使普霞非常生气。

"你轻一点也好！"她用很高的破嗓音嚷着。

费多霞往开着的门望了一眼，普霞看见了一种非常奇怪的眼光。不，这不是她直到现在所看见的那个农妇眼中那种冰冷的憎恨与轻蔑。此刻这双眼睛闪着胜利的光辉，闪着愉快的光芒，从来都没有像这样明亮过。普霞生气极了。她这是高兴什么呢？大概顾尔泰说话的口气，她在门外偷听到了。顾尔泰啊，连这个女人都看出来了，甚至连她都幸灾乐祸起来了!

她想起,可以向这个老婆子报复。她还没有告诉顾尔泰,说费多霞儿子的尸体躺在那谷里。她有意沉默了两天,好叫费多霞受点罪,可是,后来顾尔泰缠着她,叫她去同娥尔迦谈话,她简直就把这事忘记了。可是现在她气起来。

"你等着吧,今天我就告诉我丈夫,他一回来我就告诉他。"她威吓道。

费多霞叉着腰,恶意地笑起来,从上到下打量着。

"干我什么事!你告诉吧,告诉你的'丈夫'吧!"她大胆回答,而且带着冷嘲的口气,强调"丈夫"这个字眼,"你告诉去吧,我自己也可以告诉,要不然怕你就讨不着好了。你告诉吧,即使你告诉上百次!把衣服穿上,到司令部去吧,快些跑去告诉吧!"

普霞睁大眼睛吃惊地望着她。

"你干吗呢?"

"我没有什么!你干吗这样大惊小怪的?你不是想告诉吗,所以我就说——你告诉去吧。你活着就是要做奸细,就是要向德国人告密!呵,去吧,你知道什么就去说什么吧!"

"我会告诉的,你知道,我会告诉的。"

"所以我说——你只管去告诉吧,你干吗总是威吓人?这些吓不住我的。"

"他们会把你儿子弄去的。"

"让他们弄去吧。一个月以前已经把他打死了。他们再不能把他弄去了。"

"那你为什么还每天到那儿去呢?"

"我是去的,是去。这是我的事。把他弄走我就不去了。"

"顾尔泰会下令逮捕你的,你很知道不准到那儿去。"

"真会唬人!我怕你们逮捕呢!我简直要吓得发抖了……"

费多霞进到房里。她已经不笑了，两只黑眼睛神色严厉。

"你才怕呢！你听见没有？你怕得发抖，你怕得要哭了！"

普霞在板凳上缩成一团。

"你怎么了？我有什么可怕的？"

"你什么都怕！你怕人，他们不会饶你的！你怕水，因为你想投水，水会把你扔出来的！你怕地，你想钻到地缝里躲起来，地不容你的。就让我的瓦西里在山谷里躺着吧，就让柳纽克在绞首架上吊着吧，就让娥琳娜光着身子，在德国人的刺刀下，在冰天雪地里奔跑吧！所有的人将来结局都比你好！呵，你将来还要羡慕他们呢！将来叫你哭得泪人儿似的，想着你不曾处在他们的地位上！将来叫你成百次感到惋惜：怎么没有把你在绞首架上绞死，没有用刺刀把你戳死，没有把你枪毙了呢！"

她愤恨得上不来气，她狂喜得上不来气，因为自己的军队已经出动了，已经迫近了，或许就在她对着这个女人苍白的面孔，说这些话的时候，村子附近已经响起枪声了呢。

"出去！"普霞气喘喘地低声说，"赶快出去！"

费多霞又带着冷嘲的神情笑起来。

"我可以出去，我才不高兴看你这张嘴脸呢。你还记得你是怎样把我从我家里赶出来的吗？！"

她出来，把门扑通一声关上，震得石灰都从白墙上落下来。

"你快跑去告诉你的男人吧，就说我对你嚷嚷了！"她低声嘟哝着，往炉子里填了些碎木片，"他不会老想着你的，不会的！他得想想别的事呢。或许现在就想着别的事了呢。"

可是顾尔泰也真的一点也没有想到普霞。他气冲冲地来到司令部。士兵们见到他紧闭的嘴唇和额上的皱纹，比平常更直地把身子挺起来。司务长由桌子后边跳起来。

"司令部里有电话来吗？"

"是的，上尉先生。"

"你为什么不向我报告?"

"没有吩咐,上尉先生。"

"怎么没有吩咐?"

"他们说:不用了。"

"那么为什么打电话呢?"

"他们问被捕的女人有口供没有。"

"你说什么了?"

"我报告说,她什么口供也没有。"

"还说什么?"上尉用恶毒的口气说。

司务长的脸发白了。

"是的,还有……还报告说……"

"呵,还报告说什么?"

"还……还报告说被捕的女人被处死了……"

"谁准许你报告这事的?谁准许你报告的?谁委托你这件事的?是我吗,是我吗?"

他向前欠着身子,迈着小碎步,向笔直站在他面前的人走去,司务长没敢后退。

"我吩咐你这事,委托你这事了吗?"

"完全没有,上尉先生!"

上尉把手一挥,拼全力,照他脸上给了一个耳光。

司务长踉跄了一下,可是继续挺直身子站着,一直望着顾尔泰的眼睛。

"谁下命令了,谁准许你了?"军官咆哮着追问,又给了一个耳光。

司务长脸上起了一块红斑。五个白手指印即刻红起来,发黑了。

"村长在哪里?今天来了没有?"

司务长不眨眼地紧张地望着上尉。

"还没有来。"

"交来多少粮食?"

"没有，没有粮食。到现在谁也没有来。"

顾尔泰骂了一句。

"那个孩子的事怎么样了?"

"没有人来，上尉先生。"

上尉怒冲冲地推开椅子，把吸墨纸从桌上拂到地上。司务长马上弯下腰，把它拾起来，放到桌上原来的地方。

"派人叫村长去，即刻去!"

"是，上尉先生!"

司务长的靴踵咔嚓响了一声，他行了个军礼就出去了。顾尔泰打开抽斗，怒冲冲把所有的文件从里边扔出来。他的眼睛直冒火。那个该死的女人，一句也不招，就是审问上一年，她也不会招的。宁肯死一百次，她也不会招。可是司令部里却催他办理，认为他做得太轻率，他把唯一可以侦察出神秘的游击队的线索弄断了，这支游击队像风一样难以捉摸，它常常袭击司令部辖区内的村庄。而这个白痴，却一点聪明的心窍也没有，就马上报告说，已经把这个女人结果了。呵，当然，那些人甚至都不吩咐叫他去接电话，背着他，同他的部下讲起话来了。自然，那儿已经在给他挖坑了，各方面都在玩阴谋! 再加上到现在还没有弄到粮食。过了快一昼夜了，可是没有一个人来，没有一个人说出粮食藏在什么地方。这个白痴村长一再劝人相信他们害怕了……叫你瞧瞧他们怕什么呀! 他们在那里，在司令部里说着倒容易——村长，村长，而村长竟是个完全无用的东西，什么也不会做，什么也办不成，对村民连一点威信也没有。

司务长的靴踵，又在门口咔嚓响了一声。

"怎么!"

"报告上尉先生:村长不在!"

"怎么不在? 我已说过，派人去找他!"

"报告长官：我亲自去了，村长不在。"

上尉耸了耸肩。

"他上哪儿去了？"

"报告长官：不晓得。"

顾尔泰火起来：

"你怎么了，发疯了吗？我去给你找他吗？"

"报告长官：我们已经到处都找过了。昨天晚上村长在这儿坐了很久，我同他把村里的储粮算了算，夜里将近十二点钟的时候，村长回家去了。他没有回到家里，再也没有人见过他了。"

"到处都打听了吗？"

"是的，上尉先生。"

"他逃跑了吗？"

"是的，上尉先生，大概是逃跑了。"

"呵，可好，"上尉哭丧着脸说，呆呆地望着电话机，"现在该怎么办呢？"

"报告长官：不晓得。"

"白痴！"上尉吼起来，"我们要这样的村长干什么用？他对我们有什么帮助？他办过什么事了？他做成了什么事？啊？"

"一点不错，上尉先生……"

"呵，一点不错……坐下来给司令部写报告吧，就说村长逃跑了。让他们另外派一个人来，或许会找到一个聪明一点的人。"

司务长到另一个房间，取了纸。他给司令部写了一份关于村长潜逃的报告，又着手写了一份关于上尉企图对司令部隐瞒处死犯人娥琳娜的密报。

"查忤之！"

他跳起来，一边走，一边用习惯成自然的动作把开了头的密报塞到抽屉里。

"这一夜谁在村里担任巡查的？把他们统统都审问一下。"

"我已经审问过了，上尉先生，他们什么也不晓得。"

"没什么可说的，治安真不错！竟然可以有人来来往往，从村里出去，而我们的哨兵却'什么也不晓得'。这么下去，总有一天，人家会把我们和我们所有的哨兵，像宰羊似的宰光的！他们怎么会什么也不晓得呢？他不是从空中飞出去的，而是从村里走出去的！他们干什么去了，都睡大觉了吗？"

"在这样的严寒里，是无法睡觉的。虽说暴风雪很可怕，但是熟悉情况的人，是可以溜出去的。应当把村子周围都派上哨兵。"

"我不是问你什么应当，什么不应当！你这是要派谁去呢？你哪里有这么多兵呢？你自己在哪儿卖夜眼呢？你不晓得应当特别把村长监视起来吗？"

司务长想起村长曾请求过送他回家的事。大概他不敢走夜路。这么看来，也许他夜里不敢跑呢。但是他宁愿不把这件事告诉上尉，免得火上浇油。司务长觉得自己有错——当时应该送一送贾波里啊。

"在这儿同你们吵骂！一群白痴！"上尉咆哮着。

司务长笔直地挺着身子，在门口等着。

"呵，你怎么呢？去吧，写去吧，叫他们高兴去吧，写去吧！给我选了一个好助手，没什么可说的！"

司务长出去，匆匆地在密报上补写新的要点去了，顾尔泰在气头上说的话，又成了密报的新材料。他不断地把手贴到发红的、发烧一般的脸上。

顾尔泰把公文打开，可是马上就明白他无法办公了。他把司务长叫来。

"你到电话机旁值班去，我出去走一走。"

"报告长官：天气冷得要命……"

"你不说我也晓得，我刚才走着来的。"上尉说了一句，就把领子提了起来。

风住了，可是严寒更加剧了。雪在脚下吱吱地响。没有太阳，可是炫目的白雪的光，刺着他的眼睛。顾尔泰停在门口，怀着憎恨，对村子望了一眼。这村子表面上恬静地躺在雪地上，就仿佛躺在鸭绒褥子上一般。屋顶上是很厚的雪层，像帽子似的。只有几处地方，风把屋顶的干草吹得露出来。到处没有一点生气。

德国士兵们处处忙乱着，再没有别的声音，也没有别的活动了——只有一片死寂。甚至狗都不叫了。士兵们在进村的头一天，就用枪把狗都打死了。因为狗向他们扑过去，不让他们进门。狗像人似的，都野极了。

这个表面上沉睡了的村子，对上尉发出一种潜在的威胁。不，最好还是上前线面对面同敌人打仗。在这儿坐着，在占领的村子里整顿秩序——这叫作休息。秩序可真不错，把布尔什维克赶走已经一个月了，可是到现在什么事情也做不成。一切计划，一切命令，一切的一切，都完全被这至死不屈的、顽强的、沉默的反抗粉碎了。实在说，这些笨货想干吗呢，难道他们不明白，他们最终要被迫投降的，甚至要把他们都杀光，反正总要轮到他们头上。他们不明白，一切将按照德国人预先制订的计划进行吗？不，这一层他们不想明白。大概他们真的相信布尔什维克会取得胜利的。

远远地不知从哪儿送来一阵马达声。上尉把领子放下来细听着。飞机在飞。嗡嗡的马达声，细细的像蚊虫叫一般，在晴空里响着，可是声音慢慢大起来。上尉用手遮着眼睛，挡住白雪的闪光，往天空里望着。

"在那儿呢，上尉先生。"司令部门口的一个卫兵，大胆地说。

顾尔泰向他指的方向转过身来。是的，飞机在飞，最初像蚊虫，后来像苍蝇，眼看着大起来了。

"我们的吗？"上尉用半信半疑的口气问道。

卫兵细听了一下。

"恐怕不是的，上尉先生。马达声不同。"

顾尔泰不安起来。

一个月来，附近已经没有敌机出现了。难道他们又活动起来了吗？

有几个士兵从房里出来了。

"是布尔什维克的。"其中一个人说。

街上已经不再是空寂无人的了。人们都仿佛从地下钻出来似的。女人们都在房前站着，孩子们都成群地冒出来。人人都用手遮着眼睛，向上望着。

"我们的！"萨沙叫起来。

玛柳琪抓住他的肩膀：

"我们的吗？"

可是已经没有一个人怀疑了。飞机低低地飞着，很低很低地飞着。在明朗的雪天里，所有的人都看见了确确实实的符号——机翼上的红星。

玛柳琪跪下来。所有的女人都一齐跟着她跪下来。孩子们忘记了一切，跪到当街上，仰着头，挥着手。

"我们的！我们的！"他们欢天喜地地笑着，女人们聚精会神的、庄严的面孔上流着眼泪。飞机从村上飞过，自己的飞机啊，机翼上带着手足之亲的致意和从东方来的消息，带着自由的标记——红星。这是一个月来第一架自己的飞机。那既没有发出阴森的鬼嚎一般的声音——断断续续、气喘喘的德国马达声，机翼上也没带那黑色的蛇一般弯弯曲曲的"卍"字的第一架飞机啊。

上尉听见孩子们的叫声，他向马路上一望，就看见他进村以来所不曾见过的景象，到处人山人海。屋前是跪着的女人们，马路上孩子们像大群麻雀在乱蹦乱跳，老头子们向空中飞翔的铁鸟挥着手。他气得发起抖来。

"把这些匪徒驱散！"他对士兵们喊起来。

那些人没明白。顾尔泰拔出手枪，对一群孩子射击起来。枪响了一声，接着又响了一声。可是上尉落空了。他气得手直发颤。孩子们像一群麻雀被突然投来的石子驱散，都散开了。女人们向他们扑去。刹那间，所有的人都像被风吹走了似的，都不见了。门匆匆地都关上了，上尉还没来得及回顾一下，村子就像人都死绝了似的又空起来。到处连一个人影也没有了。

"你们这些木头疙瘩，没听见我说的话吗?"他狂怒地向那些呆若木鸡的士兵们扑去，他气极了，因为大家都看见他在这样近的距离，打枪却落了空，"你们都站在这儿，无动于衷地看着怀着敌意的示威。高射炮干什么的，高射炮在哪儿呢?"

恰好在这时，高射炮响了。炮弹像乌云似的，远远地在飞机后边爆炸了，第二炮更远了。飞机又向上飞了一点，就在远处消失了。

"打得也真及时! 给飞机尾巴一家伙! 你们睡着了吗?"他对跑过来的一个下士嚷起来。

"报告长官，我们想着是我们的……可是后来……"

"全村的妇女都认出是谁的飞机，只有你们倒会乱想! 我要把你们所有的人……"

"第一架飞机，上尉先生。"下士企图辩解说。

"住嘴，没有人问你! 第一架飞机! 它往炮位上扔一颗炸弹，那时叫你们知道第一架飞机! 你们这些傻瓜!"

上尉转过身来，气得怒火冲天的，回司令部去了。他气得浑身发抖。这该死的一天，这些该死的人啊!

"怎么样，村长没有找着吗?"

心惊胆战的司务长，从桌子后面跳起来。

"上尉先生，您没有下令叫继续找……"

顾尔泰怒气冲冲地哼了一声，坐下来。呵，当然，傻瓜加白痴，无论对什么都不操心……可是担子都落在他一个人身上，而司令部里他的朋友们，却在尽力为他"效劳"呢。

这时他想着，如果倒霉的事情发生了，那么，或许因为普霞还会增加倒霉事。人家责怪他对待居民过于宽大，这就是证明。

"应当把她打发掉。"他不由得想道。

他什么也不想干了，叫他这个现役军官来担任庶务工作，叫他在这个该死的村子里维持秩序。这儿有什么可做的？一堆堆的公文、烂纸，叫你无法摆脱。村长同司务长都无穷无尽地在集体农庄的账簿里乱翻着，可是这也没有一点结果。军队需要粮食、肉类、脂油。可是这些狡猾的布尔什维克，在秋天就把集体农庄的牲口赶走了，而老百姓家里所剩的几头牛，恐怕还不够自己的部队用。呵，至于粮食，有的运走了，有的藏得叫你无论费什么力气也找不出来。

"呵，被关押的人怎么样？"

"都押着。上尉先生。"

"给他们东西吃了吗？"

"没有……没有给，上尉先生。"

"喝的呢？"

"也没有给。"士兵更低地说了一句。

"这很好，这好极了……一块面包也不给，一滴水也不给！他们不愿意给我们东西吃，我们也不给他们东西吃……他们想死就让他们死吧。没有什么了不起的损失。"

不，他在办公桌前坐不住了。他又出去了，他本想回家一趟，可是一想到普霞，就又苦闷起来。他拐到炮兵阵地去了。虽然他不是炮兵专家，但是他对这一行上瘾了。现在他决心叫炮兵来操演一下，好发泄一下自己的闷气。

几分钟后，广场上已经传来他严厉的口令声和对士兵的恶骂。

"发疯了。"司令部里一个士兵说。

"他怎么不发疯呢……粮食照旧没有，况且村长也逃跑了……"

"这个老滑头……"

司务长疑神疑鬼地对说话的人望了一眼。

"怎么，你似乎很羡慕村长吧？"

"有什么可羡慕的，司务长先生？"士兵天真地望着司务长的蓝眼睛，问道，"他不会跑掉的，我们的军队会把他捉住的。"

"如果他逃到后方去了呢？"另一个人说。

"如果往前跑——布尔什维克会剥他的皮。不，他没有什么可羡慕的。"

"老百姓不会在什么地方老实不客气把他干掉吧？"

司务长打了一个冷战。

"你瞎说什么？老百姓怎么会把他干掉？他在这儿坐到深夜，根本就没回家。"

"比方说，在路上……"

"这地方夜里没有人走路。命令是说得一清二楚的！"司务长厉声嚷道。

那士兵斜着眼睛，对他望了一眼，可是没说话。这一天来，司务长不应当忘记，虽然有命令，虽然有巡查，可还是有孩子溜到板棚跟前，后来，就更奇怪，这孩子的尸体竟莫名其妙地失踪了，虽然都晓得尸体是不会自己换地方的。

"说真的，说这些干什么？干你们的事去吧！"司务长火起来。

士兵们鸦雀无声了，司务长之善于打耳光，并不在上尉之下。可是因为今天他吃了一个耳光——他的脸上还显出五个血红的手指印——所以他随时都可以拿人出气。

"聂曼在哪儿？"

"派他带一队人弄肉去了。"

司务长耸了耸肩。

"弄肉去了……怎么，他们不晓得牛在哪儿吗？"

"牛差不多光了，司务长先生，因为上尉先生前天给司令部送去十头牛。他们找鸡去了。"

司务长耸了耸肩，就埋头处理公文，等着司令部打电话来。他暗自幸灾乐祸起来。打耳光是容易的，可是能弄到司令部所要的粮食，却是不容易的。要探听出游击队的所在，也不是容易的事。他晓得一桩桩倒霉事在等待着上尉呢。虽然他同他在一起服役，很了解谁在这儿也没有办法，可是他依然高兴顾尔泰在这些事情上要伤透脑筋。他太妄自尊大了，太不关心公事了，对他那个像耗子似的妍头太注意了。为了这一切，现在他要受到惩罚了。

当司务长同上尉进到村子里，当他们冲进红军退却时从窗子里放枪打德国人的那所房子时，从那一天起，司务长心里就生了一股闷气。当时那所房子里一个人也没见到，司务长在柜子里找到一件极好的灰皮大衣，恰好第二天就可以寄包裹——梅茨要皮大衣。可是上尉把这件皮大衣从他手里夺去，给自己的"猴子"穿去了。而现在他们驻扎在村里，到哪儿去弄皮大衣呢？除了臭皮外套，什么也没有。梅茨穿着破大衣，挨着冻，而上尉的妍头却穿着皮大衣逍遥自在。司务长想起这些，没法不愤恨，于是常常想着要把上尉的情况向司令部里报告。那儿的人，也都不喜欢顾尔泰，因为他妄自尊大，以为自己比所有人都强。他什么地方比别人强呢？司务长查忤之，从来都不会忘记元首本人从前也当过司务长。领袖的荣光，也照射到司务长查忤之身上，无论上尉从他手中夺去的皮大衣，也无论他屡次所吃的耳光，他都不会轻饶的。

上尉的喊声，从教堂跟前也传到这儿了，查忤之恶毒地冷笑了一声。叫吧，叫吧，这也帮不了你的忙！

士兵们在村里乱嚷着。他们成群地挨家走着。如果有谁斥责他们胆小，他们一定会愤愤不平的。可是，甚至在光天化日下，他们在这该死的村子里，总还是提心吊胆的，于是他们就主张成群结队地出来了。

鄂西普的女人，应声把门打开，她满面愁容，可是大胆地望着士兵的脸。姑娘们都藏到屋角里。

"什么?"

"鸡,拿鸡来!"

"鸡没有了,你们已经把所有的鸡都吃光了。"

他们听不懂她的话,可是意思是明白的,不过不相信。他们在院子里到处搜查,往鸡笼里,往空空的牛栏里望着,空板棚里的干草也乱翻了一气,仿佛鸡就躲在那里。她耸着肩,望着慌慌张张的他们。

"什么也没有。"一个士兵在干草里乱扒着说。

他们朝前边去了,搜遍了一个个板棚,一户户人家。

"鸡,拿鸡来!"

巴妞琪逃避征收,把唯一的一只母鸡藏到炉台下,这只鸡也该倒霉,不是时候地叫了起来。德国人洋洋得意地把鸡从炉台下拉出来。鸡挣脱了,吓得跳上窗台,翅膀在玻璃上乱扑。

"进去,进去从那边抓!"

鸡尖叫着,扑到门洞里,往院里飞去了。士兵们在后边追,鸡张着翅膀飞着,把碎雪都扑得扬起来。一个士兵拔出手枪,开了一枪。母鸡中弹了,变成一团血淋淋的东西,躺在雪地上。一个士兵掂住鸡腿,胜利地把鸡在空中抖着。

他们挨家挨户地窜。"鸡,拿鸡来!"到处传来他们严厉的、死乞白赖的喊叫声。

老远就能看见他们。大家把来得及藏的东西,都连忙藏起来。把鸡塞到炉台下边,床底下,褥子底下,楼顶上。德国人像饿狗似的找着,嗅着。可是收获并不很大。结果,虽然没有这样的命令,他们还是从剩下的几头牛里,把一头由牛栏里拉走了。罗古吉的女人流着眼泪,搓着手。士兵们几乎把她推倒在地上。

"小花牛啊!小花牛啊!"

牛用温良的、泪汪汪的、像刚刚剥出来的栗子一般的眼睛望着。士兵用绳子牵着牛，但它挣扎着。亮晶晶的白雪，映花了它的眼睛。牛不愿跨过那高高的门槛，两只前腿跪在地上了。一个士兵扯住它的尾巴，它可怜地呻吟起来。

"这是怀胎的母牛呵，是怀胎的母牛，"罗古吉的女人嚷着，"天哪，光天化日之下，这干的是什么事情呢！怀胎的母牛啊。"

"别嚷了，妈妈。"她十岁的大儿子沙弗克，恶狠狠地望着德国人，哭丧着脸对她说。

"我将来拿什么给你们吃呢，我的好孩子，我拿什么养活你们呢！什么也不剩了，一只小花牛，就这样把它拉走了！唉，我的孩子们要死了，要饿死了……"

"你别嚷了，妈妈。"沙弗克更严肃地拉了她一把。

牛终于跨过了门槛。他们推着它，控着它，打着它。罗古吉的女人跟在旁边跪着，尽力想再去摸一下自己母牛的鼓腾腾的大肚子。

"小花牛啊，小花牛啊！"

母牛用泪汪汪的大眼睛，对女主人回头望了一眼，扯长声音可怜地哞哞叫起来。

"我的好母牛啊！它是畜生，可是明白这是干什么！小花牛啊！"

她红着脸，哭得泪人儿似的，忘记了德国人，忘记了周围的一切，长裙子绊着腿，跑着，最后德国人把她狠狠地推了一下，她呻吟了一声，倒在雪地上。沙弗克迈着男子汉的大步跑到她跟前。

"我对您说过，妈妈……这对您有什么好处呢？起来吧，妈妈，起来吧，难道可以这样吗！多么冷的天气啊！"

她脸埋到雪里，哭得连气都上不来了。沙弗克伸出无力的孩子的手，想把她拉起来。

"现在怎么办，现在我们怎么办呢？"

"您轻一点吧，"他生起气来，"多少牛都给牵走了，可是没有一个人像您这样嚷嚷的。"

"可是我有你们五个孩子呢。"她辩白道。

"别人家还有八个孩子的呢……"

"看在基督面上,别来教训我了,你怎么同母亲说话呢?"

"走吧,最好回家去吧。妞儿克在家里哭呢,哭得哄不住了。"

"你说妞儿克在家哭吗?"

上冻了的裙边,沙沙响着,她往家里跑去了。沙弗克像个疲惫不堪的男子汉,迈着沉重的步子跟在她后边走着。

赶着牛的那一群士兵,在司令部的房子后边消失了。德国人把那儿的板棚变成了一个类似的小屠宰场。几分钟后,剥了皮的冒着热气的肉,已经挂在顶棚的横梁上了。

这时,顾尔泰在广场上也已经喊累了,回去了。

"报告长官:征用了一头牛。"司务长报告说。

上尉把手挥了一下。这些柴米油盐的琐事,他真讨厌死了。今天一头牛,明天一头牛,可是几天以后怎么办呢?指挥部下了严厉的命令,叫各部队就地采办给养。还不到一个月,而村子已经一干二净了。已经把一切鹅、鸡、鸭、猪都吃光了。剩下的还有几头倒霉的牛。往后怎么办呢?

"喂,给养还没有弄来吗?"

"有酒和巧克力糖,上尉先生。"

"除了酒和巧克力糖,还有什么呢?"

"此外什么也没有了,上尉先生。前天上级又把命令对我们提了一次,叫就地采办给养。酒和巧克力糖给您送到公馆里吗?"

"送去吧,不过别叫他们在路上吃掉了。"

"不会的,全都封在箱子里呢。"

顾尔泰把大衣纽子扣起来,慢慢卷着烟,想着心事。

"还有一点事情,查忤之……"

"是,上尉先生。"

"给养办得乱七八糟。从今天起，给养由你负责。"

"是，上尉先生。"司务长说，他的脸气得抽歪了。顾尔泰已经到门口了。

"上尉先生！"

"呵，还有什么事？"

"请准许到邻近村里征收吧？"

他耸了耸肩。

"别装傻吧！那些村子指定给别的部队了。这你是很清楚的。"

"这儿已经什么也没有了，上尉先生。"

"说得倒容易，什么也没有了！应当去找，你明白吗？应当去找！你要是好好找，一定找得着！"

他把门砰地一关，就出去了。

八

普霞从家里出去，踌躇地向周围环顾了一下。她觉得这事连一点意思也没有，可是顾尔泰越来越严厉，越来越粗暴地坚持要她办。

"因为这是你的姐姐。难道你不能同你的亲姐姐谈一谈吗？你只是不愿意罢了！怎么呢，将来时机一到，有些事连我也有些不愿意呢……"

普霞害怕起来。因为她是靠着顾尔泰的。村里人都把她看成敌人，如果他把她丢到这村里怎么办呢？

她把手插到皮大衣袖筒里，慢慢在街上走着。未来的谈话，是完全没有希望的。她刚回到村里时，就同她的姐姐谈过一次话，如果可以把那次粗野的争吵称作谈话的话，这事她不能告诉顾尔泰。因为娥尔迦直接吐到她脸上，普霞了解到的情况，就是她怒气冲冲地说到关于阵亡在山谷里的瓦西里的事。娥尔迦辱骂她，说她住在一个女人家里，而这个女人的儿子在战场上阵亡了，她本想拿这件事去侮辱她。她跟她，跟普霞有什么关系呢？可是娥尔迦觉得有关系。娥尔迦把她骂了一顿就走了。一场谈话仅此而已。唉，现在怎么到她跟前去，怎么去同她谈话呢？

路旁的树枝都被冰霜变成银色了，雪在阳光下闪烁的光辉，把眼睛都映花了。普霞叹了一口气，想起夏洛夫。不，夏洛夫从来没有嚷过，从来没有生过她的气，往后她恐怕只有叹息和沉思了。可是现在想夏洛夫有什么用，现在她的丈夫是顾尔泰啊。

她愤怒起来。他怎么敢呢？可是她晓得他敢，而且她一点办法也没有。她对顾尔泰，完全同对夏洛夫一样。那么，这次口角，其过不在她了，和顾尔泰完全不同的人，相互间没有共同之处。

娥尔迦住的房子已经快到了。还有几步路。怎么办呢？敲敲门进去吗？不，这是不可能的。普霞踌躇地站了一会，虽然她穿着毡靴，可是她的脚趾还是冻痛了，于是她转身走了。顾尔泰想怎么做就让他怎么做吧，让他吵去，让他发火去吧——没有必要再去忍受娥尔迦的恶毒轻蔑的话了。如果能得到一点什么结果也还可以，可是这种谈话一点结果也不会得到的，绝对连一点结果也不会得到的。她走了几步，又动摇起来。怎么好呢，怎么办呢？他们最好是同对付娥琳娜那样，把娥尔迦弄死算了。那时也不会有这些麻烦和吵闹了。普霞对姐姐住的房子回顾了一下，她的心讨厌地打了一个冷战——一个人从门里出来了。好像当场被捉住的犯人似的，普霞在雪地上跺着脚，斜着眼睛瞟了一眼。不，这不是娥尔迦，而是她的房东。那女人站在门口，用手挡住阳光，聚精会神地向远处张望。后来她把门稍稍开了一点，喊了一声。她周围即刻挤了一堆人，他们都用手挡住炫目的白雪的反光和阳光，往同一个方向张望。

费多霞望见街上的动静，也出来了。她向大家张望的地方看着。她的心一下停止跳动了，突然间又像敲起警钟似的疯狂地急促地跳起来。一队人由路上慢慢往村里走来。他们紧紧地靠拢着，刺刀在太阳下闪着光。

"是德国人吧？"房子跟前的人都说。

"我们这儿他们的人少了？又给我们派来新的……"

"他们想到我们这儿来找吃的东西吧？"

"这不是德国人，"巴妞琪用紧张的破嗓子说，"我的亲人们啊，你们瞧一瞧吧，这不是德国人！"

"你发疯了吧，除了他们还会是谁呢？"

"天哪，是我们的人，是我们的人……"

"女人们，你们好好瞧一瞧吧，我们的人怎么能这么走呢？大天白日干脆在大路上走吗？"

"妈妈，帽子上有红星呢，红星！"巴妞克儿子葛里沙用细细的声音说了一句。

"你说什么？你瞧见了吗，瞧清楚了吗？"

强烈的反光，映花了眼睛，妨碍了观望。他们拼命睁大眼睛想仔细看看走近的人们。

"是咱们的人呢？还是德国人？"

"哪能是咱们的人呢，"葛里沙心里想道，"你们瞧，德国人都在岗位上，并没有打算开枪……"

"葛里沙说得对，"亚历山大突然解释说，"帽子是咱们的……"

"咱们的吗？"

"不过没什么可高兴的，你仔细看一看，马上就清楚了。"

他们都不作声了。是的，现在的确看清楚了。一队红军在路上走着。甚至不是在走，而是在雪地上拖着腿，两旁是全副武装的德国士兵。

"押解咱们的俘虏呢。"传来一声绝望的低语。

"押解咱们的人……"

街上人越聚越多。人群睁大眼睛，怀着恐怖的神情，望着走近的一队人，已经可以清清楚楚看见他们勉强地、苦痛地拼着力气走着。押送他们的德国士兵们，粗野地呵斥他们。

"天哪，里面还有伤兵呢……"

"把他们的毡靴都脱去了，他们光着脚走呢……"

"浑身都是血啊，你瞧……索尼娅……"

一个由眼前走过的德国兵，气势汹汹地对挤在房子前面的人们嚷着，可是他们都不注意他，都聚精会神地继续望着走近的人们。

"天哪……"

那些人已经进村了。现在可以由近处看清楚俘虏们一张张痛苦的苍白的发青的面孔。第二排里一个红军士兵，像醉汉似的跟跟跄跄勉强移动着。

"喂，你这家伙！"卫兵对他嚷着，那个伤员把身子一挺，竭力想同别人一样走。当他更厉害地摇晃了一下的时候，他的一个同伴就小心地扶着他。可是枪托即刻突如其来地打到扶着的手上了。那只手就像被折断的树枝似的，死死地顺着身子垂下来。

"天哪……"

他们在雪地上留下血迹，勉强拖着皮破肉烂的光脚。他们跌倒了，手撑着地，艰难地爬起来。枪托照他们身上打着。

普霞同大家一样，站着看。她看到一张张苍白的可怕的面孔，看到一双双害热病似的发烧的眼睛，裹着伤的肮脏的破布上，凝着殷红的血斑。脚发黑了，冻伤了。通常那种莫名其妙的微笑，挂在她的嘴角上。

"别笑！"她听到有人在她耳边说这句话，就心惊胆战地跳开了。这是娥尔迦。她抿着嘴唇，捏着拳头，皱着眉毛，望着走过的俘虏。突然间，她透过眼前的一片血红的迷雾看见妹妹苍白的窄脸，毛皮领子上的耳环的闪光，和那挂在红嘴唇上的微笑。

"别笑！"

普霞退缩了。她看见眼前娥尔迦那双气得瞪大了的眼睛和她那含着愤怒的嘴唇。

"我没有笑。"她惊慌失措地回答。

"笑吧。"娥尔迦说着,就拼全力,照着这莫名其妙的微笑,照着这苍白的面孔,照着这德国军官的姘头的面孔,打了一耳光。普霞像小狗似的,尖叫了一声,把身子一缩,突然间,眼泪横流,两手抱着头,长大衣绊着腿,跌跌撞撞跑回家去了。

可是那些人继续往前走着。他们走到人群跟前。一双双害热病似的发烧的眼睛,凝视着站在房前的女人们。

"面包。"其中一个人说。枪托打到他头上来。可是马上另一个人又响应起来了:

"面包……我们一个礼拜没吃东西了……"

"天哪,天哪!"巴妞琪叹息起来。

于是所有的人都跑回家去,都扑到贮藏室里,用发抖的手,从包袱里,瓦罐里,从神像后边的暗橱里,把他们所剩的一切食物都拿出来了。

"拿来吧,拿来吧,天哪,快些,快些呀!……"

首先跳出来的是巴妞琪,她不管卫兵不卫兵,就扑到队伍跟前去了。她手里拿着一块黑乎乎的面包皮,这是她给孩子们藏的最后的一块面包皮啊。

"滚开!"一个德国人吆喝起来,可是她什么也没听见,什么也没看见。她推开德国士兵,想把面包皮塞给受伤的红军士兵。

"滚开!"德国士兵又吆喝了一声,用力照她肚子上打了一下。巴妞琪一声没哼,倒到雪地上。德国人把掉在地上的面包,用脚向旁边一踢。那面包皮就远远地飞到渠里去了。一个瘦成鬼影子似的俘虏扑过去拾它。一声枪响,那个俘虏就倒在路边了。

女人们对人事不省的巴妞琪,甚至连望一眼都不望。她们跟着俘虏们跑着,想把面包块,把在火灰里烤的小饼子扔给他们,塞到他们手里。司令部的士兵们,也都跑出来了。

"滚开!"司务长发疯似的吼起来。他们向女人们扑去,用枪托乱打她们。女人们用手护住头,跪下去,想把面包扔到俘虏的脚下,一个俘虏弯下腰去拾。又是一声枪响,被打死的人就倒在同伴们的脚下了。

"不用了,乡亲们,不要再冒险了,不用了!"一个年轻的伤兵,在最后一排,一拐一拐地勉强走着,用全街都听得见的沙哑的声音大声喊着,"走开吧,女人们,走开吧,我们的母亲们。反正人家连一点面包也不叫我们拿的,为什么叫人去白白送死呢?"

他不说她们也看到了,这是没有办法的。两个被打死的人,躺在路上。巴妞琪勉强爬起来,别的人手里拿着面包,站在那里,悲愤地看着那些用绝望的目光,看着面包的红军士兵们。

"萨沙!"玛柳琪对自己的儿子喊了一声,"这儿一点办法也没有!召集些孩子横穿过去,跑到大路拐弯的地方,把面包扔到那儿的路上和路口上!德国鬼子不留神,可是我们的人或许拾起一块半块的。"

孩子们仿佛被大风刮了似的,都从街上被刮走了。女人们都往自己的家门口走去。她们哭泣着,咬着头巾角,在无言的悲哀里摇着头。

"你怎么样?"芙罗霞给巴妞琪端了一杯水,用雪擦着她的太阳穴,关心地问。

她坐起来,用手蒙住眼睛,突然发出短促而痛苦的抽泣。

"怎么,痛得很吗?"

"不,不……哪儿能呢,芙罗霞……"

"别哭了,不要紧,躺一躺就好了。"

"哪儿能呢,傻瓜,难道我是因为那个吗?我有点恶心,会好的,这没有什么了不得……你听着,芙罗霞我是在想,如果我的彼得也这样的话……你听着,倒不如让他在第一次战斗里就牺牲呢,不如让炸弹把他炸死,让坦克把他辗死,你听着我说的话吗?"

她用热情的、压低的声音,直对着姑娘的脸小声说。芙罗霞握住她的手。

"平一平气吧，平一平气吧……"

"你听着吗？如果没有办法可想，倒不如朝自己的额颅上来一枪，用手榴弹把自己炸死，只要别这样，只要别这样，别这样！"

"呵，那是当然……你起来吧，我来帮你，不然你会在这儿冻坏的……"

巴妞琪艰难地站起来，扶着姑娘的肩膀，勉强走回家去。葛里沙睁着恐怖的大眼睛，望着母亲。她呻吟着倒到床上。她浑身痛，嗓子里发呕。可是她不想这些。

"葛里沙，到这儿来！"

孩子来到床前。

"葛里沙，我对你说的话，你听见了吗？"

"我听着的，可是你什么话还没有说呢……"

"你听着，葛里沙如果你将来啊，老天保佑，不得不选择的话——或者是死，或者做德国人的俘虏——那你就选择死吧！"

"你发疯了吗？"芙罗霞生气地说，"孩子才五岁啊……"

孩子吓坏了，哭起来。

"你吓孩子干吗呢？他对这还一点不明白，到他长大的时候，德国人就没有了……"

巴妞琪想了一下。

"或许对吧？如果这次大战，不把这些杂种杀尽，那世界上还有什么公道呢！"

她抱着肚子哼哼起来。

"唉，小芙罗霞，我想吐……"

"吐吐好一点，你就吐吧，我马上给你拿冷水来。"

她乱忙着，把破麻布片在水桶里浸了一下。巴妞琪望着她，轻轻地哼着。儿子流泪的面孔，突然映入她的眼帘。

"你还想什么？看多娇嫩啊……他长得像彼得……"

"你说哪儿的话，他是孩子，你吓唬他，他就哭了……这是干吗呢？你想叫丈夫怎么样呢？"

"我不想叫他怎么样……我心里只想着一件事：万不得已时，他会不会想到自杀呢？"

"应当怎么做，他就怎么做的。"

"可是我担心……你晓得他是什么样的人：他什么事都没主见，从来总得告诉他怎么办……可是现在谁去告诉他这个可怜人呢？"

"现在他在军队里，人家给他下命令就完了。"芙罗霞说着，把湿布贴到女人肚子上，那里有宽宽的一道枪托打肿了的青伤痕。

"听命令，这是对的。"巴妞琪说。

"走吧，葛里沙，我给你洗一洗，瞧你弄成什么样子了！不要哭了。你瞧，妈妈躺着，德国人用枪托打她了，可是她不哭。"

孩子站着，用大眼睛望着母亲，左手指在掏鼻孔。

"儿子，你把手指从鼻孔里抽出来，"巴妞琪生起气来，"他的老子是红军士兵，可是他掏鼻孔！"她又哼哼起来，"唉，芙罗霞，没有一个人拿到一块面包……他们会死的，可怜的人啊，他们一定会死的……只要想一想吧，从自己村里过，可是没有一个人能帮助他们，没有一个人能给他们送一小块面包，不能给他们吃，不能给他们喝……不得不死在自己的家乡……把他们往哪儿押呢？"

"听说鲁迪有集中营，大概是往那儿押的。"

"他们哪能走到鲁迪呢！他们几乎都站不住脚了。到鲁迪有多少里呢？不，到不了的，会在路上把他们打死的，就像那两个人一样……"

"孩子们都跑到村外，往路上给他们扔面包去了。他们经过的时候，会捡到的。或许德国人不注意，想不到……"

"不过他们得好好把面包放到路上……放在路中间，——咱们的人走在前面，卫兵在后边……"

"孩子们在那儿会想办法的，"芙罗霞安慰她说，"咱们的孩子——

这是宝贝！你自己晓得的。"

巴妞琪默然地点着头。她忽然想睡了，她感到浑身无力，难受得想呕，但最折磨人的是回想起那个红军俘虏，他的眼睛像害热病似的深深地凹陷着，他欠身去拾面包，动作迅速而急切，却没有拿到。

"唉……"

"痛吗？"芙罗霞担心地问道。

"不，不……能睡就好了……"

"睡吧，最好睡一觉，那时就不痛了。"姑娘说。

巴妞琪闭起眼睛来。可是在闭着的眼睛前面，出现一张发灰的年轻的面孔，面孔上盖着死的印记，帽子下边露着一缕头发。他用疯狂的眼睛，凝视着一块黑面包！她明白她永生永世也忘不了那些在雪地上蹒跚着，那些挣扎着倒下的俘虏们，忘不了那个她连一块面包都不能给他的年轻的红军士兵。

这时，派去送面包的孩子们，穿过后院，在深雪里走着。在房子和板棚跟前还容易一点，可是在野外，雪突然深起来。奥斯卡一下就陷入齐肩深的雪里。

"萨沙，萨沙！"

"别叫，不然，德国人听见会跑来的。你还小，回去吧！"

"我不……"

"你想办法爬出来吧！呵，孩子们。快点，快！"

这儿的地势，坑坑洼洼高低不平。上边全被大雪盖了起来。那些坑都是真正的陷阱。表面上看来都是平地，脚却突然陷到里边去了。上面的雪冻成了一层硬壳，有时可以在上边走，可是突然间，仿佛河上的冰咔嚓一声破裂了，孩子们就绝望地陷进很深的雪窝里。那时手是无法帮忙的，因为手里都拿着烧饼、面包和土豆。可是雪壳很尖利，像碎玻璃似的，割着身子。孩子们一个跟着一个都落后了。只有萨沙和沙弗克却稳健地迈步向前走。为了要走到半圆形大路拐弯处，应当绕过村子，横穿过那片广大的平原。

"快点，快点。"萨沙催促着。他艰难地呼吸着，流着汗。汗在领子里流着，在脊背上流着。汗流到眼睛里，腰痛得眼睛都发晕了。脚陷在雪里，就像陷在河底的淤泥里，陷在烂泥塘里似的。他跌倒了几次，爬起来，尖利的雪壳，把手指都割破了。手指流着血，即刻把雪也染红了。幸亏他不像别的孩子那样，把面包拿在手里，而是来得及带了一个布提包，这提包在德国人未来以前，是他上学装书用的。现在这书包用着了。面包装在书包里，两手自由了，仗着这两只手，可以从雪窝里爬出来。沙弗克伸着舌头，急匆匆地在后边跟着。顺着已经走过的雪地走，当然容易些，不然沙弗克也会落后的，因为他的身个比较小，体质也弱。白茫茫的平原，像是无穷无尽的了，可是春天的时候，在这儿放牲口，那时这草原并没有这么大，在柔软的浅草上，可以很快从这一头跑到那一头呢。这片牧场他们记得很清楚，因为他们从开始学会走路的时候起，就在这儿玩耍。可是现在这片牧场成了陌生的、无边无际的荒野了。从前他们光着脚踏了千百次的那些小丘，他们跳来跳去的那些沟渠，都到哪儿去了呢？有些巨大的隆起物，在雪下鼓起来，有时又突然露出狡猾恶毒的裂口。哪儿是平地，哪儿是沟渠，哪儿是深坑，想在雪下区别它们都是白费心思。雪默然不语，雪是不会泄露秘密的。孩子们蹒跚着，陷到雪里，雪把孩子们吞没了，有时陷到半腰深，有时陷到齐肩深。冰壳把手指割破了。艰苦的道路显得无穷无尽。

"快点。"萨沙喘着气说，他用嘴吸着气，陷到坑里，吐着落到嘴里的雪，往出爬着。

挂在腰间的书包湿透了，越来越重了，可是这不要紧，湿烧饼他们也吃，这不要紧。脚也湿透了，裤子也湿透了，当他顺利地在硬雪壳上走了几步的时候，湿衣服就冻起来，严寒像猛兽的爪子一直刺入到骨缝里。萨沙已经什么也看不见了，红的和黑的圆圈，在眼前浮动，血在太阳穴里跳动，觉得它马上要把血管撕破，溅到雪地上了。

　　"快点。"他沙着嗓子喊着，这一声像鞭子抽着似的，赶着沙弗克，虽然萨沙已经忘了还有一个人在他后边跟着。他自己催着自己，觉得他眼看就要跌倒了，再也起不来了。

　　沙弗克远远地落在后边了。可是萨沙晓得他应当走到大路旁，把烧饼放到那里。就算食物很少，但这是给被押解的俘虏们送食物的最后一次机会。如果他来不及，如果德国人经过烧光的列万尼约夫卡，把他们赶到鲁迪，赶到集中营——人们提起这个，都是悄悄地说——千千万万的俘虏们，被围在铁丝网里，没有一匙热汤，没有一块面包，他们会在那里饿死的。现在鲁迪集中营与红军俘虏之间，只有他，只有萨沙一个人，于是这孩子就觉得他的那些在火灰里烤焦了的烧饼，可以把他们救出来，不致让他们饿死。

　　再过一个小山头就到了。快点，快！——萨沙自己催着自己，觉得脚从雪里几乎拔不出来了，几乎不能朝前走了。腰很痛，头轰轰响，他觉得嘴里有一股讨厌的血腥味。快点，快！他连头都陷进雪里了，像沉在水里的人似的，挥着手，拙笨地往出爬。他差不多是爬着上到这最后的一座小山上。这儿一定是大路了。

　　不错，大路就在眼前了。德国人押着红军士兵，在大路上走着。萨沙觉得这是梦。他不愿相信，也不能相信，可是事实就是这样。萨沙没有站起来——他躺在雪地上，像刚才爬小山那样，用臂肘支着身子。他们由跟前走过。受伤的红军士兵们，像醉汉似的，踉踉跄跄走着，德国人吆喝着，后边有个人跌倒了。他们谩骂着，用脚踢，用枪托打着叫那人起来。萨沙望着，可是他们走着，由旁边过去了，他耽误了。耽误了两三分钟。红军士兵的前面，是一条空寂无人的白茫茫的路，路上只是一片雪，除了雪以外，什么也没有。沉甸甸的湿烧饼，留在书包里。这些烧饼就装在布书包里，就在这儿，在距俘虏们有十步远的地方，因为他耽误了两三分钟，因为他跑得不够快，因为他爬起来很慢，因为他没有，因为他没有把该办的事做好。他想起米什卡——是的，换了米什卡，他会赶上的，米什卡会跑到的。而现在德国人把他们往鲁迪赶去，往铁丝网围着的集中营里赶去，他们在那里会饿死，冻死的，全怪他……

已经到最后一排了。都过完了。走远了，消失了。白茫茫的路，无边无际的雪野，已经把他们都吞没了。萨沙把头埋到雪里，流着孩子的眼泪，痛哭起来。泪流到雪地上，鼻子流着鼻涕，脸都湿了。严寒冻僵了他的湿脚，腰间一阵阵剧痛。不，他站不起来，也不愿站起来。他们走过去了，走过去了，他耽误了两三分钟……

呵，好冷啊，真冷得要命啊！萨沙为严寒里在路上走着的他们痛哭，为埋在门洞里的米什卡痛哭，为当游击队去的父亲痛哭，首先是因为怨自己而痛哭，怨自己不会办事，什么也没有做成……他感到越来越冷了。管它呢，随它去吧……他想起叶度牟老爷爷讲的一个故事，那故事说，从前白党们流落到森林里就冻死了，所有的人都冻死了。红军来了，就喊道：把手举起来！可是那些人都坐着。谁也没动。只有叶度牟明白是怎么一回事，他跑到跟前，可是他们都像活人似的坐着，所有的人都冻成了石头一般。不过没有人会到这儿来的，谁能想着到这儿找他呢？他将永远躺着，躺着，躺着……

"萨沙，起来吧，起来吧！……"

他打了一个冷战，更紧地把脸贴到雪地上。

"怎么了，儿子，起来吧，多么冷啊……别哭，别哭了，别哭！"母亲坐到他跟前，温存地抚摸着他的肩，"你浑身都湿了……起来回去吧，我也冷得很，裙子全湿了，我来的时候，难走极了……呵，你起来吧，起来吧……"

她用力把他的头抱起来，满眶泪的肿眼睛望着她。

"没有法子，没有办到。"她伤心地说。

"我耽误了。"萨沙哭得上气不接下气，小声说。

"儿子，没有办成，有什么办法呢，这样大的风，这样深的雪，我也好不容易才到你这里。走吧，该回家去了……”她拉住他的衣袖。萨沙慢慢地不甘心地站起来。

"这次失败了，下次会成功的……原先我们没有想到结果会怎样……下次如果再遇到押解咱们的人——不用等，什么远的地方都别去，大家都待在家里，可是把一切必需的东西，都放到路上。不然，像今天这样，都跑出来了，大喊大叫了一阵，可是什么结果也没有……况且谁会料到呢？"

萨沙望着地，慢慢在旁边走着。

"沙弗克跑回来时几乎要死了，我问他，你在什么地方，他说，你在雪地里躺着……我把一切扔下就跑来了……你别哭，别哭了。超出自己力量的事是办不到的……你瞧这些坑……好久好久没有这样的冬天了……"

她自己也很难走动，可是她尽力说话，帮助儿子走。

"你跟着我，跟着我，这样容易些……"

他觉得现在他们走的小路，最初是他同沙弗克开辟的，后来沙弗克回头的时候，又走了一趟，最后走的是母亲，可这条小路现在完全不是原来的样子了。母亲却说很难，路难走得很。虽然探出一条小路，可是他仍然勉勉强强移动着。靴子几乎有一百斤重，手、头都重得像铁块似的，全身的骨头都痛起来，他觉得脚上、手上、脊背上，每一块小骨头都难忍地痛起来。

当他们来到大路上的时候，他跟跄了一下，几乎跌倒了。母亲用手把他扶住了。

"你怎么了，儿子？"

"不要紧。"他含糊地说，可是整个世界，都在他眼前跳动起来。头晕起来了。

母亲弯下腰，把他抱在手里。

"你怎么了，妈妈？"他反抗着，可是马上就觉得他的头枕在她的胳膊上，于是即刻就睡着了。她对着入睡的小脸，微笑了一下。

"怎么了，教母？出什么事了吗？"哭红了眼睛的戴毕莉抱着一捆树枝走过来，担心地说。

"没什么……把儿子苦坏了，顺着这些坑，这些凹地，一直跑到大路边……"

"赶上了吗？"

"没有，哪能赶上呢……这地方叫大人走也很难呢……"

她喘着气，放慢了脚步。

"很重吧……"

"呵，当然很重，因为他已经九岁了，"她说着，更紧地把睡着的孩子贴到自己身上，"他睡得多好啊，像睡在床上似的。戴毕莉，请你帮帮忙，不然，我开不了门。"

那女人走到跟前，抽开门闩。一股热气，从屋里吹出来。

"妈妈，"芝娜呜呜咽咽喊了一声，"萨沙怎么了？"

"没什么，没什么。萨沙睡着了。别叫，别把他叫醒了。"

"睡着了吗？"孩子们都吃惊地问。他们都聚在她周围，望着她把孩子放到褥子上，小心地把他的靴子和湿裤子脱掉，用干布给他擦了擦。

"你的裙子全湿了，"索尼娅说，"你到哪儿去了？"

"不要紧，不要紧，马上就会干的。把他的靴子放到炉子跟前烤着。"

芝娜呼哧着鼻子把靴子拿走了。

"书包里装的什么？"

"掏出来吧，里面是烧饼。"

"多么湿啊！"

"不要紧，就这样吃湿的吧。"

"我也能吃吗？"芝娜问，斜着眼睛，望着从书包里掏出来的湿透了的咖啡色的烧饼块。

"是的，能吃，这就是你们的中饭。索尼娅你分一分吧，给萨沙也留一点，他醒了就会想吃的。"

芝娜手里拿着一块湿烧饼，走到她跟前。

"这是给你的，妈妈。"

"不要，小女儿，我不饿。"

她看着孩子们吃烧饼，他们小心地从板凳上拿起每一小块烧饼，这些烧饼没能送到那些被赶往死亡线的人们手里。她上不来气了。眼前是埋头吃烧饼的黄头发、黑头发的小脑袋，一双双小心翼翼捡碎饼屑的小手……萨沙没能赶上，没能赶上啊……

孩子平静地呼吸着，脸蛋儿红红的。米什卡不在了——她心里起了一阵痛楚。

她突然觉得，儿子死后，又出了一件更糟更可怕的事。她眼前又浮现出一群被枪驱赶着的俘虏，他们可怕的枯瘦的面孔，黑眼窝里被疟疾烧红了的眼睛，雪地上血淋淋的脚，向那很近的，但是可望而不可即的面包伸着的爪子似的枯瘦的手指，还有那两个被打死在路上的人……这些都又浮到她眼前了。被子弹打穿了胸膛躺在桌上的米什卡的印象与这些情景相比，就显得暗淡了，缓和了。

她用手把眼睛遮起来，儿子在床上睡着，孩子们在吃烧饼，马丽亚的孩子们聚精会神地从板凳上捡着碎饼块。悲惨的时刻，一天比一天多起来，将来还会出什么事情呢？现在普拉东在什么地方？她还能不能见他一面呢？米什卡埋在门洞里的地下，普拉东不晓得在什么地方，或许像狗一样被逼得走投无路，或许已经死了，被雪埋起来了……娥琳娜，还有吊死在绞首架上的青年柳纽克，还有，还有。你会觉得，仿佛过了整整一辈子，过了多少年，遭受了多少灾祸与恐怖，这种时候，怎能相信这只是过了一个月呢，总共只过了一个月。"才一个月啊！"她惊奇起来。以前，那些耕种、割草、收获庄稼、收苎麻和挖土豆的月份，都一个跟着一个悄悄地、平静而欢乐地，像流水一般地逝去，积月累年，仿佛不知不觉就过去了。可是现在总共才一个月——而这一个月里所包含的事变，比整整一辈子还多，它把巨大的艰辛，压到她身上，在她的记忆里，留下了永远不能平复、永远痛楚的创伤……

萨沙突然醒了。他弄清自己确实躺在屋里，因而感到吃惊。他怎么来到这儿了呢？他不记得母亲怎么把他抱到怀里，不记得怎么就睡着了。他朝顶棚望了一下。这是自己家的顶棚。芝娜在炉子跟前，用尖细的声音哭诉着。他把眼光移动了一下，看到弯腰坐在板凳上的母亲。她凝然不动，顽强地凝视着一点。萨沙在被窝里伸着腿，享受着温暖。他的手指有点酸痛，可是浑身觉得有一种痛快的疲倦感，他触到温暖的被子和头下枕的柔软的枕头，这使他产生一种说不出的快感。

"您想什么呢，妈妈？"

她打了一个冷战，很快朝他转过身来。

"你已经不睡了吗？"

"不，我已经不想睡了。"

"你再躺一躺，再躺一躺，好好暖和一下吧……你要冻坏了，都湿透了……"

她把从儿子身上滑下来的被子，好好盖了盖，仿佛现在才听见他的问话。

"儿子，我在想咱们的军队将来开到的时候……"

他睁大眼睛望着她：

"开到这儿来吗，开到咱们村里来吗？"

"呵，是的，开到咱们这儿来……"

"也开到鲁迪吗？"他低声问，仿佛要告诉她什么秘密。

"也开到鲁迪去，可不是，也开到鲁迪去，开到所有的地方去，一直开到第聂伯河跟前，开到第聂伯河那边，开到所有的村庄，所有的城市……开到边境上，开到边境那边，只要有人在德国人的奴役下挣扎的地方，咱们的军队都要开到。"

"我爸爸也回家来吗？"

"回来的，儿子……游击队从森林里出来，都回家的……"

"什么都同从前一样吗？"

"什么都同从前一样，"她照样说，"是的，是的，儿子，比从前还要好呢。"

她不作声地想着：将来能不能像从前一样呢？房子周围都长满向日葵，园子里开满了很大的、粉红色的蜀葵，种子是黎吉亚从城里带回来的；孩子们都快快活活，说说笑笑去上学，芝娜夏天去上幼儿园，孩子们在那儿唱歌，跳舞，做游戏。家里将有很多面包，瓦罐里有牛奶，晚上都到俱乐部去看报。

这一切将来都会有的。虽然发生了种种不幸，虽然村里遭受了许多创伤，这一切将来都会有的。米什卡是再不会去上学了，柳纽克再不会在田里唱歌了，娥琳娜再不会去驾驶拖拉机了，姑娘们再不会去盯着瓦西里了，可是生龙活虎的、沸腾的生活，照常进行。田野里的麦穗，将一年比一年长得高，嫩绿果树上的果实，将一年比一年肥美，集体农庄母牛的产奶量将一年比一年增加，到城市求学的青年将一天比一天多。要做的只有一件事——就是坚持到底，忍耐、不屈，在世界上无论如何都不屈服……

屋里泛红了。太阳落山了，天上出现了五光十色的彩霞。上冻的玻璃窗上，生出了奇怪的叶子，开出了玫瑰似的花朵，闪烁着金色的光辉。天很快就黑了，阴影浓起来，地平线上的光彩，还没有来得及暗淡下去，冰一般的银色的寒月就升起来，登上自己漫长的行程。落日的余晖交融到月华里，天空里。竖起了无数冷凝的、不动的、辉煌的光柱。可是在这天晚上，仿佛有一种咫尺莫辨的黑暗，在大家心头，这黑暗比以往所受的一切灾难还更深重。路上的脚步声，不会停止——一群幽灵似的俘虏，在村里走着，一个个被疟疾与饥饿折磨得枯瘦发黑。他们受伤的光脚，在雪地里留下了斑斑血痕。篱墙之间，回响着令人无法入睡的那种沙哑的、可怕的祈求声：面包哟！一双双深深凹陷的、烧得通红的、疯狂的眼睛，凝视着人们的眼睛。枪托狠狠地照胸口打去，德国士兵们吆喝着，驱赶着他们。

……哎，在土耳其人的奴役下，

在镣铐里

年轻的好汉啊，

在呜咽悲泣……

这是什么时候的事呢？这是怎么发生的呢？土耳其人的奴役，辽远的海域里土耳其船只，以及在头上挥舞的弯弯的土耳其马刀[1]。不，不，这完全不是那回事啊。不，这甚至也不是波兰豪绅波托茨基从涅任到基辅一路上所砍的上面高插着农民的尖木桩[2]。这也不是大家早就忘了的鞑靼人对乌克兰的入侵[3]。现在的乌克兰土地上，有着比历代诗歌里所唱的，比历代人民记忆里所留存的那些灾难更多的血与火，更多的死与泪，更多的悲哀与痛苦啊。

什么样的诗歌，将诉说第聂伯河两岸发生的事情，诉说在这片广大无垠的乌克兰土地上犯下的罪行？什么样的诗歌，将流传这块土地上所突然出现的可怕的黑暗的日子，将流传这像瘟疫、像洪水，像扫荡巢穴的恶旋风似的袭来的可怕的黑暗岁月？什么样的诗歌将融进成河的血，绞首架的吱吱声，儿童的呻吟，千千万万人的死，村上的黑烟，无数的坟墓，以及那些死在鲁迪、死在千百个围着铁蒺藜的集中营里的青年呢？而且什么时候，又有谁愿意歌唱这散发着一股可怕的、阴森森的冷气的诗歌呢？

---

[1] 指 1695 年的俄土战争。

[2] 波托茨基于 17 世纪 30 至 40 年代率波军征服乌克兰，从涅任到基辅，沿途栽尖木桩，将当地人民插到尖桩上致死。

[3] 指 13 世纪之鞑靼蒙古西侵。成吉思汗之孙拔都于 1240 年占领基辅，后在伏尔加河下游建金帐汗国，直至 15 世纪末。

"不，不，"女人们想着，竭力驱开在路上走着的俘虏的影子，"这样的诗歌是没有的。让我们挽起袖子，重新去建造家园。让我们把田地都种上麦子，好使无边无际的田野，像大海似的，呼呼作响，迎风掀起麦浪。让我们用金黄的麦子，用向日葵的花盘，用百花盛开的雪白的花园把鲜血淋漓的土地覆盖起来。用蓝的亚麻，粉红色的荞麦，用森林似的高大的苎麻，把土地覆盖起来，使向远远的黑海流去的那些河上，不留下一个德国人的脚印。"

不让眼睛休息，让人心神不得安宁的、惊恐的噩梦，压得全村人惶惶不安。玛柳琪常常起来，走到孩子们跟前。萨沙喊着莫名其妙的话，在梦里乱踢乱蹬。

"儿子，好儿子……"

"什么?"他吃了一惊，醒过来。

"你醒醒吧，醒醒吧，我看你大概在做噩梦吧。"

他用莫名其妙的眼光，对母亲望了一下，翻了一个身，即刻又睡着了。沉重地压在他心口的恼人的、痛苦的噩梦，又在折磨起他来。

巴妞琪在床上辗转反侧，呻吟着。她浑身痛，肚里很难受。可是使她不能入睡的不是这个，而是一张好久没有刮的瘦脸和一双在血淋淋的破布下发烧的眼睛。

那些人质里，除了鄂西普谁也没有睡着。马兰在继续想自己痛苦的、无穷无尽的、绝望的心事。过了一天，又过了一天——什么也没有变动。焦干的嘴唇渴得发裂了，那一天重又浮现到眼前。是的，是的，就是这样的……村里发生了什么事，人们在那儿生活，死去——白天听见街上有枪声，德国人是不放空枪的啊——人们在那儿死去，可是她却活着。她活着，在这儿坐着，在用粗木柱建的墙里坐着，德国人的狗杂种，在她肚子里长大……

叶度牟吹着气，在墙跟前自己的地方折腾着。

"你睡不着吗?"马丽亚问道。

"是的……我无心睡……在这种地方谁能睡好觉！你不是也睡不着吗……"

"可我总在想：翻来覆去想，他们这是枪决谁呢？在很近的地方枪决呢……"

"弄不清是近是远，好像就在墙外边。我看，不会比教堂更近。"

"谁晓得。"

"等出去就知道了。"白兰秋低声说。

"对了，对了。"马丽亚确认说。

显然这姑娘很想听别人说，他们真的会给放出去，而不是被带到广场上，叫德国军队枪决，他们会被释放，会叫他们回到村里像自由人同自由人谈话似的，在那儿自由地同人们交谈。她叹了一口气。

"老爷爷，既然睡不着，您最好给我们讲点什么听听吧。这样时间会过得快些。"

"我给你讲什么呢，"他想着，"而且也不想说。"

"唱支歌吧。"白兰秋请求道。

"哪儿的话，哪儿的话，在这儿唱歌！"

"这有什么了不得呢，您唱小声些，他们听不见。"

在昏暗里，他点着白发苍苍的头。

"好，那我就唱一支古老的歌，我爷爷唱过的。而他也是从他爷爷那里学来的一支古老的歌，像乌克兰一样古老啊。"

他用颤抖的老人的嗓音唱起来：

啊，没有啊，人间没有正义，

到处支配的却是虚伪，

啊，谁愿过幸福的生活，

让他奋斗吧，为了正义……

　　"我怎么唱下去呢，这是很古老很古老的时候，歌手们弹着班杜拉[1]唱的。"

　　"没有班杜拉，您也唱一唱吧，唱一唱就不会这样愁闷了。"

　　"啊，谁为正义奋斗，上帝就将赐幸福给他……"

　　"啊，谁为正义奋斗，上帝就将赐幸福给他……"马丽亚低声重复着。

　　老人用颤抖的嗓音唱着古老的歌，这歌是被压迫的人民的歌，它是在阴暗严峻的时代，在漆黑的夜里产生的，是在奴役和压迫的时代产生的，它充满了眼泪。当自由的乌克兰遍地开满向日葵的时代，这支歌被遗忘了，没有人唱了，新的生活唱起新的歌来。

　　可是现在，在狭窄的黑屋子里，在这个村子里，在这儿的绞首架上摇曳着十六岁的青年的尸体，在这儿的山谷里躺着阵亡的人，在这儿的冰下河水冲着血淋淋的女人的尸体，在这儿，死神把自己的网张到家家户户的房子上，在这样的村子里，这支古老的歌还像千百年以前那样，充满了悲哀，充满了忧伤。

　　啊，谁为正义奋斗，上帝就将赐幸福给他……

　　老人的歌声停止了。瞌睡上来了，一个个疲惫的头，都悄悄地垂到胸前了。

------

[1] 乌克兰的一种弹拨乐器。

九

费多霞突然醒来，仿佛有人把她推了一下，她坐起来，心跳得仿佛要从胸腔里冲出来。她用嘴吸着空气，倾听着。

是什么把她惊醒了呢？她什么时候睡着了的？本来她觉得睡不着，无论如何睡不着，可是后来她突然昏昏睡去了。有样莫名其妙的东西，把她从酣睡里惊醒了。这是什么呢？

这不是敲叩声——到处都是一片死寂。甚至不是德国人的鼾声，打破了这夜的沉寂——看来，顾尔泰像平常一样，在司令部待到深夜，还没有回来呢。可也不是她自己醒来的。有什么东西把她惊醒了，有什么东西把她的梦打断了。因此，她吓坏了，心才跳得这样厉害。

她没有躺下，紧张地倾听着。在室内，在窗外，都十分寂静，傍晚时风就已经息了。又是一个晴朗皎洁的月夜。发光的虹圈，围着一轮明月，在天上浮动，窗框的阴影，鲜明地投到地上。花盆里的天竺葵，在凝霜的白色玻璃的背景上，完全成了黑的了。

窗外突然沙沙响起来，仿佛是低微的呻吟，中断的哑嗓音，用力压回嗓子里去的喊声。费多霞光着脚跳到地上，即刻来到门洞里。她用颤抖的手，找着门闩，可是门闩并没有插。显然顾尔泰真的还没有回来。他是从来不会忘记小心谨慎地随手把门闩插上的。

她开了门。几个黑影闪了一下。

"谁在这儿？"

不是她问。她是晓得的，她从梦中醒来，用手按住疯狂乱跳的心的时候，她就晓得了。

"是我，女房东，"她低声回答道，"小声点，弟兄们，他没有在……"

他们已经来到门洞里了。她认出一个小身个的侦察员。

"还没回来，大概待在司令部呢。"

"呵，这么说，我们用不着进来了。到司令部去吧，弟兄们！"

"等一等，等一等，"费多霞拦住他们，"可是她在这儿呢。"

"她是谁？是什么人？"指挥官连忙问道。

"德国人的姘头。"

"呵，我们哪能在这儿同女人纠缠呢?！明天早上我们再看看拿这个德国婆子怎么办吧！"

"她不是德国婆子，她是本地人。"费多霞严肃地说。

"是吗？呵，那就是另一回事了。她在哪儿？"

"在房里睡觉。"

陆军中尉不满地把眉头皱了一下。

"怎么呢，我们瞧瞧吧……可以点个亮吗？"

"卫兵会看见的。"

"卫兵已经没有了，老妈妈。"

"呵，那好。我来把灯点上。"

她用颤抖的手，摸索着火柴。

他们来了，来了，她终于等到了！

小身个的侦察员给了她一盒火柴。她点着灯，把灯芯拨了一下。

"咱们有五个人质关在司令部里。"

"放心吧，老妈妈，咱们的人已经到那儿了，到司令部那边了。他们会把他们放出来的。我们想悄悄把司令官干掉。"

"你说怎么好呢，今天他没回来。大概他们的公事很急。"

她谨慎小心地不让发出一点响声来，把门推开了。红军士兵们尽力不让皮靴发响，跟在她后边。费多霞高高地举着灯，照着床。

普霞醒来了，她以为这是顾尔泰回来了。睡意蒙眬中她嘟哝着什么。可是谁也没有答言，于是她就转过身来，把脸上的头发撩到一边去。

中尉用突如其来的动作，从女主人手里夺过灯来，向前跨了一步。

"这是谁?"他用粗野的声音问道。

"司令的姘头，我们的人，本地人。"惊奇的费多霞解释道。

普霞那双充满恐惧的圆臼臼的眼睛，始终没有离开那端着灯的人。天蓝色的睡衣，从她肩上溜下来，露出小小的乳头。她蜷着腿，用几乎看不出的下意识的动作移动着，往床角里移动，仿佛想钻到墙缝里躲起来，永不露面。中尉颤抖着。上着蔻丹的红指甲，在灯光里闪着光，白得像纸一样的嘴唇里三角形的牙齿，顷刻闪了一下光。

"夏洛夫……"

这低语比风吹树叶的沙沙声还低，可是夏洛夫听见了，正确一点说，按着嘴唇的动作，他知道了自己的名字，他颤抖着。普霞仿佛防御似的，抱手向前伸着，把那长着像用血染的红指甲的又弱又小的手，向前边伸着。她那双圆臼臼的眼睛里，充满了恐怖。她觉得床变得很大很大，她的乳头，从天蓝色的绸睡衣里露出来，衣褶下两只小小的脚，她像个布娃娃似的，躲到床角里。

不知哪儿响起一声枪声。

"像在司令部附近。"费多霞说。

但就在这时，另外两个方向也都响起了枪声。到处都响起了枪声。

夏洛夫举起手枪，不眨眼地望着那熟识的黑眼睛。枪响了一声。普霞颤抖了一下，嘴唇半张着，一行尖尖的三角形的牙齿闪了一下，圆臼臼的眼睛，更大地睁开来，变得暗淡无光、就死死地不动了。

"到司令部去。"夏洛夫指挥着，他们在门槛上，在厨房的水桶上磕绊着，往月光下散发着银色光辉的街上跑去了。

村里的战斗沸腾起来。他们在屋里听见的第一声枪响是应该夺取敌人炮兵阵地那个小队的列兵查维斯放的。

当夏洛夫带着自己的人，悄悄摸到费多霞家的房子跟前，想突然抓住睡梦中的司令官时，那些人正在一个小山坡上的雪地里，往教堂跟前爬。他们穿着不显眼的白罩衣，在雪地上爬，有时躲到房子的阴影里，有时悄悄钻进井里。中士谢久克，紧张地注视着，在最前面爬。这样他们顺利地爬到炮兵连紧跟前。黑黝黝的炮身，清清楚楚地在雪和天的背景上呈现出来。沉默的怪物似的炮口，高高地悬在爬着的人们的头上。三个德国士兵坐在大炮跟前，低声谈着话。一个卫兵迈着不紧不慢的脚步，在大炮跟前来回踱着。雪在他脚下发出单调的吱吱声。

谢久克屏住气，等待着。卫兵走到渠边转过身去。中士望见他窄窄的脊背和伸出头顶的枪刺。他无声地从沟里爬出来，突然向德国人扑去。他们都滚到雪里。敌人还没有来得及发出一声呻吟，谢久克已经掐住了他的咽喉。可是炮兵们发现自己的同伴突然不见了。

"哎，汉斯！"有人心神不安地喊道。恰好就在这时，一个红军士兵不小心压断了一根干枝条。这枝条喀嚓一声就把事情泄露了。炮兵们的步枪，不待命令就端起来，这时查维斯忍不住对边上的头一个人开了一枪。那个德国兵仰天倒下了。下文就急转直下发展起来，神速得连他们自己也感到茫然了：大炮跟前再没有一个德国人了，大炮竟落到他们手里了。与此同时，从大路旁边，从驻扎德军司令部的地方，也都按计划开枪了。

"弟兄们，跑步走！"谢久克指挥着，可这时，黑压压的人影，在他们前边出现了。

大概德国人已经明白来袭击的人数不多，于是挺着身子，径直跑起来。枪声响成一片，谢久克倒下去，跪着，觉得右腿上突然痛起来。

"怎么了！"

"不要紧，不要紧，呵，照敌人打，开排枪！"

一个跑着的人倒下了，可是这并没有阻止其余的人前进。他们每个人都有自动步枪，于是排枪声汇成一片，不停地轰响。

"卧倒，弟兄们，从地上照他们打！"

他们躺到炮后边，把准星对着鲜明地出现在雪地上的乌黑的人影。谢久克凝神地瞄准着，不浪费一颗子弹。他忽然觉得脸上起了一阵可怕的寒战，以为这是自动步枪的枪托弄的。额颅、鼻子，都发冷了，两颊也麻木了。

他装着子弹，往身子下边望了一眼，只看见雪地上有很大的一汪黑水。

"照他们打呀，弟兄们！开排枪打！"

他跪下的地方是一个什么水洼呢？膝盖上的裤子完全湿透了。在这样的严寒里，这是很奇怪的事，仿佛谁浇了水似的。

现在德国人埋伏在广场的另一边，趴在路旁的沟里，不紧不慢地连续不断地开枪。谢久克从掩护着他脸的一个雪堆上，把头微微抬起来，估量着形势。从炮后边往沟里打，从沟里往炮跟前打，这样的射击，可以无穷无尽地继续下去。可是全村都是枪声，不晓得那边的情况怎么样，他的五人小队和他自己，在那儿是很有用的呢。

"呵，弟兄们，我们老同他们蘑菇吗？乌拉！为了祖国，为了斯大林，冲上去吧！"

他们全都跳起来，弯下腰跑着，向前端着锋利的枪刺，在自动步枪的枪声里，在机枪的扫射下冲了出去。他们跳跃了几步，就跑到沟边，从上边——径直向那些呆若木鸡的，什么也不明白的德国人扑去了。双方拼命厮杀起来。路旁的沟渠，一声不响了。德国人的尸体像黑色的斑点，在雪地上散乱着，看上去，缩头缩脑，可怜巴巴。

"现在上哪儿去呢?"查维斯气喘喘地问道。

可是谢久克没有回答。他们惊疑地回顾了一下。

"谢久克同志，你在哪里?"

"怎么了?"长着一双淡色眼睛的亚列舍，怀疑地问道，他是谢久克的好朋友。

"他同我们一块跑了没有呢?"

"你疯了，当然一块跑了的!"

"可是他到哪儿去了呢?"

"他躺在这儿，这儿!"万尼亚气喘喘地喊了一声，他是这些人中最年轻的一个。

亚列舍扑到那儿。

谢久克躺在大炮和沟之间的半路上。他宽宽地伸开两臂，一只手紧握着枪。

"怎么了?"万尼亚低声问道。

亚列舍往雪地上望了一眼。

一片血水和一条从大炮跟前，一直到死者躺的地方的血迹，明显地在月光下呈现出来。

"打中什么地方了?"

亚列舍默然地用手指指了一下。脚掌和一截小腿几乎同上面的腿成直角，放在其余一段腿跟前。周围的雪，变成了黑水。

"像刀砍似的，把他的腿打断了……"

"都瞧一瞧吧，他用什么跑的啊!"

"没工夫瞧了!弟兄们，到司令部去，那儿在激战呢!"

他们匆匆忙忙跟着亚列舍走了。严寒像刀割一般，气都喘不上来了。

打响第一枪时，上尉顾尔泰还睡在司令部的行军床上。他在等司令部来电话，所以不能回家去。他穿着衣服，盖着大衣躺着。

司务长在另一面墙跟前酣睡着，隔壁房间里，像平常一样，乱七八糟地躺着德国士兵们。上尉等了很久，可是电话哑然无声。从另一个房间送来的鼻息声和司务长的鼾声，使他震怒起来。行军床很硬，很不舒服。他总算睡着了。枪声把他惊醒了。

"又是谁在村里闲逛。"他生气地想。这又一次说明他的命令不起作用，他火起来。

可是几乎很快又传来第二、第三声枪响。上尉飞快地从床上跳起来。

"查忤之，起来！"

司务长已经起来了。他的梦消逝得无影无踪了。听见窗下有吱吱的脚步声，士兵们都冲进屋来了。

"布尔什维克进村了！"

"把门插起来！灯熄掉！"顾尔泰指挥道，于是他们就扑去插沉重的门闩，又用原木把门闩起来。

电话室是最大的一个房间，比别的房间都大，用作防御是最好的了。虽然顾尔泰从来不会想到真正要在这儿设防，但这儿的一切都准备妥当了，门很结实，是用厚木板钉的，顾尔泰曾吩咐用白铁皮再包了包，还加了一道闩。墙是用粗柱子建成的，窗子上有很结实的护窗板。房子是很早就建筑的，大概是预备做仓库用的。现在士兵们睡觉和拘押人质的那一部分房子，是后来村苏维埃和图书馆迁进来的时候盖的。那儿的墙薄一点，门只是用锁锁起来，再没有别的了。可是在这儿，却觉得自己好像在要塞里似的。

"把枪眼打开！"

刹那间，他们把沿墙放着的木柱推开，把枪眼打开了。这儿放着一行行的沙袋，紧靠地板，挖有窄窄的洞。士兵们都卧到地上，冷气穿过洞口，冲到温暖的屋里来，一团团蒸气卷起来，步枪嗒嗒地叫着。

"给司令部打电话，快给司令部打电话！是游击队吗?"顾尔泰向一个气喘喘往机枪里上子弹带的卫兵问道。

"不是！是军队！"

"他们人很多吗?"

"不晓得，到处在放枪，大概从四面八方包围过来了。"

顾尔泰骂了一声。

"打电话去，打电话去！"

"上尉先生，电话不通了……"

军官跳到桌子眼前，对着电话筒乱喊了一阵，用拳头擂着哑然无声的电话机，可是白费气力。电话寂无声息。

"把电话线割断了，这些混蛋东西！"

他气愤愤地用拳头照现在毫无用处的电话机捶了一下。电话机哗嗒一声，掉到地板上。他用脚把它踢到墙角里去了。

"我们自己来干吧！注意！"

枪声在街上乱响，可以听见子弹打到粗木柱建成的墙上的咔嚓声。枪托在隔壁的房门上打着，可是只听见咚咚的声响，门连动都没有动。

"撞吧，撞吧。"上尉嘟哝着。他相信这门是很坚固的。

攻打司令部的行动是夏洛夫中尉领导的。他们还没有来得及打开第一道门冲进屋的时候，夺取炮兵阵地的那一队人已经跑步来到了。

"谢久克在哪儿?"

"谢久克阵亡了，炮兵阵地被夺下来了。"

他们在第一个房间里，找到了士兵们的行军床和凌乱的被遗弃的东西，但一个活人也没有看见。

"瞧！这些混蛋东西都醒了，关到那一间房里了。"

"把他们从那儿赶出去。"

里边大声移动着木柱，通到另一个房间的枪眼里，开起枪来。

"都出去！我们从外边攻取！"

他们在房子周围，布成了散兵线，可是即刻就明白这是一座变相的要塞，子弹穿不透粗大的柱子。子弹只能揭下来一些小木片，可是墙依然完好。机枪猛烈地吼着，枪眼里喷着微蓝的红色的小火光。

房子往外喷着死亡。

"他们不会心痛子弹的。"夏洛夫低声说。

"中尉同志，显然他们准备防守……"

村里到处响着枪声。大概是个别小分队包围了德国的哨位。从设防的民房里，传来的隆隆的响声，把人都震聋了。

"呵，弟兄们，应当把他们干掉，天亮以前应当把他们干掉，用不着在这儿纠缠。早晨万一他们的什么部队偶然开到，那一切就都糟了……"

他们卧倒，在沟渠里，尽力用准确的射击，去击毁从枪眼里伸出来的步枪。可是枪火连一分钟也不曾停止。

住在柳纽克家的德国人，一下子就被捕获了。红军士兵们冲进屋的时候，他们正在睡觉。德国士兵们惊慌失措地跳起来，抓起放在床头的枪，乱掷在地上的皮靴和背包绊着他们的脚。

"趴下！"明琴科对吓得魂不附体的柳纽克的母亲喊了一声。

她顺从地趴下，尽力想把自己的小女儿甘卡塞到床底下去。可是她还没有来得及弄明白是怎么回事，屋里又鸦雀无声了。战士们都跑出去不见了，像一场梦。地下横陈着只穿内衣的德国人的尸体。

"呵，瓦夏来帮一把，把这些死东西从家里拖出去。"她还在打战，对儿子说，于是他们俩就往出拖死尸。他们气喘喘拖起德国人的腿，瓦夏才十二岁，她自己又怀着孕。

"慢一点，慢一点，干吗慌慌张张呢？"她对儿子嚷道。

可是瓦夏晓得为什么慌张。他没有及时跟着红军士兵溜出去，这下母亲就把他留下干这事。村里一片呐喊，正在进行战斗，他却不能跑到那儿去，亲眼看看那儿发生的一切，他不得不在这里拖死人腿。到了那儿或许人家会给他发一支枪吧？谁晓得呢？要是突然发给呢？

随着对村子的袭击，沉寂被冲破了。现在谁也不用偷偷地溜，不用在篱笆后边爬了，人们已经不怕落到路上的影子，会把他们出卖了。

"记住吧，弟兄们，别放一个活着溜走，别放一个活着溜走！"他们走到村前，分成小队的时候，中尉对他们说。

他们也明白这关系到整个行动的成败。

德军在各处的做法都不相同。在有些地方他们据守着民房，在有些地方他们惊慌失措，只穿一件小衫，跳到院里，可是带着枪和子弹。他们赤身露体，跳到隆冬的严寒里，卧到板棚墙角后边，卧倒在篱笆后边，顽强地开着枪。

"别碍手碍脚的，别碍手碍脚的！"女人们仿佛从地下冒出来似的，到处都是，她们一直跑到火力交叉的地带，谢廖扎对她们嚷着。

"同志们，我家里有六个德国人，六个德国人！快些去吧！"白丽华拉着一个红军士兵的大衣说。

"在哪儿？"

"你只要走，我来告诉你，家不远，就在跟前。"她仿佛在夸奖一所好房子似的，恳求说。

他们跟着她后边跑着，可是即刻看出事情远不是这样简单，致命的火力，在迎着他们。这儿的墙上，也开着枪眼，死神从这些枪眼里扑出来。

白丽华同战士们一齐卧到地上。她旁边的一个青年，手按着胸口，呻吟了一声，头垂到自己的枪上。

"弟兄们，这样不行！"她喊着，"这样人家会一个个的把你们打死，他们自己却待在屋里！把房子烧了吧！"

"这是你的房子吗?"

"是我的,不是我的还会是谁的呢?烧了吧,烧了吧!"

"家里没有别人吗?"

白丽华握起拳头。

"有一个孩子……大的都跳出去了,在屋里,在摇篮里……"

"啊,那怎么行?你这个女人,发疯了吗?"

她抓住红军士兵的袖子。

"没关系,亲爱的,没关系!不能因为一个孩子,让你们大家牺牲。我是母亲,我告诉你——把房子烧了吧!"

"你醒醒吧,大妈!你怎么了!"

"把房子烧了吧!我不可惜,你还可惜什么。或许有救?瞧啊!"

第二个红军士兵匆匆地用手帕扎了手。手帕上渗出来一大块血斑。

战士们不听白丽华的,可是她总是哭诉,劝说他们,拉着他们的大衣。

"你别在这儿纠缠了,他们会把你打死的,你没见火力多厉害吗?"

"谁想朝老太婆开枪呀……"

一个枪眼里的枪声停止了。

"你瞧!只要好好打——一切都会好的!"

"喂,弟兄们,如果从屋顶上下去怎么样?从屋顶的那一面上去怎么样?"

"呵,这就是另一回事了!可不是烧呀,烧呀!从哪儿上?带我们去!"

留下几个人,加倍奋力地继续射击。其余的人跟着白丽华跑去了。

过了几分钟,房子里一切都解决了。

"别开枪了!"白丽华敞开大门,喊道,"别开枪了!"

战士们都跳起来,被打死的德国人都躺在屋里,一个人脸贴在机枪上,其余的在屋角里,都被刺刀刺死了。

"你瞧瞧，谢廖扎，正好打中了脑门……"

射手怀着自豪的心情，望着自己的杰作。

是的，这个德国人当场被打死了。白丽华扑到摇篮前。

"被打死了。"她阴沉地低声说。

他们望了一眼。婴儿的身体，死死地躺在女人怀抱里，头被打碎了。摇篮里到处是血。

"一定他在摇篮里哭了，他们就用枪托把他打死了，混蛋东西……"

失去知觉的白丽华怀抱着死孩子，摇着轻轻的尸体。

"瞧……你们不愿意放火……心痛这孩子……为了他，两个弟兄受伤了……"

"别哭了，大妈，别哭了……"

"我并没哭，亲爱的，我没哭。你们发给我一支枪吧。"

村里的枪声，逐渐静止了。只有司令部附近的战斗还在继续。天色已经发白了，带着虹圈的月亮，在高空里消失了，竖在月亮两旁的虹柱也消失了。空气同无边无际的碧空，汇成一片，整个世界，仿佛成了一个冰雪覆盖的玻璃球似的。只有司令部附近不断响着的枪声，向这银色的碧空里，不断喷出红色的小火星。

"弟兄们，这样打不下来的。最好用手榴弹扔到窗子上，护窗板或许没那么结实。"

"你怎么能到窗子跟前呢？他们像发了疯似的射击。"

确实，枪火的激流，从墙上的枪眼里倾泻着。

枪声不绝地响着，千百处的雪，一下子飞起来，像片片云朵似的。

"天快亮了。"夏洛夫看着渐渐发白的天，心神不安地说。

远远的天空里，已经现出了一道红光。战斗比他们所预期的延长了。白天一到，路上或许有德国的部队出现，有出乎意料的援军及时赶到。夜幕下发生的一切，是不易被人发觉的。白天就不一样了，德国人从情况不明的恐怖里解脱出来，他们会出来行动的。如果什么地方注意起这支部队，他们一定会注意的，那么，他们注意到电话不通，会派人着手找的，白天帮助了德国人了。

"呵，弟兄们……"

"中尉同志，一点也不济事的……这儿可以待一年。如果扔手榴弹就好了！"

"怎么呢，不妨试一试？"谢廖扎突然说。

"你怎么试呢？"

"不要紧，我来试试……"

他远远地由旁边绕过房子，爬着，从没有枪眼的那面墙的墙角下悄悄爬出来。红军士兵们怕子弹打着他，都停止了射击。

"他想什么花样呢？"夏洛夫焦急地说。可是谢廖扎镇静地爬着。

在严寒的黎明的昏暗里，可以看见那边黑乎乎的枪眼里，步枪口在移动着，在寻找目标，顽强地射击着，散布着死亡。

谢廖扎突然站起来。他们还没弄明白所发生的事，他已经出现在他们和喷射着死亡的枪眼中间，他挺直身子站着，用迅雷不及掩耳的动作，把一串手榴弹，一下子扔到窗子上。房子轰响起来，震动起来，冒起了浓烟。起火了。站在窗口的人，仿佛悬在空中似的。看来，他很久很久之后才倒下去——他高高的身个，映衬在火的背录上。后来他蹒跚了一下，就慢慢倒到地上了。

"冲上去！"夏洛夫指挥道。

他们向房子扑去。枪眼的机枪沉寂了，浑身血淋淋的机枪手，也都沉默了。手榴弹完成了自己的使命。

"冲上去，弟兄们！"

冰雹一般的枪弹，朝房子落着。他们从被手榴弹炸开的墙洞里，冲进屋，碎玻璃把手都割破了。火舌舐着粗木柱子。

"那儿是咱们的人！那儿是咱们的人！"玛柳琪高声喊起来。

到现在大家才想起人质来。而他们待在黑屋里，站到墙跟前，把耳朵贴到墙上。响起第一枪时，他们就没有睡着，大家都听着这枪声，就像自己的心在跳动一般。他们等待了一小会。可是接着又响起第二枪。不，毫无疑问——这不是卫兵偶然放枪。

"咱们的人。"马丽亚用沙哑的嗓子大声说。

"咱们的人。"白兰秋低声说。

只有马兰一个人没有动地方，眼睛呆呆地继续凝视着黑暗。

"在教堂跟前放的枪。"叶度牟说。

"在他们的炮兵阵地……"

就在墙跟前响了一枪，白兰秋叫起来。

"你轻点！他们在这儿呢，在这儿……"

他们仿佛待在陷阱里。黑暗包围着他们，什么也看不见。墙外在放枪，有人在奔跑，在激烈交火，可是他们什么也看不见，什么也不知道。

"不等咱们的人赶到，德国人就会把咱们干掉了。"鄂西普想道，可是他不想叫女人们害怕，就什么话也没说。他焦急地倾听着门外发生的事。可是又过了一会，他们就听见枪托撞门的咚咚声和隔壁房里的脚步声。鄂西普用拳头在门上擂起来。

"弟兄们！放我们出去！放我们出去！"

可是墙外依然是一片喧哗和脚步声，谁也没有听见他的喊声。

"喂，女人们，帮帮忙吧，不然他们听不见！我们在这儿要待到什么时候呢?"

白兰秋跳起来，吃力地用拳头在墙上擂着。马丽亚跟着她也擂起来。

"弟兄们！放我们出去！"

喧哗、呐喊、排枪声，依然在墙外继续着：对于被押人质绝望的呼喊，谁也没有搭理。

"女人们，用力擂，他们终究会听见的……"

"这是怎么回事，难道村里没有一个人告诉他们吗？都把我们忘了吗？"

拳头声又咚咚地响起来，可是同时从外面传来一阵脚步声。大概战士们从屋里出来了。片刻间寂静起来，被押的人们都觉得有一个无底的深渊，出现在他们面前，得救的希望消失了。

"这是怎么回事？"叶度牟低声说，"咱们的人撤退了吗？"

"唉！"白兰秋大声哭起来。

"别作声，糊涂虫！你也一样，年纪虽高，可是糊涂虫！他们要从另一面试试，你们没有听见吗？"

他们都不作声了。喧哗和枪声，加倍地从另一面响起来。

"他们想从外面攻打呢……"

"这是谁的机枪在打呢？"

"德国人的……可现在是咱们的了，听见了吗？"

他们挤成一堆，焦急地细听着。只有马兰一下不动地坐着，仿佛周围发生的一切她都无动于衷。

"唉，天哪，我的天哪！"叶度牟叹气说。

鄂西普望了他一眼：

"你干吗，打算祷告吗？"

"他如果愿意，就让他祷告吧，"马丽亚袒护着老头子说，"这碍你的事了吗？"

叶度牟跪到门跟前，用颤抖的老年人的声音说：

"……上帝啊，把我们从饥馑、地震、瘟疫和敌人的侵略里解救出来吧……"

鄂西普耸了耸肩。墙外枪声响着，忽然传来一阵可怕的轰响。一切都震颤起来，仿佛房子倒了似的。

"哎呀！"白兰秋大叫了一声。

人声嘈杂起来。喧哗得更厉害了。就在附近传来一声可怕的女人尖叫,几乎同时又响起一阵枪托的打击声。

"躲开门!躲开门!"鄂西普指挥道。

他们离开了。门倒了。

他们觉得,光明的白昼冲入了黑牢。被火焰的红色火舌割裂了的清晨的白光,已经把隔壁房间照亮了。玛柳琪气喘喘地冲进来。

"咱们的人,咱们的人!都出来吧!"她抓住马丽亚的袖子,哭着,笑着,喊着,"你的孩子都在我家里,都活着,都健康……咱们的军队进村了!咱们的军队进村了!"

"安静,女人们!"鄂西普对她们嚷着,"都出去吧!"

马兰一下子从地上跳起来,一句话没说就从屋里跑出去了。一个青年战士坐在门槛上,包扎着自己的腿。她坚定不移地抓住放在他跟前的一支德国步枪。

"你干吗?"他伸出手,但是在那双疯狂的黑眼睛的可怕的眼光下,又把手缩了回去。

"呸,疯子。"

"你让她拿去吧,"鄂西普干预道,"这儿的德国步枪还少吗?"

房后传来一阵喊声:

"跑了!德国人逃跑了!"

顾尔泰上尉几乎被烟熏死了。在关得死死的房子里,因为持续不断的射击,屋子完全黑了。烟熏得上不来气,把眼睛都刺痛了。步枪的枪筒都烧红了。墙跟前有个伤兵讨厌地呻吟着。顾尔泰真想转过身来,对准他的脸给他一枪,可是他一分钟也不能离开自己的自动步枪。屋里横七竖八地躺着伤兵。顾尔泰觉得,他从这儿活着逃出去是不可能的。他突如其来、糊里糊涂、意想不到地被抓了,正在他觉得完全不可能的时候,突然被抓了。是的,在那儿,在司令部里,只记得粮食、脂油,而且他们就会无穷无尽地要这些东西。可是保障村子的道路安全——他们却想也没有想到。他们在游击队面前发抖，常常谈着这些游击队，可是他们不了解周围在干些什么，更不晓得布尔什维克的阵地。

上尉一点也不明白——根据种种消息，前线是很远的，很远很远的——可是德国司令部突然被包围，而进行围攻的不是通常那种处在大后方的游击队，而是正规军，是红军的一支部队。哼，粮食，现在叫你们要粮食去吧！

伤兵呻吟得越来越厉害了，子弹打中了他的肚子。哼，他妈的，这儿发生的事，难道没有一个人听见，这儿所造的地狱，难道没有一个人看见吗？他耳朵里轰轰响起来。他觉得他的头马上要炸裂了，这要继续到什么时候呢？电线被割断了，无论跟谁也无法取得联系了。他听见村里的枪声渐渐平息了，听见司令部前面的广场上越来越喧闹了。看来，他的部队，已经被消灭了，司令部已经成了最后的防御阵地了。

突然间，他脚下的地板摇晃了一下，一声震耳欲聋的爆炸，把充满了黑烟的空气，都震动了。气浪把他扔到很远的墙跟前。响起一片喊叫声。护窗板落下来，他明白，这是一串手榴弹扔到窗子上了。火舌腾起来。顾尔泰觉得肩上一阵剧痛。血肉横飞，地上散乱着残肢断腿。不，这儿再没有什么可做了。他用闪电一般的速度，扑到隔壁房间里，这儿安全些。不大的一个贮藏室，只有一个枪眼，机枪手不住气地按着枪机，往空地里射击着，虽然那里没有一个人对他还枪了——大概这一面的人都撤走了。顾尔泰一下子把门闩抽开。护窗板哗嗒一声开了。他的拳头把窗框打飞了。上尉跳到雪地里，甚至都没有看一看那儿有没有人，会不会一枪把他结果了。清新的空气，使他透不过气来，雪和天的清晨的光辉，把他的眼睛映花了。后面送来阵阵呐喊和脚步声，——红军士兵们大概冲进屋里了。他用大步跳跃着，向第一所建筑物，向玛柳琪家的板棚奔去。

突然间，像从地下冒出来似的，马兰挡住了他的去路。她握着步枪的枪筒，用迅雷不及掩耳的动作向他扑去，顾尔泰在很近的地方望见她微黑的面孔和冒火的眼睛，又大又黑的眼睛。乱发在可怕的、昂奋的面孔周围飘动。马兰有力的手，猛然一挥，步枪就举到他头上了。顾尔泰飞快地瞄准起来。枪声响了，就在这一瞬间，枪托猛地打到他头上。他呻吟了一声，就仰面倒下了。鼻子、额骨，都被打碎了，满脸是血。他被血呛着，血涌到他咽喉里、眼睛里，像黏稠的波浪在喉头咕噜咕噜地响。顾尔泰窒息了。

马兰躺在距他两步远的地方。她听见枪声，同时也听见骨头被击碎的响声。她觉得子弹打在自己身上，是一种幸福。打在肚子上，这好得很，应该打在肚子上。痛是不痛的。不，不痛，这真正是幸福。幸福的微笑，浮在她嘴唇上。整整一个月来，她脸上表现出的那种苍老、冰冷的表情，消失得无影无踪了。这个黑眼睛、微黑面孔，村里最漂亮的姑娘马兰宽宽地伸开两臂，仰面躺在地上。她手里还握着步枪，可是一切都已经距她很远了。一切都飘到灿烂的虹光里，飘到冰冷的早晨的晴空里，飘到沐浴着晨曦，闪烁着金星的白雪上去了。

这晨曦把虹唤醒了。它那彻夜出现在天空里的苍白的半圆形，看上去像一条模糊的白带子。在高空里若隐若现。现在太阳给它注满了光、热、色，在天空里放出了纯洁无比的光，温润得像花的柔毛。虹倾泻着蔷薇瓣似的色，闪着早春紫丁香的色，发着鲜莴苣叶的翠绿，射着铃铛花的紫蓝色，映着玫瑰花鲜艳的深红色和剪秋萝花瓣的金黄色。它的周身放射着温馨透明的，不灭的光辉。

马兰的眼睛，凝视着这高悬在天空里的光辉的半圆形的虹。生命离开了，同她的血液一起离开了她的躯体。手指僵硬了，脚发凉了，身体僵硬了。可是幸福的眼睛直望着虹圈，直望着铺向远天的一条闪光的道路。这条路不知通到何处。这条欢快的路，愈来愈明亮，愈来愈充满阳光。她，马兰，这村里最漂亮的姑娘，集体农庄里最优秀的女庄员，顺着这条彩虹的路去了。以前报上登载过她的事迹，现在，夏夜盛开着爱之花，也正是为了她啊。

再没有下雪，也没有严寒了。草在头下沙沙地响，香气袭人地开满花儿的草啊，水潺潺地流，清泉在很近的地方汩汩地喷涌。草原散发着芬芳的香气，远远送来阵阵歌声，姑娘们唱着，青年们笑着，在夜阑人静里，拉着手风琴。眼睛在天空寻找着彩虹——但却没有。怎么会有虹呢，这是夏夜啊，伊凡眉飞色舞地笑起来，他的眼睛，他的黑眉下的灰眼睛，紧挨着她的脸，他的形象暗淡，黑暗的夜色把他遮住了。可是有过虹，刚才还有过虹。还想再看它一眼，让眼睛再饱览一下虹的光辉。

马兰勉强用臂肘支着，把身子抬起来。一阵剧痛刺着她，于是她又倒到雪地上。她觉得自己要死了，明白自己要死了，她的手在空中抖动着，想抓住那彩色的带子，抓住那横在天空里的虹，可是所抓住的只有黑暗。望着天空的眼睛呆滞了，整整齐齐的白牙从半张着的嘴里闪着光，脸上凝着奇怪的表情，浮出充满痛苦的微笑。

房后的喧哗更厉害了——这是女人们押着抓住的德国人。戴毕莉在自己的牛栏里找出一个偷跑的敌人。他把步枪一扔，跑进一道开着的门里，急忙藏到屋角里的一捆干草下边。但是雪上的脚印把他泄露了。戴毕莉没有叫红军士兵来帮忙——她自己同鄂西普的两个女儿，用禾叉和耙子武装起来，小心谨慎地进到牛栏里去了。

"喂，德国佬，爬出来吧！等一等，芙罗霞，他钻进干草堆了……"

"你别往里冲，我马上用禾叉把他找出来！"

"躲开墙，躲开墙走，不然他还会开枪的，混蛋……"

被包围的士兵，不懂他们说的话，可是隔着干草，看见了拿着的禾叉。他连忙爬出来，抖掉身上的干草。他身上挂着成了破布条的烂军衣，头上裹着女人的刺目的紫裤衩。

"姑娘们，都瞧瞧这花花公子啊！喂，走吧，走吧……"

少魂失魄的德国兵慌忙向门口走去。他在门槛上打了个趔趄。

"瞧着吧，跟爬一样，抬高一点，把蹄子抬高一点！芙罗霞，你瞧瞧，那儿的干草堆里有没有步枪？用得着的……"

那姑娘仔细在墙角里搜索了一遍。

"没有，大概早扔到别的什么地方了。"

"竟有这样的英雄。不过他穿的皮靴倒挺俏皮啊！"戴毕莉说。

德国人的脚是用破布裹着的。

"脚大概冻坏了，你看他拖得多慢。"

"谁也没有叫他来，待在家里烤火多好呢……不，他想要咱们的土地呢！"

人都聚到街上了。

"戴毕莉你从哪儿把他抓住的？"

"哈……哈，都瞧瞧吧！"

"你干吗？你没见我押着俘虏吗？你最好也在板棚里和牛栏里找一找，总比眼睁睁地看着好。他们现在像油虫似的，到处爬开了，应当把他们统统都抓住！"

"说得对，"跛子亚历山大说，"呵，女人们，咱们去找吧，看他们钻到什么地方去了没有。"

大家都拿起禾叉、铁铲、斧子，跑开了。

"咱们一块走，一块走！"

"一块儿快活些！"

"呵，芙罗霞不敢进攻德国人……"

"如果用得着，我会把他打得连大气都不敢出！"

"算了，呵，女人们，"亚历山大劝阻她们说，"少说废话吧。"

他们成群地挨家走着。在草棚里把干草翻来覆去抖搂着，往牛栏里望着。孩子们绊着脚，各角落里乱钻着兴高采烈地叫着，萨沙气喘喘地跑来。

"我家牛栏里有一个德国人！"

大家互相拥挤着，都往那里扑去了。他们怀着骄傲的心情，把一个吓得发抖的德国佬拉了出来。也在搜索村子的红军士兵们，微笑着迎着妇女们。因为她们熟悉村里所有的角落和胡同，所以她们的搜索更有成绩。

"怎么样，弟兄们，谁的俘虏多一点？"

"你们的，你们的多一点。"战士们笑着承认道。

"他们的司令在哪里呢？"夏洛夫心神不安地说，"去找一找吧，弟兄们，难道逃跑了吗？"

他们把被打死的德国人都检查了一遍，只有司务长和士兵们。

"找上尉去，找上尉去！"

而顾尔泰躺在板棚后边的深雪里。一只眼睛被枪托打出来了，另一只眼睛直勾勾地瞪着头上的天。难忍的剧痛，爆裂着他的头，仿佛有一把大锤子，不断在他头上击着，击得溅出了红色的、褐色的、深红的火星。在没有眼珠的那只眼窝里，起着熊熊的火焰，喉咙里灌满了血。顾尔泰匆忙地吞着血，呛着，可是血尽在流，仿佛从不断的源泉里，从无底的井里流着似的，他只得吞着，吞着。他明白如果不这样，血会把他憋死的。喉咙痛起来，他已经不能正常地吞咽了，喉头痛苦地痉挛，他全身都发抖了。他觉得如果没有人即刻把他找着，不救护他，他就要冻死了，一定要冻死了。他抽搐了一下，谁来救护他呢？乡下佬，这该死的村子里，该死的乡下佬们啊。他恐惧起来了：万一他要死不了，落到乡下佬的叉尖上，或者做了布尔什维克的俘虏，那如何是好呢？到处都静悄悄的，枪声停止了。他不欺骗自己，他明白自己的部队都被打光了，那些人胜利了。绝望就像利爪似的，刺到他心里。这些穿灰军衣的贱民们，把他，把顾尔泰上尉出其不意地抓住了。怎么会发生这样的事呢？

他用唯一的一只眼睛，凝视着辽远的晴空，仿佛要在那儿找到答案似的。他看见了虹：从地平线的这一端插到那一端的巨大的半圆，连接天与地的一条光辉灿烂的带子，放着温润饱满的光彩。回忆在他模糊的脑袋里一闪：他在哪儿看见过这样的虹呢？噢，是的，在那场暴风雪飞扬以前……当时那女人说了些什么呢？她肯定说虹是吉兆。

顾尔泰上尉呻吟起来。虹射着愉快的光辉笑了。它是一种吉兆——可不是他的吉兆啊。虹愉快地放着光辉，可是陷入黑暗里的他，已经看不见这虹了。

十

这一夜阵亡的人和在山谷的雪地里已经停放了一个月的那些人，都被埋在教堂前的广场上了。

费多霞自己也在帮忙运儿子的尸体。她扶着一下不动的、非常轻的头，手指上觉出柔软的头发。她不痛心，也不悲伤，望着像用木头刻成的黑脸，瓦西里总算等到了。弟兄们用手，把他从雪里挖出来，弟兄们亲自把他埋到公墓里。雪橇沿着山谷的陡坡，慢慢走着。费多霞怕儿子的尸体滑下来，掉到雪地上，她扶着他，在旁边走着。她用小心谨慎的慈母的动作，也整理着同瓦西里停在一块儿的那些不相识的战士们的尸体。

"把那位姑娘也同他们埋在一起吧，"夏洛夫吩咐道，"她像一名战士一样，在战斗里牺牲了。"

"她已经出嫁了，她的丈夫在军队里。"玛柳琪说，可是当马兰的尸体运来的时候，玛柳琪觉得自己弄错了。雪地上躺着一个姑娘，一个年轻的姑娘；是一年前举行热闹的婚礼以前，她所记得的那个姑娘。

"真是一个美人儿。"一个红军士兵低声说。

是的，这就是她，马兰，村里最漂亮的姑娘。长长的睫毛的影子，落到双颊上，头发像温柔的波浪似的，散乱在脸的周围。黑眉像燕翅一般落在平展的纯净的额颅上。她的脸上冷凝着痛苦的微笑，这微笑人们怎么也看不够啊。

人们谨慎地从绞首架上把柳纽克的尸体放下来。柳纽克的母亲已经感觉到一种初产似的剧痛，可是她没同意留在家里。她小心翼翼地把儿子僵硬发黑的尸体抱到怀里，这尸体在风雪飞扬里，在绞首架上已经挂了一个月了。

"轻点，轻点。"她说，仿佛他还能感觉到什么似的，仿佛还可能使他疼痛似的。

姑娘们帮着她。他很轻，几乎没有分量了，虽说活到了十六岁，可是他现在的面孔，像用木头刻成的婴儿的面孔似的。

挖了一个宽大的墓坑，把他们挨个放下去。这里有一个月前阵亡的那些人的冻硬的、变黑了的尸体，有被炸碎的谢廖扎的贱骸，有好像睡着了似的谢久克，有在司令部前阵亡的青年射手及马兰。夏洛夫代表全体同志致辞。严肃而质朴的话，远远地在如洗的晴空里传送着，一直达到那横亘着带子似的一道虹光的蓝天上。

全村的妇孺老弱都站在墓的周围，听着，望着下面挨个躺着的红军战士和马兰。没有一个人哭。大家都光着头，严肃地站着。费多霞把自己唯一的儿子的遗体送到亲人似的故土里。萨莉荷老太婆把自己女儿的遗体，送到故土里。其余的都是不相识的——可是大家都觉得，墓坑里躺着的是他们的儿子、丈夫和兄弟。

这一天，还有谁比这些面孔死死地对着天空，为国捐躯的人更亲近的呢。这是红军的战士们。这是他们自己的军队啊。

"祖国永远不会忘记。"夏洛夫用动人的声音说。

是的，他们知道，永远忘不了自己的救星。他们知道，这些阵亡者的面容以及埋葬他们的这一天，将永远留在他们的记忆里。一座公墓，把在敌人的飓风似的炮火下，放弃村子，退却时阵亡的人们，以及那些前来收复村子而牺牲了的人们，连在一起了。

人们的眼光是镇静的，是的，这是战争啊。铁、血、火袭击到村子上。可是这儿所有的人都充满了坚决的信心，这信心在最可怕、最惨痛的日子里，支持了这村子。那就是，相信自己的军队会来，相信最后的胜利属于他们。夏洛夫弯下腰，抓了一块上冻的土，撒到墓坑里。于是大家都一个跟一个弯下腰，抓土往墓坑里撒。让他们在墓里安眠吧。让他们心里感觉故乡的土地吧，自由的故乡的土地吧。

"妞拉，你也撒吧，你也撒一把土吧。"母亲对着一个两岁的小女孩说。

孩子抓了一把土，小心地撒到下边。孩子的小手，在雪下抓了黑土，往下边撒去。战士们用铲子铲着土，墓坑终于同他们一般平了。地上隆起一个小冢。

"等春天，我们栽些花。"玛柳琪说。

"我们也种些青草，"芙罗霞补充道，"把每家的花苗都移来栽。"

他们慢慢都散了，心里没有悲哀，只有胜利的庄严。他们为自己的国土阵亡了。这在从前也有过，就是在1918年也有过的，这一切大家都记着的。那时他们村里死的人还少吗？生长在这块土地上的人们，用自己的血与生命，来保卫这块土地，这是理所当然的。这也是显而易见的。大家都默然地散去了，可是过了一会，村里到处热闹起来，到处送来欢声笑语，妇女们都请红军士兵到自己家里去，人人都想叫战士们住到自己家里，款待他们，给他们弄吃的，给他们生火烤。

整整一个代表团到夏洛夫那里去了。

"长官同志，我们有点事来请求您，"戴毕莉开口说，"我们想款待款待自己的弟兄们，可是没有……"

他笑起来……

"这我有什么办法呢?"

"我们能找到东西,不过您得帮我们一下忙……我们的东西全都埋起来了,都藏到地里了。德国人快来的时候,我们把东西都藏起来了。可是现在怎么挖出来呢?我们没有家伙挖,地冻得像石头。你们有家伙,您最好派些红军士兵来,他们会马上挖出来的。"

"呵,好吧。喂,弟兄们,谁愿意去帮忙?"

自告奋勇的人挺不少。女人们在齐腰深的雪里走着,往田野里走去。

"在这里,就在这一堆小灌木丛跟前……"

"妈妈,你说哪儿的话!得从这一边挖,从这一边!"

"你别来插嘴吧,你还小呢!难道我不记得吗?"

"你们把羊宰了,羊还不错,煮一煮,就有吃的了。"跛子亚历山大劝自己的客人说。

"可是你们只剩一只羊了吧?"

"一只……以前多些,都叫德国人宰了。只剩这一只了。"

"难道要我们把你们家的最后一只羊宰了吗?不行,这可要不得!"

他放下活儿请求着:

"好孩子,你们别叫我过意不去了。我是诚心诚意给你们的。我用什么款待你们呢?只剩这一只羊了……你们别推辞了,别叫我过意不去吧……"

女人们从暗橱里,从屋顶上,从地板下,把她们所有的东西都拿出来了。秋天杀猪的板油,一把把的大蒜,一瓶瓶的蜂蜜,甚至还有瓜子呢——谁家还剩下牛,都匆忙地挤着牛奶——好给伤兵们送去。

伤兵们都安置在村苏维埃的两个房间里。大家都羡慕的是从前在救护训练班毕业的芙罗霞,她已经在那儿忙开了。她束着白围裙,戴着紧紧包着头发的白帽子,庄重地从一个房间跑到另一个房间。女人们和姑娘们都挤在门口。

"你们干吗?"一个快活的青年医生,一边走,一边对她们说,他夜里同战士们一块儿攻打司令部,现在刚刚做完裹伤的工作。

"我们想来医院里帮点忙。"

"这儿有什么可忙的? 一切都已经做好了,我收了两个姑娘,我们有看护了。"

"把地板洗一洗也好,这儿脏极了。"

"地板吗? 的确,把地板洗一洗也好。"

她们都跑回家去,很快成群地带着水桶和抹布来了。

"你们干吗,十来个人一起来洗地板吗?"

她们怕打扰伤兵们,便悄悄争论着。后来,把地板分了分,每人洗自己的一块。

"伤兵的被子掉下来了,可是你没有看见。"毕琪荷严厉地对芙罗霞说。

"掉下来了,你就整一整吧。"姑娘端着满满一盆血水,走过时抢白说。

毕琪荷走到床前,慢慢地、用心用意地把被子整了整,把伤兵的腿盖严之后,就再没有离开伤兵。

"您在这儿做什么?"医生瞧见她说。

"我来整一整被子。他们身上的被子老掉。"她给一个伤兵整理枕头,庄重地说。

他挥了一下手:

"呵,如果您想做,您就做吧。"

是的,她想这样做。大家都想这样做。哪怕搭一把手也好,哪怕随便帮点忙也好呵。递水,洗杯子,洗裹腿,把额颅上的头发掠到旁边去,看着,免得有人来往不关门,把冷气放进来。

莉达羞怯地挤进来。

"您也想来帮忙吗?"医生问道。

她摇了摇头。

"我们那儿一个女人在生孩子。您去一下吧，您是医生……"

"那可不行，我是外科医生。"

"这没关系，反正您是医生。她难受得很。早晨，她从屋里拖着德国人的腿，往外拉死尸，当时肚子就开始痛……"

"好吧，没办法，应该去一趟，"医生快活地决定道，"新公民要出世了，应该去帮忙。顾兹马，我把伤兵都留给你了。呵，在哪儿呢？"

莉达急忙把他往柳纽克家里带。他擦着冻僵的手，跟她走了。

"您最好弄双手套戴上，这样冷的天！"

"我原来有手套，可是夜里丢了……弄丢了。现在没有手套了。"

她羞怯地对他望了一眼，随即把自己织的长毛厚手套很快从手上脱下来，那手套边上织着红色和蓝色的小花。

"这怎么行！"他辩解说，"您戴什么呢？"

"我还有，"她撒谎说，"我把它藏得好好的，德国人找不着。可您是医生，您的手是有用的。"

他看见她的嘴唇在颤动，她都快要哭了，便笑着说：

"好吧，既然您这样执拗，就给我吧！"

女人们都挤在柳纽克家的门洞里。医生进来的时候，她们很快给他让路。她们已经见过他，知道这是谁了。

"孩子已经生下来了。"一个女人说。

"那么，这儿用不着我了吧？"

"不，您还是去看看她吧，她难受了很久，现在很虚弱。"

"大姊，我给您请一个医生来了。"莉达说。

"瞧你，瞧你，请医生干吗？这么年轻，"病人惊讶起来，"您瞧瞧孩子吧，我没关系，难道我是头一回生孩子吗？"

他朝摇篮弯下腰：

"男孩吗？"

"男孩，男孩啊。我只有一个女孩叫妞拉，其余的都是男孩……我们家可是男人的天下……"

"一个胖小子。您给他起什么名字了？"

"我们已经在这儿同女人谈过了。我本想按着他哥哥的名字，叫他米迦·柳纽克，可是都说不好。"

"哥哥怎么了？"

"他哥哥，我的大儿子，今天早上同别的人一起埋了……在绞首架上吊了一个月，今天我亲手把他放下来了。"她平心静气地解释道。

医生窘起来。

"我不知道这是您的儿子。"

"我最大的儿子……他要去游击队，被德国人抓住了……最大的儿子，他十六岁了。我想把这个小的叫他的名字，叫米迦。可是她们都劝我不要这样叫，所以现在我自己也不知道怎么好了……"

"叫他维克多吧，"医生劝道，"这是胜利者的意思，就叫他维克多吧。怎么样，莉达？"

"既然大家都这样劝您……"

"干吗老想来想去呢！全村连一个维克多也没有。就让叫维克多吧。您坐一坐吧，同我们坐一会吧。"

"谢谢，我要回去了，伤兵都在等着我呢。"

"女人们都说，你已经把所有伤兵的伤裹好了。稍坐一会儿吧。所有的人家里都住有红军，因为我要生孩子，我家里一个人也没有住……莉达，你从小柜里把酒精拿来，那儿有一个小瓶子。"

"最好您还是别喝。"医生犹豫地低声说。

她微笑起来。

"为什么不喝？您医治伤兵，您是有学问的人，可您对于女人肚子里的事，大概是不懂的。一小杯酒能叫人鼓起劲来。"

他再没有反对，莉达往淡绿色的厚玻璃杯里倒了酒精。遇到这种情况，他对自己说，是无济于事的。

他对产妇望了一眼。她靠着粉红色的花格枕头躺着，梳得光光的头发，环绕着恬静的面孔。整整一个月来，这个女人听着那摇曳着长子尸体的呼呼的风声。整整一个月来，饥饿与恐怖，几乎把她和孩子们逼死了。她怀着身孕，从绞首架上卸下过了十六个年头的儿子的尸体，把他送到墓坑里，过后回家生产。现在她平心静气地同他谈着话，还把好好藏着没被德国人发现的最后一点酒精，拿来款待他。

女人们都从门洞来到房里，在长凳和方凳上坐下。他偷偷瞟着她们。她们都是在德国人的压迫下，在德国人的皮鞭下过活的。她们的丈夫和儿子都在远远的前线上。她们没有一个人知道自己的亲人活着还是死了。她们都忍受着这可怕的冬季的严寒，忍受着德国人带来的饥饿。她们好多人身上都有被枪托打的青紫伤痕。这一切都应当让人知道，可是，根据她们的举止，什么也看不出来。她们的面孔是恬静的、爽朗的，充满着从心灵深处流露出来的尊严。

"农妇们。"他想道，他觉得这个词现在对他有一种新的意义了。

"最好再有一点酒，我们再来一杯，好纪念一下柳纽克。"柳纽克的母亲低声说。

"这何必呢，"戴毕莉严厉地干涉道，"不举行纪念。"

"祝新生的婴儿结实强壮……"

"但愿他一辈子在家里都不要见到德国人。"

"但愿从他生下来的这一天起，每天**都**有新的胜利。"

"但愿他长得像柳纽克一样……"

医生累极了，没有睡好觉，酒精像一股痛快的暖流，流遍他的全身，一直冲到头上。他坐在长凳上，觉得战事、斗争、都仿佛留在很远很远的地方了。房屋的白墙，畅人心怀地发着白光，炉子上绘的花和屋角里晾的绣花手巾，清晰地呈现出来。可爱的莉达，对他微笑着。一切都是这样美好，仿佛离这儿几所房子的地方，没有伤兵躺着；仿佛教堂前的广场上，没有那座新坟；仿佛从战争的第一天起，他所走过的那条可怕的道路从来木曾有过。

"莉达，把那张相片给医生看看，在神像后边的，给他看看……"

医生把褪了色的照片接到手里。少年的面孔，平平常常的乡下少年的面孔，热忱地望着他。

"在冰天雪地里，他变得认不出来了。可从前多么神气啊。"母亲平心静气地解释道。

于是医生想起了自己的母亲，想起她同他告别时，她颤抖的、发白的手，她那语不成声的嗓音，她的心神不安的、昏花的大眼睛；想起了那些苦思冥想的夜，以及他无法克服的恐惧，面对每次新运来的伤兵的恐惧，面对血、痛苦和死亡的恐惧。

"我们也记着他的。不是吗，妇女们?"

"怎么会不记着呢!"

"接替他的有维克多。他会像柳纽克一样成长，将来切切实实地工作。如果需要，他会像柳纽克一样，为祖国献出自己的生命。"

酒精的热力像轻快的薄雾，把脑子弄得晕乎乎的。他想对这些妇女们说些什么美好的、令人高兴的话，可是他对死在绞首架上的孩子，对亲手从绞首架上把他卸下来的母亲，对忍受了种种痛苦的女人们，产生了一种说不出的怜悯。这怜悯使他心痛起来。

"你喝醉了。"他严厉地对自己说，可这无济于事，泪水把他的眼睛模糊了。

"您怎么了?"莉达心里不安起来。

"太可怜了。"他极力镇静着，勉强低声说。

"没有什么好可怜的，现在不是可怜人的时候，"她低声说，"没有柳纽克了，但是有维克多。咱们的人结实着呢，从地里长出来的……你砍倒一棵梨树——还没来得及望一眼，一棵新的树苗就从地下冒出来了，向太阳伸展着……柳纽克死了，别的人也死了，可是土地还在，人民还在……我们也常常想，我们在等待的时候，说不定把我们的人都杀光了。可还是等到了……人民经受住一切了……不，我们的人民啊，德国人是对付不了的。"

眼前的雾，稀薄了，飞散了。这个农妇把好久以来折磨着医生的一切纠缠不清的难题都解答了，她简单地、平心静气地、照着农民的理解解答了。他感到羞愧起来。

"是的，是的……"

"您年纪轻轻的，也不好过。不要紧，等这一切结束，您就过您的太平光景，给人治病，我们干我们的事情……"

他想到他在这儿待久了，就跳起来。

遍村都是说话声。后院里，不管严冬也罢，姑娘们都在唱歌，男人的声音，也跟她们唱起来。歌声在冰冷的空中，在万里无云的晴空里，在风平浪静的晴空里响彻着。歌声像云雀似的，冲入云霄，这歌声仿佛是对整整一月来笼罩着全村的死一般的沉默的补偿。

> 讨厌的人儿啊，向右倾身躺着，
> 我怕去惊扰他……

姑娘们扯着嗓子大声唱着。红军士兵们有力的声音，附和着她们。

好多好多年以来，村里就习惯唱歌了，用唱歌来迎接朝霞，用唱歌来送别黄昏，用唱歌来准备就寝。嘹亮的歌声，帮助收获麦子，帮助收割芳香的干草，帮助儿童们牧牛，帮助成年人打谷。姑娘们在歌声里出嫁，用歌来安葬死者。那些歌有哀愁的——那是以前的歌，比路旁的菩提树还老的歌——也有愉快的新歌，是从体验里产生的新歌。人们习惯于把歌同生活联系起来，把生活同歌联系起来。

整整一个月来，人们都缄口不言。整整一个月来，村里一次也不曾响起歌声。房屋都沉默着，道路都沉默着，花园都沉默着。

　　可是现在又可以唱歌了。于是姑娘们的歌声响彻全村，一直送到辽远的白茫茫的雪原。她们唱着亲切的、从心坎里迸发出来的歌。一个歌接一个歌地唱着。到处都是歌声：山谷里，大路旁，广场上，在跛子亚历山大爬到梯子上，钉一块写有"村苏维埃"字样的大牌子前，到处都是歌声。孩子们站成一堆，仰着头，望着熟悉的字母，望着熟悉的题字。人们匆匆忙忙在房子里打扫夜战的痕迹，用木板修补德国人在墙上挖的洞，把沙袋都搬出去。女人们啐着唾沫，洗着地板上的德国人的血。

　　"到晚上一点痕迹也不叫它留下。"一个女人说着，于是大家都热烈地连连称是。

　　这正是大家热烈盼望的事——要在第一天，要在太阳落山，夜晚到来之前，让德国人在村里三十天来的统治，连一点痕迹都不叫它留下，有一个人主动去拆毁广场上的绞首架，白费气力地想把柱子从上冻的地里挖出来，已经有另一个人拿了锯来，想齐地把它锯掉。女人们已经匆匆忙忙粉刷弄脏了的房屋，用铲子和禾叉，从门洞里往外清理德国人的大粪。像农忙时一样，工作沸腾起来了。

　　"连一点痕迹也不叫它留下。"女人们都洗着地板，粉刷着墙说。

　　"连一点痕迹也不叫它留下。"孩子们跟着她们重复说，在司令部附近和炮兵阵地上，拾破铁片、空弹筒和德国人的破军服。

　　红军士兵们在齐腰深的雪里走着，忙着拉电话线，夏洛夫中尉在恢复通讯联系。小学的校舍里，在审问德国俘虏。人们都很想去听一听，可是他们明白这是军事，不能干扰。

　　"对他们太客气了，"戴毕莉焦急起来，"老是提问题，老是取口供，干脆把他们拉到板棚后边——照脑门给他们几颗子弹！"

　　"您懂得倒不少！应该从他们嘴里好好探一探，不然，又有什么用呢？"

　　"那好，就先探一探吧，不过最后一定得照脑门给他们几颗子弹！"

"对俘虏们吗？谁杀害俘虏呢？"

戴毕莉像被刀戳了似的。

"想得倒好！俘虏！你见过他们怎样对待咱们的俘虏吗？俘虏！如果是我的话，我要把他们放到焦油里熬，剥他们的皮！可是咱们却不这样做，我们客客气气把他们关起来就完事了！"

"这不由咱们来决定，"白丽华固执己见说，"不杀俘虏——这是军法……"

"军法，军法！现在还有什么军法？也许上次大战，有过军法，而不是现在。折磨人，枪杀孩子——这是军法吗？"

那位叹了一口气：

"你对我说这些话干吗呢，你自己也晓得他们是怎么对付我的。"

"怪不得我听说你这么拥护军法。军法是对战士们的，可他们难道是战士吗？这些满身虱子的德国佬！"

白丽华没有回答。她自己也同大家一样想的。可是像德国人所干的那些事，那真是可耻啊。

"他们来到咱们这里，吃咱们的粮食，弄得肥肥的，然后神气活现，结结实实地回老家去！战争时期，他们就像坐在储蓄所里似的！"戴毕莉激动地说。

"难道我说什么话了吗？我并没打算替中尉下命令。"

"仅仅这个还不够。"亚历山大说了一句，就一拐一拐地回家了，他还得再描一块牌子——"学校"。当然，要做得像从前一样好看，他是描不来的，不过这没有关系，只要把德国人的痕迹消灭掉，只要恢复村子的旧观就得了。

突然间，在歌声响彻天地的空中，在万里无云的晴空里，送来一阵阵时断时续的隆隆声。歌声息止了，仿佛被打入到地里。房子跟前的孩子们都愣住了。"这是什么？"

震耳欲聋的隆隆声，又响了一阵。地平线尽处，一阵排炮轰隆隆地响起来。

"开大炮了。"

"这是在鄂哈坝那个方向。"

"在泽林。"

"是咱们的军队开炮吧?"

他们细听着。排炮隆隆地响,大炮的回声,好久地隆隆地滚着。一切都静寂了。

"那边怎么了?"

"在战斗……"

"是咱们的炮在打,咱们的……"

"你对大炮怎么能分得这么清楚?"

"我听出声音是从那边,从咱们军队那儿来的。"

他们细望着红军士兵们的脸,可是他们都很平静。

"咱们的,咱们的军队在开炮,应当把楔子加宽。"

"什么楔子?"

"是这样,咱们这儿已经打过来了,可是后面和西侧还留有德国人。

"对了,我刚才就说过——楔子!"戴毕莉兴奋地说。

"大婶子,你什么也没说过啊。"

"你干吗呢?没听见,你就别来耍聪明了!我刚才就说过——楔子……大家都明白,大家都晓得鄂哈坝还有德国人……"

"现在就等着瞧德国鬼子怎么跑吧……"

"往这儿吗?"白兰秋吓了一跳。

"就让他们到这儿吧!"戴毕莉耀武扬威地两手插着腰说,"我们在这儿迎他们,我们在这儿迎他们呢!"

"他们往这儿闯干吗呢?那儿有另一条路,一直通到西边。"

"如果他们活着逃出来……"

他们听着。远远的地方,大炮在隆隆地响,进行着战斗。楔入德军阵地的楔子加宽了。

夏洛夫中尉在审问德国人。他们在暖和的房间里,在他面前站着,禁不住瑟瑟发抖。他望着他们,望着这些形容枯槁、衣衫褴褛、浑身浮肿、遍体烂疥、臭气逼人的俘虏。屋里很暖和,他们被虱子咬得受不了,于是偷偷地搔着痒,眼睛却盯着指挥官。顾尔泰上尉的全部卫戍队,总共只剩下五个人。

"这儿对他们有什么办法,应当把他们送到后方去。"夏洛夫决定。

"送?"一个短粗的青年,把眉头一皱说,"中尉同志,最好把他们就地……"

"你胡说什么?"

"真心痛给他们派卫兵给咱们弟兄们找苦吃。跟着他们在雪地里受罪……"

"给我派一名中士来。"夏洛夫并不争辩,吩咐道。

他到门洞里休息一下。他同俘虏们在一个房间里整整待了一小时,现在他觉得仿佛虱子在他身上乱爬,污秽粘到他身上,他那身军衣都被这些好久没有洗澡,满身烂疥的人发出的气味熏臭了。

夏洛夫张开胸怀,吸着冷空气。晴空里嬉笑着太阳的光辉,闪烁着严寒的火花,从远远的房子里,送来阵阵歌声,夏洛夫倾听着这嘹亮的、可爱的、雄壮的曲调,倾听着这辽远草原的风,这奔流人海的浪涛,广漠无垠的空间所孕育出来的曲调。歌声里洋溢着第聂伯河急流上往日哥萨克人的呐喊,饱含着土耳其人奴役下英雄好汉的悲哀,响彻着大道上的马蹄声。姑娘们唱着,望着寒天上金光辉煌令人目眩的太阳,仿佛全村都在歌唱。

红军士兵们把俘虏从屋里带出去。周围马上聚了一堆人,德国人在女人们的视线下,佝偻着身子,把头缩到脖子里,不住地打冷战。

"送他们走?"戴毕莉含着敌意问道。

"把他们送到司令部去。"夏洛夫说着,望着一堆穿草绿色破军大衣的德国人。

"这就是那一个，就是绞死柳纽克的那一个！"白丽华突然喊起来。

女人们向前扑去。

"哪一个，哪一个？"

"就是那个，红头发的，你们瞧瞧吧，大家都见过的，都见过的！就是那个高个子！"她喊道。

"不错，就是他……"

大家把俘虏们围得更紧了。女人们都用指头指着那个帽子下边露着红头发的高个子德国人，向他逼近。他明白大家都是说他的，于是就退到同伴们背后去了。

"你这东西，躲起来了！中尉同志，就是这个人把那青年绞死了！"

"哪儿是青年！柳纽克还不满十六岁！把小孩子都绞死了，畜生！"

"喂，女人们，干吗老说废话呢！我们亲自来收拾他吧！"戴毕莉指挥道。

红军士兵们半信半疑地向周围环顾了一下。

"别忙，公民们，你们在这儿要干什么？"夏洛夫生气了，"请大家走开吧！"

"长官同志，他休想活着从这儿溜掉！我们把他干掉，一切都没事了！"戴毕莉坚决要求着。

大概那个德国人明白怎么一回事了。他浑身发抖，连牙也打战了。

"在这儿维持秩序的是我，不是你们。"夏洛夫严肃地说。

费多霞从人丛中走出来："戴毕莉，你干吗来管闲事？你干吗胡搅蛮缠？你打算开屠场吗，嫌这儿的死玩意儿还少吗？你以为比你聪明的法官没有了吗？"

戴毕莉往后退了一步，瞪着眼睛，望着费多霞，不明白她想干什么。

"你想干掉他吗？叫他随随便便死掉吗？三下五除二地就完结了吗？

他得为柳纽克，为我们的孩子们，为所有牺牲的人，偿还血债，你就叫他痛痛快快还清账了吗？不，让他暂且活着吧，让他等着自己的末日吧，让他把他命运的苦酒喝尽吧，让他回到自己的故乡，叫他看看他们所有的人．对这一切的一切要负责任的！不仅是对柳纽克一个人负责呢！"

"说得对！"白丽华说。

"对，费多霞！"好多人的声音说。

"戴毕莉，我告诉你一件事，他们中间无论哪一个现在死了，那就算他中了头彩！不，你让他看看他们的军队将怎样溃退，怎样逃亡、饿死，倒毙在旷野里，让他看看人们将怎样执着禾叉，拿着斧子，从每一丛灌木后边，从每一处小树林里跳出来，向他们袭击吧！你让他看看他们将怎样死在沟渠里，连一滴水也没人给他们送！让他瞧一瞧，让他着一看大风将怎样吹散他的城市和乡村，因为那些地方只剩了灰烬和荒草！让他等着叫他自己的女人去咒他，叫他亲生的儿女们都不认他吧！可是你想叫他随随便便死掉吗？戴毕莉，虽然你年纪不小了，可是糊涂得很，死是容易的，可是他啊，让他活着吧，让他活一百岁吧，让他去祈求死，而死神不来，不来光顾他，让死神都不来光顾德国的活尸吧！"

她说得接不上气来，用手按着胸口，不作声了。

"费多霞，你说的是实在话！"白丽华搀扶着她，周围的女人们都闪开了。

两个红军士兵押解着俘虏，往大路上去了。戴毕莉站在原地方，望着他们的背影。

"唉！"她绝望地挥着手，"女人们，望着你们，可以想到——你们有多凶，可是你们的仇恨也消得太快了……"

"照你的话说，费多霞不凶吗？"

"我不明白她的话。我有自己的想法，很简单。"

她突然不作声了，仔细听起来。

"是我觉得炮声停止了，还是真的不打炮了呢？"

白莱葛太太也倾听了一下。

"的确不响了，那儿早就没什么动静了。可是，我们在这儿为了这些俘虏，这么吵吵嚷嚷，简直就没有觉着。"

"这会怎么样呢？战斗结束了，还是怎么的？应该问一问，不过谁会知道呢？"

"大概指挥官知道的。"

但是，不仅女人们都注意到了，远远的黑黝黝的森林那儿，突然沉寂下来。夏洛夫跑到屋里——那儿的值班员一下都不离开电话。

"叫一叫，叫一叫吧！叫不通吗？"

"听不见！"

"派人去检查一下线路，看什么地方断了没有。你叫吧，叫吧……"

电话终于通了。一个红军士兵飞快地记录着。

"呵，那儿怎么样？"

"咱们攻克了鄂哈坝和泽林。"

夏洛夫出去到了外边。第一个进入他眼帘里的是戴毕莉。

"咱们的军队把鄂哈坝和泽林攻克了！"

她鼓着掌说：

"就因为这，那儿的枪炮声才停的吧？"

"就是因为这。"

她把裙子一提，就跑去追白莱葛太太去了。

"白太太，你听见没有？咱们的军队，把鄂哈坝和泽林攻克了！"

"攻克了……"白莱葛太太用嘹亮的声音说。

"我当时就告诉过你，——那边刚刚静下来的时候，我就告诉你说，大概战斗结束了。"

"可是怎么结束的，你却不晓得。"

"怎么会不晓得呢？还会怎么结束？把德国人赶走，把楔子加宽，就这样！你明白吗?"

"你可真成军事家了！"

屋里的电话不断。夏洛夫对着话筒大声喊着：

"什么地方？在哪个方向?"

村里沸腾起来。红军士兵们都匆匆地集合起来。

"这是去哪儿呢，去哪儿呢?"女人们都慌张起来。

"接到命令了，向前开拔。"

"向哪儿开拔呢?"

"向西开拔，老妈妈！"

女人心里难过起来。她们觉得这仿佛是假的。费多霞走到中尉跟前："怎么能这样？汤煮好了，你们还没好好吃顿饭呢……"

"不要紧，老妈妈。我们不饿。命令到了——前进吧！我的汤叫别人吃吧，别的部队要到这儿来，他们要驻扎到这儿担任卫戍的，你们去款待他们吧……"

战士们匆匆忙忙把勺子和未吃完的面包放到碗里。

"唉，弟兄们，在咱们这儿再待一两天也好。"女人们都叹息着说。

"谢谢！我们没有工夫。别人要到你们这里来了，我们要走了！那儿在等着我们呢！"

"当然在等着。"女人们都叹息着，来到街上，那儿在整队。

老老少少都出来送行。女人们都叹息着，有些人呜咽起来。索尼娅噙着眼泪搂住一个青年士兵的脖子。

"索尼娅！你可找着自己的人儿了。"女人们都笑起来。

"这小伙子还不错，两道好眉毛啊！"

夏洛夫中尉匆匆地从屋里出来。队已经排好了。

"向前，开步走！"

"祝你们健康！望你们平安归来，好好儿打吧！"人丛中都喊道。

雪在行军的部队脚下，吱吱地响。女人们撩起长裙，和孩子们一道，都急匆匆地沿着路旁跑着，极力想合着战士们的步调。战士们从容地到了一座小山跟前，就在这儿停住了。

令人目眩的白茫茫的雪原，远远地远远地向西方绵亘着。远远的青天上，升腾着一股黑色的浓烟——这是不幸的列万尼约夫卡村在燃烧，德国人从四面点火把村子燃着了。火势已屡次被扑灭，可是余烬一而再，再而三地燃起来，于是晴空里又腾起一条黑烟来了。

夏洛夫中尉从小山上向西望去，白茫茫的雪原，无边无际的土地在德国人践踏下的乌克兰的旷野，都在他面前展开来。乌克兰向西绵亘着——在血泊里，在火焰里，歌声被窒息，胸膛被德国人的铁蹄践踏、蹂躏、侮辱的、被束缚的乌克兰。但又是大无畏的、战斗的、宁死不屈的乌克兰啊。

他望见天上有一道虹，像一条鲜明的、光灿灿的路那样明丽的虹，倾泻着花的柔毛似的各种光泽和色彩，倾泻着粉蔷薇和红玫瑰的颜色，倾泻着白丁香和堇菜的颜色，倾斜着向日葵花瓣金黄色和刚刚绽开的白杨叶的嫩绿色。一种温柔的、晴朗的光辉，贯穿了这一切。虹从东方伸向西方，这条光辉灿烂的带子，把天与地连接起来。

夏洛夫朝自己的队伍转过身来。

"跟着我，开步走！"

他们迈着整齐的大步向前进发。欢送的人群都留在小山上。大家都沉默着。部队沿着大路，向无限远的炫惑人目的白茫茫的雪原，向虹的光辉照耀着的远极走去了。

红军士兵们向远远的冒着烟的，被烧毁了的列万尼约夫卡走去，向那些在雪地里沉睡的村庄走去。他们手中握着枪，在被德国人蹂躏和压迫的乌克兰的土地上行进，在不可征服的、战斗的、至死不屈的乌克兰的土地上行进。

人们沉默着。他们聚精会神地看着，眼睛痛了，眼泪也流出来了，总想多看他们一眼，再多看他们一眼。直到这支战斗部队消失在碧蓝的远极，消失在那白茫茫的旷野，消失在那五光十色、吞没一切的虹的光辉里。

1943 年 8 月 11 日译完于歌乐山麓

1951 年春重校于北京

"俄苏文学经典译著·长篇小说"书目